我的第一本
阿拉伯語課本

| QR碼行動學習版 |

MP3下載引導頁面

https://globalv.com.tw/mp3-download-9789864544325/

掃描QR碼進入網頁（須先註冊並保持登入）後，按「全書音檔下載請按此」，可一次性下載音檔壓縮檔，或點選檔名線上播放。
全MP3一次下載為zip壓縮檔，部分智慧型手機須先安裝解壓縮app方可開啟，iOS系統請升級至 iOS 13 以上。
此為大型檔案，建議使用WIFI連線下載，以免占用流量，並請確認連線狀況，以利下載順暢。

前言

　　數年前，我懷著讓人人都能輕鬆愉快地學阿拉伯語的夢想與目標，開始了撰寫本書的漫長旅程，如今《我的第一本阿拉伯語課本》這本珍貴的書籍綻放著光采，我心中的感受是特別且開心的。

　　要編寫20課的本文與預備課程、附錄，其中是有不少波折的。這段過程雖不輕鬆，卻是一個讓我得以重新從初學者的角度研究阿拉伯語的契機。這本書的出版，是要告訴阿拉伯語的所有入門者，學阿拉伯語並不難，只要一開始耐心去學習，就會漸漸發現這是一個饒富趣味又美麗的語言。《我的第一本阿拉伯語課本》會先讓學習者了解阿拉伯語的語言特性，在本文中練習過各種情境中的阿拉伯語，並熟悉阿拉伯語圈的文化後，就能自然而然地學會阿拉伯語，有一天您也能夠與阿拉伯人大方對話，感受交流彼此文化的那份悸動。

　　我不會忘記曾協助我出版此書的所有人。尤其是不吝付出時間與心力幫助我的學長姊、學弟妹，以及學生們。感謝為我調整內容均衡度的學妹安賢珠、學生房成雅，提供大量阿拉伯文化資訊的學弟申赫在，協助輸入與訂正的學生全真龍、金寶賢，以及陪伴我經歷整個撰寫過程的學生金熙真。另外還要感謝和我一同走過從撰寫，到編輯出版這段艱辛道路，讓本書得以順利出版的Darakwon韓語出版部韓智熙科長與朴仁京，以及幫我拍攝課程影片的李富長先生。最後要感謝的是曾經教育過我，給予我知識的教授們，還有將「針對一般民眾設計的阿拉伯語課程」這個重要任務交付給我的明知大學中東問題研究所。

　　現在，就請各位透過《我的第一本阿拉伯語課本》和我一起進入阿拉伯語驚喜又有趣的世界吧。

金材姬

本書的結構與用法

名稱	獨立體	詞首體	詞中體	詞尾體	發音記號
'alif-hamzah	أ	أ	ـأ	ـأ	/'/
baa'	ب	بـ	ـبـ	ـب	/b/
taa'	ت	تـ	ـتـ	ـت	/t/
thaa'	ث	ثـ	ـثـ	ـث	/th/
jiim	ج	جـ	ـجـ	ـج	/j/
ḥaa'	ح	حـ	ـحـ	ـح	/ḥ/
khaa'	خ	خـ	ـخـ	ـخ	/kh/
daal	د	د	ـد	ـد	/d/
dhaal	ذ	ذ	ـذ	ـذ	/dh/
raa'	ر	ر	ـر	ـر	/r/
zaay	ز	ز	ـز	ـز	/z/
siin	س	سـ	ـسـ	ـس	/s/
shiin	ش	شـ	ـشـ	ـش	/sh/
Saad	ص	صـ	ـصـ	ـص	/S/

預備課程

將阿拉伯語的子音與母音、發音符號等必備的阿拉伯語基本知識先進行統整。不過在動詞部分中，本章僅將阿拉伯語的動詞分類法以概念整理的形態條列出來，動詞說明、範例，以及動詞變化表則另外補充在附錄中。請先確實熟讀預備課程後，再進入本文。

主要句型與文法 الجمل الرئيسية & القواعد

● 名詞的性別

阿拉伯語的名詞分為陽性與陰性兩種，像「母親」這類本身具有性別的單字便順應其自然的性質，但大部分的名詞會透過 ة(تَاءٌ مَرْبُوطَةٌ Ta marbuta)來區分性別。在陽性名詞後加上 ة 便會成為陰性名詞。

意思	陽性	陰性
經理	مُدِيرٌ	مُدِيرَةٌ
朋友	صَدِيقٌ	صَدِيقَةٌ
作家	كَاتِبٌ	كَاتِبَةٌ
特派記者	مُرَاسِلٌ	مُرَاسِلَةٌ
設計師	مُصَمِّمٌ	مُصَمِّمَةٌ

如上圖所示，在陽性名詞後加上 ة 來轉化成陰性名詞時，ة 前方子音的母音會變成 ـَ。

她是我的母親。 هِيَ أُمِّي.

我是瑪哈。我是（女性）作家。 أَنَا مَهَا وَأَنَا كَاتِبَةٌ.

ة 是阿拉伯字母 ت 卷成圓圈的形態。

分辨名詞性別時，有些特殊的單字即便沒有加 ة，也會被視為陰性名詞。例如手、腳等成對的身體部位與地名，以及 أَرْضٌ「土地」、سُوقٌ「市場」、حَرْبٌ「戰爭」等，都被視為陰性名詞。

本文1～20課

主要句型與文法

介紹並說明每課的文法內容與句型。句型方面，將代表情境畫成插圖，以利視覺學習，主要文法則分項進行簡單的統整與說明。

參考

補充其他必須了解的說明或內容。

注意

若是容易與其他句型混淆，或用法有需要注意的地方，會在此單元再次強調。

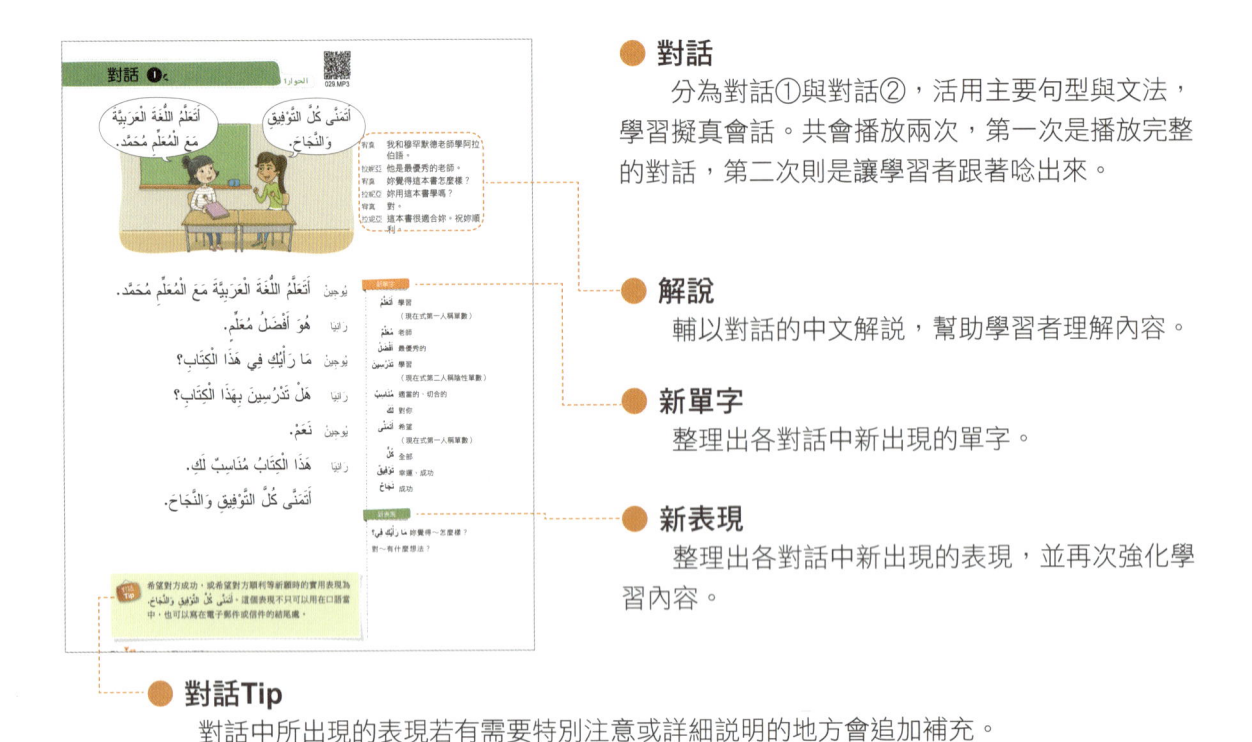

● 對話
　　分為對話①與對話②，活用主要句型與文法，學習擬真會話。共會播放兩次，第一次是播放完整的對話，第二次則是讓學習者跟著唸出來。

● 解說
　　輔以對話的中文解說，幫助學習者理解內容。

● 新單字
　　整理出各對話中新出現的單字。

● 新表現
　　整理出各對話中新出現的表現，並再次強化學習內容。

● 對話Tip
　　對話中所出現的表現若有需要特別注意或詳細說明的地方會追加補充。

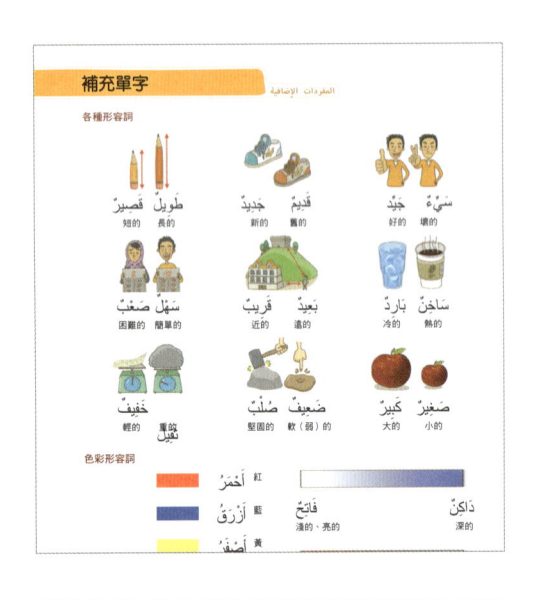

● 補充單字
　　將學習阿拉伯語時必備的單字分類，並配合插畫列出。

● 實用表現
　　透過各式各樣的溝通情境，學習實際生活中的必備表現。

● QR碼線上音檔
　　掃瞄這裡的QR圖，就可以跟著正確的阿拉伯語聲調，在不急不徐的速度下練習，學到正確的阿拉伯語。（書名頁含全書內容一次下載QR圖）

● **習題**
　　這部分能夠讓學習者自我測試是否理解了各課的學習目標。先透過各種問題來複習文法內容,接著在聽力測驗中,試著熟悉阿拉伯語的發音,實際去聽懂每一課的學習內容。聽力測驗的阿拉伯語會各播放兩次。最後再利用閱讀測驗來確認自己是否能夠解讀各種型態的文句。

● **文化Q&A**
　　透過假設性問題來解答學習者對阿拉伯語圈國家文化的種種疑惑。

字母書寫練習區
　　附錄後有字母書寫練習區。可以在這練習阿拉伯語的子音書寫方式、各子音的連寫體,以及連寫體的簡單字彙書寫等。

目錄

前言 ... 2
本書的結構與用法 ... 3
內容結構表 ... 8
登場人物介紹 ... 10

預備課程 ... 11

اَلدَّرْسُ الْأَوَّلُ 01	اَلسَّلَامُ عَلَيْكُمْ 您好。	23
اَلدَّرْسُ الثَّانِيُّ 02	أَنَا مِنْ كُورِيَا 我來自韓國。	33
اَلدَّرْسُ الثَّالِثُ 03	هَلْ هَذِهِ مَدْرَسَةٌ؟ 這是學校嗎？	43
اَلدَّرْسُ الرَّابِعُ 04	مَنْ تِلْكَ الْفَتَاةُ الْجَمِيلَةُ؟ 那位美麗的女子是誰呢？	53
اَلدَّرْسُ الْخَامِسُ 05	هَذِهِ هِيَ صُورَةُ أُسْرَتِي 這是我的家族照片。	63
اَلدَّرْسُ السَّادِسُ 06	أَتَعَلَّمُ اللُّغَةَ الْعَرَبِيَّةَ 我在學阿拉伯語。	73
اَلدَّرْسُ السَّابِعُ 07	لَا أُحِبُّ الْحَيَوَانَاتِ 我不喜歡動物。	83
اَلدَّرْسُ الثَّامِنُ 08	مَا رَقْمُ هَاتِفِكَ الْمَحْمُولِ؟ 你的手機號碼是幾號呢？	93
اَلدَّرْسُ التَّاسِعُ 09	لَمْ يَكُنِ الْجَوُّ بَارِدًا أَمْسِ 昨天天氣不冷。	103
اَلدَّرْسُ الْعَاشِرُ 10	كَمِ السَّاعَةُ الْآنَ؟ 現在幾點？	113
اَلدَّرْسُ الْحَادِي عَشَرَ 11	هَلْ شَاهَدْتَ مُبَارَاةَ كُرَةِ الْقَدَمِ؟ 你看足球比賽了嗎？	123

اَلدَّرْسُ الثَّانِي عَشَرَ 12	لَمْ نَأْكُلْ الْغَدَاءَ بَعْدُ	我們還沒有吃午餐。	133
اَلدَّرْسُ الثَّالِثَ عَشَرَ 13	أُفَضِّلُ الْبُرْتُقَالَ عَلَى التُّفَّاحِ	比起蘋果，我更喜歡橘子。	143
اَلدَّرْسُ الرَّابِعَ عَشَرَ 14	مَا هُوَ الْيَوْمُ مِنْ الْأُسْبُوعِ؟	今天星期幾？	153
اَلدَّرْسُ الْخَامِسَ عَشَرَ 15	أَلْعَبُ كُرَةَ الْقَدَمِ كُلَّ يَوْمٍ	我每天踢足球。	163
اَلدَّرْسُ السَّادِسَ عَشَرَ 16	أَسْتَمِعُ إِلَى الْأَغَانِي الْكُورِيَّةِ	我在聽K-POP。	173
اَلدَّرْسُ السَّابِعَ عَشَرَ 17	اَلْخَطُّ مَشْغُولٌ مُنْذُ عَشَرِ دَقَائِقَ	從10分鐘前開始就在通話中。	183
اَلدَّرْسُ الثَّامِنَ عَشَرَ 18	مَاذَا بِكِ؟	妳怎麼了？	193
اَلدَّرْسُ التَّاسِعَ عَشَرَ 19	سَأُقِيمُ حَتَّى الْأُسْبُوعِ الْقَادِمِ	我會待到下星期。	203
اَلدَّرْسُ الْعِشْرُونَ 20	هَلْ تُوجَدُ شَقَّةٌ لِلْإِيجَارِ؟	有公寓可出租嗎？	213

● 附錄 ... 223
阿拉伯語圈國家基本資訊 ... 224
動詞變化表 ... 226
補充文法 ... 240
解答 ... 246
聽力劇本・閱讀引文翻譯 ... 250
索引 ①阿拉伯語＋中文 ... 258
索引 ②中文＋阿拉伯語 ... 268
字母書寫練習區 ... 279

內容結構表

	題目	主要句型與文法	對話1	對話2	補充單字	實用表現	文化Q&A
	預備課程	• 阿拉伯語是？ • 阿拉伯語的子音 • 阿拉伯語的母音 • 阿拉伯語的發音符號 • 太陽字母與月亮字母 • 名詞句與動詞句 • 確指名詞與泛指名詞 • 阿拉伯語名詞的性別 • 阿拉伯語動詞					
1	اَلسَّلَامُ عَلَيْكُمْ	• 獨立人稱代名詞單數 • 詢問人的疑問詞 مَنْ • 後綴人稱代名詞單數 • 詢問狀態的疑問詞 كَيْفَ	打招呼 詢問名字	打招呼 問好	• 狀態相關單字 • 外貌相關單字	見面與分開時的招呼語	在伊斯蘭要怎麼打招呼呢？
2	أَنَا مِنْ كُورِيَا	• 名詞的性別 • 指示代名詞	表現國籍	介紹他人	• 主要阿拉伯國家名	詢問國籍的各種表現與職業的詢問	阿拉伯人怎麼取名字呢？
3	هَلْ هَذِهِ مَدْرَسَةٌ؟	• 疑問詞 هَلْ، مَا، مَاذَا • （在）這裡 هُنَا, （在）那裡 هُنَاكَ • 名詞的三格	活用疑問詞進行問答	詢問場所	• 教室相關單字 • 學校相關單字 • 位置介詞	活用介詞的表現	想了解阿拉伯傳統服飾嗎？
4	مَنْ تِلْكَ الْفَتَاةُ الْجَمِيلَةُ؟	• 名詞與形容詞一致 • 謂語與形容詞一致 • 名詞句的否定 لَيْسَ • 名詞的否定疑問句 • 名詞偏正組合	活用形容詞來對話	活用否定疑問句進行問答	• 各種形容詞 • 色彩形容詞	活用形容詞的各種表現	什麼時候可以造訪伊斯蘭首席聖地「麥加」呢？
5	هَذِهِ هِيَ صُورَةُ أُسْرَتِي	• 時態補助動詞 كَانَ • 活用 كَانَ 的疑問句 • 形容詞的比較級與最高級	詢問過去的事情	活用形容詞比較級進行對話	• 職業	詢問職業	建立在沙漠中的未來都市「杜拜」有什麼景點呢？
6	أَتَعَلَّمُ اللُّغَةَ الْعَرَبِيَّةَ	• 動詞句 • تَعَلَّمَ 動詞的現在式單數活用 • 介詞	活用動詞句進行對話	勸誘與應答	• 常用動詞	諮詢、要求、勸誘表現	您認識生活周邊常見的阿拉伯語嗎？
7	لَا أُحِبُّ الْحَيَوَانَاتِ	• 現在式單數動詞否定句 • 某個 أَيُّ • 人稱代名詞複數 • 名詞的規則複數	說否定句	活用疑問詞 أَيُّ 進行問答	• 時間相關副詞 • 頻率副詞	報名補習班	聽說阿拉伯語的數字與阿拉伯數字不一樣？
8	مَا رَقْمُ هَاتِفِكِ الْمَحْمُولِ؟	• 數字0～10 • 修飾名詞之形容詞的不規則複數 • 介詞 عِنْدَ	說出手機號碼	買東西	• 常用的不規則複數名詞	複數名詞表現	齋戒月時穆斯林真的不吃東西嗎？
9	لَمْ يَكُنْ الْجَوُّ بَارِدًا أَمْسِ	• 詢問天氣的疑問詞 كَيْفَ • 過去式動詞的否定句 • 形容詞的規則複數變化 • 數字11～19	天氣問答 （氣象）	天氣問答 （氣溫）	• 天氣 • 季節	練習與天氣、季節相關的表現	السنة「遜尼派」與 الشيعة「什葉派」的差異為何呢？

	題目	主要句型與文法	對話1	對話2	補充單字	實用表現	文化Q&A
10	كَمْ السَّاعَةُ الْآنَ؟	• 詢問時間的疑問詞 كَمْ • 序數 • تَعَلَّمَ 動詞的現在式複數 • 勸誘的 هَيَّا	時間問答	約時間	• 時間表現 • 星期表現	練習一日作息的相關表現	《天方夜譚》是成人作品嗎？
11	هَلْ شَاهَدْتَ مُبَارَاةَ كُرَةِ الْقَدَمِ؟	• 過去式動詞 • 現在式受格動詞 • 關係代名詞（單數）	活用過去式動詞來詢問過去	表達希望	• 運動的種類	詢問休閒活動	您知道咖啡是源自於阿拉伯嗎？
12	لَمْ نَأْكُلْ الْغَدَاءَ بَعْدُ	• 過去式複數動詞的否定句 • 動詞的命令句 • 否定命令句	活用過去式動詞的複數來詢問過去	說命令句	• 食物相關表現 • 味道相關表現	在餐廳裡	حلال「清真」食品是什麼呢？
13	أُفَضِّلُ الْبُرْتُقَالَ عَلَى التُّفَّاحِ	• 條件句 • 雙格名詞 • 詢問時間的疑問詞 مَتَى • 偏愛 يُفَضِّلُ	說條件句	表達喜好	• 蔬菜類 • 水果類 • 其他食物類	購物時的必備表現	阿拉伯為什麼不吃豬肉呢？
14	مَا هُوَ الْيَوْمُ مِنَ الْأُسْبُوعِ؟	• 詢問星期的疑問句 • ～比較好 مِنَ الْأَفْضَلِ أَنْ • 未來時態否定的 لَنْ • 詢問理由的疑問詞 لِمَاذَا • 半母音動詞的命令式	詢問前往目的地的方法，詢問星期	理由問答 指路	• 交通相關單字 • 方位．方向	在圖書館借書	阿拉伯人最喜歡的運動是什麼呢？
15	أَلْعَبُ كُرَةَ الْقَدَمِ كُلَّ يَوْمٍ	• كُلٌّ 與非確定單數名詞 • 主動名詞與被動名詞 • 關係代名詞複數	活用主動／被動名詞進行對話	活用關係代名詞進行對話	• 服裝 • 飾品	購物實用表現	在阿拉伯地區有哪些事情不能做？
16	أَسْتَمِعُ إِلَى الْأَغَانِي الْكُورِيَّةِ	• اِسْتَمَعَ 動詞變化 • 大量的 كَثِيرٌ مِنْ • 因～而著名 يَشْتَهِرُ • 喜歡 أَعْجَبَ • 開始做～ بَدَأَ	活用 اِسْتَمَعَ 動詞進行對話	活用喜歡 أَعْجَبَ 與開始做～ بَدَأَ 進行對話	• 廣播電視、通訊、媒體相關用語 • 相關動詞	節日問候	阿拉伯的代表媒體「半島電視台」是什麼樣的電視台呢？
17	اَلْخَطُّ مَشْغُولٌ مُنْذُ عَشَرِ دَقَائِقَ	• 衍生型之命令式 • 做～的時候 عِنْدَمَا • 迎接～ بِمُنَاسَبَةِ • 利用介詞的動詞	活用衍生型之命令式來表現	活用迎接～ بِمُنَاسَبَةِ 進行對話	• 都市中看得到的建築物名稱	祝賀問候語與祈願表現	阿拉伯人有哪些重要節日呢？
18	مَاذَا بِكَ؟	• 依然～ لَا يَزَالُ • 需要～ تَحْتَاجُ • 在～期間 خِلَالَ • 必須～ عَلَى	活用依然～ لَا يَزَالُ 與需要～ تَحْتَاجُ 來表現	活用在～期間 خِلَالَ 與必須～ عَلَى 來表現	• 身體部位名稱	在醫院、藥局	前往阿拉伯國家旅行時必去的地方是？
19	سَأُقِيمُ حَتَّى الْأُسْبُوعِ الْقَادِمِ	• 必須～ مِنَ اللَّازِمِ أَنْ • يُقِيمُ 的動詞變化 • 直到～ حَتَّى • 沒有～ بِدُونِ • 認為 تَعْتَقِدُ	活用應該～ عَلَى 與 يُقِيمُ 的動詞變化進行對話	活用直到～ حَتَّى、沒有～ بِدُونِ、認為 تَعْتَقِدُ 來表現	• 護照 • 簽證申請書	在機場	想了解沙漠的最佳運輸工具－駱駝嗎？
20	هَلْ تُوجَدُ شَقَّةٌ لِلْإِيجَارِ؟	• 允許 سَمَحَ • 使用 اِسْتَخْدَمَ • أَنْ 與 أَنَّ 的差異 • 不～的 غَيْرُ	找房子，活用允許 سَمَحَ 進行對話	活用使用 اِسْتَخْدَمَ 進行對話	• 家電用品 • 家具	找房子時的實用表現	聽說阿拉伯人都用樹枝刷牙？

登場人物介紹

宥真 يُوجِينْ

在埃及開羅進修語言的韓國大學生

拉妮亞 رَانِيَا

埃及艾因夏姆斯大學韓語系學生

瑪哈 مَهَا

喜歡K-Pop的艾因夏姆斯大學韓語系學生

珉豪 مِينْ هُو

宥真的學長，在開羅進修語言的韓國大學生

亞伯拉罕 إِبْرَاهِيم

約旦大學生

拉席德和穆那 رَشِيدٌ وَمُنَى

瑪哈的父母

穆罕默德 مُحَمَّدٌ

埃及人，宥真的阿拉伯語老師，法學研究所博士生

哈珊 حَسَنٌ

埃及人，食材店大叔

現在要開始
進行各位的 **特別的** ★

阿拉伯語

課程 了嗎？

1 阿拉伯語是？

　　阿拉伯語在語言系屬中屬於閃語族，從西元1973年開始，成為UN的六大官方語言之一。加入阿拉伯國家聯盟的的22個國家皆以阿拉伯語做為母語或官方語言。使用阿拉伯語的國家有阿拉伯半島的沙烏地阿拉伯、阿曼、葉門、阿拉伯聯合大公國、卡達、巴林、科威特、伊拉克等；黎凡特地區的約旦、敘利亞、黎巴嫩、巴勒斯坦；北非的埃及、蘇丹、利比亞、阿爾及利亞、摩洛哥、茅利塔尼亞；西南非的索馬利亞、吉布地、葛摩等。此外，阿拉伯語也是東南亞的印尼、馬來西亞、汶萊、中亞各國，以及土耳其、伊朗、巴基斯坦等，全世界57個伊斯蘭國家14億人口所使用的宗教語言。

2 阿拉伯語的子音

　　阿拉伯語的子音是全世界使用人數僅次於拉丁字母的文字。而阿拉伯語是閃語族中最晚形成的語言，它在其他閃語族語言所使用的22個子音中添加了6個字母（ض、غ、ظ、ذ、خ、ث），目前共使用28個子音。與阿拉伯語的子音形態類似的語言有波斯語、烏爾都語、普什圖語等。最重要的是，阿拉伯語是由右往左書寫的，但數字是和華語一樣由左往右寫。阿拉伯文字是以子音與子音連接標記成單字，而單字與單字間的分寫則與一般英語無異。

(1) 子音28個

　　阿拉伯文字是以子音為中心做標記，母音則標記在子音的上方或下方。每個單詞都像英語的手寫體一般連寫而成，子音出現在單詞詞首的形態稱為詞首體、出現在單詞中間的形態稱為詞中體、出現在單詞詞尾的形態稱為詞尾體。基本的形態則是獨立體。

001.MP3

名稱	獨立體	詞首體	詞中體	詞尾體	發音記號
'alif-hamzah	أ	أ	ـأ	ـأ	/'/
baa'	ب	بـ	ـبـ	ـب	/b/
taa'	ت	تـ	ـتـ	ـت	/t/
thaa'	ث	ثـ	ـثـ	ـث	/th/
jiim	ج	جـ	ـجـ	ـج	/j/
ħaa'	ح	حـ	ـحـ	ـح	/ħ/
khaa'	خ	خـ	ـخـ	ـخ	/kh/
daal	د	د	ـد	ـد	/d/
dhaal	ذ	ذ	ـذ	ـذ	/dh/
raa'	ر	ر	ـر	ـر	/r/
zaay	ز	ز	ـز	ـز	/z/
siin	س	سـ	ـسـ	ـس	/s/
shiin	ش	شـ	ـشـ	ـش	/sh/
Saad	ص	صـ	ـصـ	ـص	/S/

名稱	獨立體	詞首體	詞中體	詞尾體	發音記號
Daad	ض	ضـ	ـضـ	ـض	/D/
Taa'	ط	طـ	ـطـ	ـط	/T/
Zaa'	ظ	ظـ	ـظـ	ـظ	/Z/
'ayn	ع	عـ	ـعـ	ـع	/'/
ghayn	غ	غـ	ـغـ	ـغ	/gh/
faa'	ف	فـ	ـفـ	ـف	/f/
qaaf	ق	قـ	ـقـ	ـق	/q/
kaaf	ك	كـ	ـكـ	ـك	/k/
laam	ل	لـ	ـلـ	ـل	/l/
miim	م	مـ	ـمـ	ـم	/m/
nuun	ن	نـ	ـنـ	ـن	/n/
haa'	ه	هـ	ـهـ	ـه	/h/
waaw	و	و	ـو	ـو	/w/
yaa'	ي	يـ	ـيـ	ـي	/y/

(2) 型態類似的子音

形態類似的獨立體子音	連寫體
ب、ي、ن、ت、ث	ــبينتث
ج、ح、خ	ــججحخ
ع、غ、ف、ق	ــعغفق
س、ش、ص、ض	ــسشصض

(3) 必須以獨立體書寫的子音

在阿拉伯語中，有6個子音不管出現在詞首、詞中或詞尾都絕對不會與後方子音連寫，就是ا、و、ز、ر、ذ、د。

ا	أَمَامَ 在~前 أَبٌ 爸爸、父親
د	أَصْدِقَاءُ 朋友們 دَرَسَ 學習
ذ	هَذَا 這個 ذَلِكَ 那個
ر	شَرِبَ 飲用 رَجُلٌ 成年男子
ز	زَيْتٌ 油 زَهْرَةٌ 花 أَزْرَقُ 藍色
و	وَرَقٌ 紙 يُوجَدُ 存在 وَاحِدٌ 數字1

> **注意**
> ل 與 ا 連結時，須標記為 لا 或 ــلا。
> لَا 不是 U   بلَادٌ 國家（複）

對話 Tip　阿拉伯語發音注意事項
- 在阿拉伯語中有各種不同的子音，包括由喉嚨內部發出的子音，以及將舌頭置於口腔下方後、拉大舌頭與上顎間縫隙發出的子音，以及需放輕力量的發出的子音等。
- ق、ع、ا 是從喉嚨深處發聲的子音。
- غ 是從喉嚨深處以清喉嚨的方式發聲的子音。
- ص、ض、ط、ظ 等是拉大舌頭與上顎間的縫隙發出的子音。將舌頭置於上顎口腔下方為此類子音的發音要領。
- ح 是放輕力量發聲的子音，類似天氣冷時的哈氣聲。
- خ 要放輕力量，發出類似從喉嚨後方咳痰的聲音。
- ذ、ث 是含著舌頭發音的，將舌頭往前吐再收回並發音。
- ف 是咬著嘴唇發出的音。發英語的f音即可。

3 阿拉伯語的母音

阿拉伯人所說的阿拉伯語聽起來似乎有各式各樣的母音，實際上阿拉伯語是一種母音不太發達的語言。聽起來會有各式各樣的母音，是由於每個地區使用的阿拉伯語口語各有不同。阿拉伯語的單母音只有 ـَ、ـِ、ـُ 等3個，但加上長母音化的發音後便有8種不同的型態了。不熟悉這些母音的話，要讀出28個阿拉伯語子音是很困難的。不過，除了應新聞或文書所需，或是作為預防混淆的用途之外，單母音一般是不標記出來的，因此，在一開始背誦單字時便必須熟記單母音的型態。

(1) 單母音

002.MP3

ـَ	بَ　تَ
ـِ	بِ　تِ
ـُ	بُ　تُ

注意
_標示的是放置子音的位置。

(2) 長母音

003.MP3

長母音顧名思義就是拉長發音，將單母音的發音拉長約1.5倍即可。28個子音中有3個子音（ا、و、ي）具有與長母音相同的功能。這3個子音稱為半母音，一遇到母音，發音便會拉長。

ـَا	نَارٌ 火　بَابٌ 門　اَلْقَاهِرَةُ 開羅　كِتَابٌ 書
ـِي	عَظِيمٌ 偉大的　كَثِيرٌ 多的　قَدِيمٌ 古老的　كَبِيرٌ 大的
ـُو	كُورِيَا 韓國　نُورٌ 光

(3) 雙母音

004.MP3

雙母音有 ـَوْ、ـَيْ 等兩種，ـَيْ 發 [ai]，ـَوْ 則發 [au]音。

ـَيْ	بَيْتٌ 房子　عَيْنٌ 眼睛
ـَوْ	يَوْمٌ 一天　نَوْمٌ 睡覺

4 阿拉伯語的發音符號

阿拉伯語中除了母音之外，還會使用以下幾個符號來幫助發音。

(1) السُّكُونُ : ــْـ 輕音 Sukun 005.MP3

這是子音後無母音的標示。Sukun在子音上方標記為 ــْـ（圓形）符號。

كَمْ 多少　مَنْ 誰　دَرْسٌ 學習、課程　سِعْرٌ 價錢

> 參考
> 在阿拉伯語中，第一個子音不會以無母音的Sukun做開頭。所以Sukun必然只會出現在第二個子音或其後。

(2) الشَّدَّةُ : ــّـ 疊音 Shadda 006.MP3

當兩個相同子音連續出現時，第二個子音就要標為Shadda。標記了Shadda的子音第一個子音的尾音發輕音，而第二個子音則可以發原本的母音。

سَيَّارَةٌ 車子　دَرَّسَ 教學　طَيِّبٌ 好的

(3) تَنْوِينٌ : ــٌـ، ــٍـ، ــً 雙音 Tanween 007.MP3

為了表現名詞的泛指狀態，會在單字的字尾加上 [n] 的音，而這就稱為Tanween。Tanween是以單母音的重複標記的形態呈現。但發 [an] 音時則是例外，通常不論發音，皆加上 اً Alif。

主格	所有格	受格
بَيْتٌ	بَيْتٍ	بَيْتًا

> 注意
> 在 ة 或長母音[aa]後方以Hamzah (ء) 結尾的單字皆不加 ا。
> مَاءٌ 水　　مَدْرَسَةٌ 學校

(4) تَاءٌ مَرْبُوطَةٌ : ة 陰性字尾Ta marbuta

008.MP3

Ta marbuta (ة) 就是把原本的 ت /t/ 接續在名詞或形容詞的詞尾，表陰性型標記的符號。一般來說，只要在陽性名詞後方加上 ة，就會變成陰性名詞。

طَالِبٌ 男學生 → طَالِبَةٌ 女學生

5 太陽字母與月亮字母

阿拉伯語有28個子音，加上冠詞時，因冠詞的發音變化與否而被分為太陽字母與月亮字母。冠詞 اَلْ 連接以太陽字母開頭的單字時，會出現語音同化，اَلْ 將被太陽字母同化為 اَل 而 ل 字母略過不念。此時太陽字母上方會標上Shadda「ّ」，發短促的 [a] 音。但冠詞連接月亮字母時，則發原本的 [al] 音，並不會有語音同化的現象。

(1) اَلْحُرُوفُ الشَّمْسِيَّةُ 太陽字母

ت ث د ذ ر ز س ش ص ض ط ظ ل ن

تَارِيخ + اَلْ → اَلتَّارِيخُ 歷史

ثَمَنٌ + اَلْ → اَلثَّمَنُ 價格

(2) اَلْحُرُوفُ الْقَمَرِيَّةُ 月亮字母

أ ب ج ح خ ع غ ف ق ك م ه و ي

عُطْلَةٌ + اَلْ → اَلْعُطْلَةُ 休假、放假

قِطَارٌ + اَلْ → اَلْقِطَارُ 火車

6 名詞句與動詞句

阿拉伯語的句子分為名詞句與動詞句兩種，以名詞（或代名詞）開頭的句子稱為名詞句；以動詞開頭的句子則稱為動詞句。

名詞句	動詞句
主詞與謂語的性別與數須一致。	動詞與主詞的性別須一致，但數不一定要一致。
我是珉秀。　أَنَا مِينْ سُو. 他是學生。　هُوَ طَالِبٌ.	穆罕默德寫信。　يَكْتُبُ مُحَمَّدٌ رِسَالَةً. 我喝一杯咖啡。　أَشْرَبُ فِنْجَانَ قَهْوَةٍ.

> **參考**
> 阿拉伯語的詞類分為名詞、動詞、虛詞三種，除了動詞與虛詞（最後子音不變位的介詞或副詞等）以外，形容詞、專有名詞、人稱代名詞等皆視為名詞。

7 確指名詞與泛指名詞

阿拉伯語的名詞依確指與否而分為確指名詞與泛指名詞兩種。確指名詞是指特定目標的名詞或已廣為人知的名詞，包括被冠詞 اَلْ 所確指的名詞、人稱代名詞、專有名詞、指示代名詞等。此外，與後綴人稱代名詞連接的名詞等，也視為確定名詞。

範例 بَيْتُكَ 你的家、 أُمُّهَا 她的媽媽

被冠詞 اَلْ 所確指的名詞	人稱代名詞	專有名詞	指示代名詞
اَلْكِتَابُ	أَنْتَ	مُحَمَّدٌ	هَذَا
書	你	穆罕默德	這個

泛指名詞指的是非特定目標、普遍或不明確的名詞。阿拉伯語中的泛指名詞會標示 Tanween。

> بَيْتٌ—一間房子　مَدْرَسَةٌ—一間學校　قَلَمٌ—支筆

8 阿拉伯語名詞的性別

一般來說，所有阿拉伯語的名詞都分為陽性與陰性。在名詞與形容詞的修飾關係，以及主詞與謂語的表現上，名詞的性別都必須一致。

(1) 陽性名詞

طَالِبٌ 男學生　طَبِيبٌ 男醫生

كَبِيرٌ 大的（陽性型）　جَدِيدٌ 新的（陽性型）

(2) 陰性名詞

①大部分的陽性名詞（主要是形容詞、職業名詞）字尾加上 ة

طَالِبَةٌ 女學生　طَبِيبَةٌ 女醫生

كَبِيرَةٌ 大的（陰性型）　جَدِيدَةٌ 新的（陰性型）

②原本的字尾為 ة

قَهْوَةٌ 咖啡　سَاعَةٌ 時鐘

شَقَّةٌ 公寓　حَدِيقَةٌ 公園

③人類的女性與動物的雌性

أُمٌّ 母親　أُخْتٌ 姊妹

بِنْتٌ 少女、女兒　حَامِلٌ 孕婦

④大部分的地名、國家名

فَرَنْسَا 法國　مِصْرُ 埃及

اَلْجَزَائِرُ 阿爾及利亞　لندن 倫敦

⑤人體的偶數器官

رِجْلٌ 腿　يَدٌ 手　كَتِفٌ 肩膀

أُذُنٌ 耳朵　عَيْنٌ 眼睛

⑥慣用的陰性名詞

حَرْبٌ 戰爭　شَمْسٌ 太陽　رِيحٌ 風
بِئْرٌ 井　أَرْضٌ 土地、地球

9 阿拉伯語動詞

阿拉伯語的動詞基本型態是由三個子音所組成的三字根動詞，稱為「原形動詞」或「三字根動詞」。

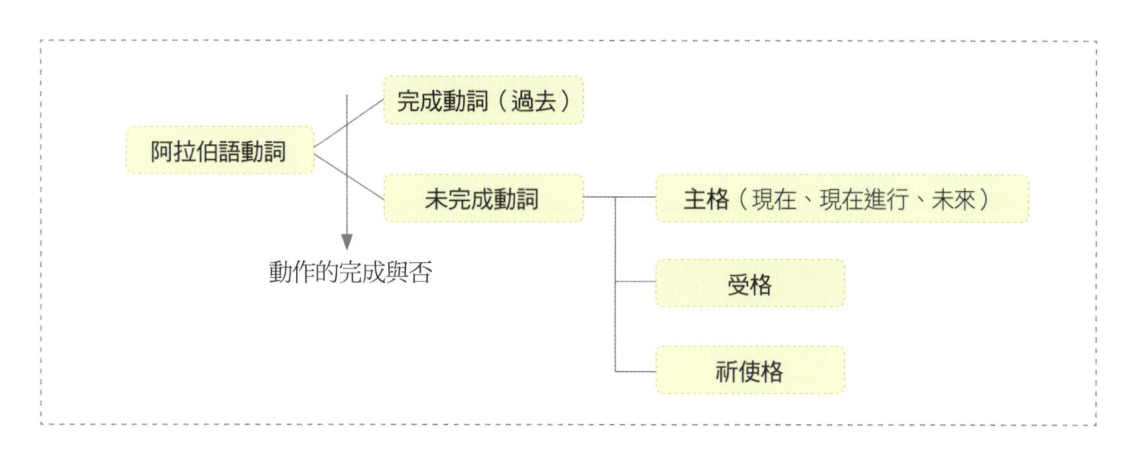

阿拉伯語動詞
完成動詞（過去）
未完成動詞
動作的完成與否
主格（現在、現在進行、未來）
受格
祈使格

(1)依動詞構造分類

剛性動詞：指無省略或變形子音的完成式或未完成式動詞，詞首、詞中、詞尾皆沒有Hamzah的動詞，以及第二個子音與第三個子音重複的動詞。

柔性動詞：指有省略或變形子音的完成型或未完成型動詞。柔性動詞主要分為以下三種。

①首柔動詞－第一個子音為 و 或 ي 的動詞

②中柔動詞－中間子音為 و 或 ي 的動詞

③尾柔動詞－最後一個子音為 و 或 ي 的動詞

(2) 依時態分類

過去式：指已完成的事件或動作，表動詞的過去式時使用。在文句中使用時，最後一個子音連接的後綴與最後一個子音的母音符號皆依人稱而變化。

現在式：指尚未完成的動作或事件，表動詞的現在式時使用。在現在式動詞前方加上未來虛詞後即可建構成未來式。未完成式動詞會依人稱之性別與數量來更改第一個子音的前綴，而最後一個子音的後綴也會隨之變化。

(3) 依格位變化分類

不變位動詞：過去式動詞與現在式動詞中的第三人稱陰性複數與第二人稱陰性複數，以及動詞的命令式等，皆為格位不變化的不變位動詞。

變位動詞：現在式動詞使用在文句中時，詞尾的母音符號或子音依前方虛詞而變化的現象稱為變位，而這類動詞則稱為變位動詞。

① 主　格－表現在式之現在式動詞的變位。
② 受　格－虛詞 أَنْ、لَنْ、لِـ、كَيْ、لِكَيْ、حَتَّى、فَ 後之現在式字尾的變位。
③ 祈使格－過去否定 لَمْ、否定命令 لا 後之未完成式詞尾的變位。

اَلدَّرْسُ الْأَوَّلُ
01

اَلسَّلَامُ عَلَيْكُمْ

您好。

- 獨立單數人稱代名詞
- 詢問人的疑問詞 مَنْ
- 後綴單數人稱代名詞
- 詢問狀態的疑問詞 كَيْفَ

主要句型與文法　　الجمل الرئيسية & القواعد

> مَنْ أَنْتِ؟
> 妳是誰？

> أَنَا مَهَا.
> 我是瑪哈。

● **獨立人稱代名詞單數**

人稱代名詞的型態隨著人稱、性別、數而有所不同。獨立人稱代名詞做為主詞使用。

第一人稱	أَنَا 我是	
第二人稱	أَنْتَ 你是	أَنْتِ 妳是
第三人稱	هُوَ 他是	هِيَ 她是

A مَنْ هِيَ؟ 她是誰？　　　A مَنْ هُوَ؟ 他是誰？
B هِيَ طَبِيبَةٌ. 他是女醫生。　B هُوَ طَبِيبٌ. 他是男醫生。

> **參考**
> 初次見面時所說的阿拉伯招呼語 السَّلَامُ عَلَيْكُمْ 是「願和平與你同在」的意思。而回應的說法為 وَعَلَيْكُمُ السَّلَامُ，有「願和平也與你同在」的意思。

● **詢問人的疑問詞 مَنْ**

阿拉伯語的文句中，疑問詞置於句首（最右邊）。置於句尾的問號與中文問號的書寫方向是相反的。

A مَنْ هِيَ؟ 她是誰？　　　A مَنْ هُوَ؟ 他是誰？
B هِيَ طَالِبَتِي. 她是我的學生。　B هُوَ مُحَمَّدٌ. 他是穆罕默德。

> كَيْفَ حَالُكَ؟
> 你過得好嗎？

> أَنَا بِخَيْرٍ، اَلْحَمْدُ لِلَّهِ.
> 我很好，感謝阿拉保佑。

● **後綴人稱代名詞單數**

後綴人稱代名詞不像獨立型一樣可以單獨使用，它必須與名詞、動詞、介詞連接。與名詞連接時，主要表所有關係，型態依指稱對象的人稱、性別、數而有所不同。

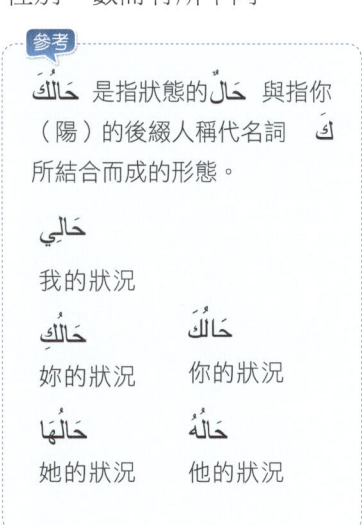

第一人稱	ـِي 我的		
第二人稱	ـكَ 你的	ـكِ 妳的	
第三人稱	ـهُ 他的	ـهَا 她的	

參考

حَالُكَ 是指狀態的 حَالٌ 與指你（陽）的後綴人稱代名詞 كَ 所結合而成的形態。

حَالِي
我的狀況

حَالُكِ	حَالُكَ
妳的狀況	你的狀況
حَالُهَا	حَالُهُ
她的狀況	他的狀況

（對方是男性時）你過得好嗎？　كَيْفَ حَالُكَ؟

（對方是女性時）幸會。　أَهْلاً بِكِ.

● **詢問狀態的疑問詞** كَيْفَ

كَيْفَ 是「如何」的意思。كَيْفَ الْحَالُ 則是指「那個狀況」的 الْحَالُ 與疑問詞「如何」 كَيْفَ 結合而成的表現，意指「狀態如何」，是用來詢問狀態或平安與否的表現，如「還好嗎？」、「過得好嗎？」等。

（無論對象是誰）過得好嗎？　كَيْفَ الْحَالُ؟　　（對象為男性）你過得好嗎？　كَيْفَ حَالُكَ؟

A كَيْفَ حَالُهُ؟　他過得好嗎？

B هُوَ بِخَيْرٍ، اَلْحَمْدُ لِلَّهِ.　他很好，感謝阿拉保佑。

對話 1 الحوار 1

009.MP3

مَنْ أَنْتِ؟
أَنَا يُوجِينْ وَأَنَا طَالِبَةٌ.

拉妮亞　早安？
宥真　早安？
拉妮亞　妳是誰呢？
宥真　我是宥真。我是學生。
拉妮亞　我是拉妮亞。我也是學生。

رَانِيَا　صَبَاحَ الْخَيْرِ.

يُوجِينْ　صَبَاحَ النُّورِ.

رَانِيَا　مَنْ أَنْتِ؟

يُوجِينْ　أَنَا يُوجِينْ وَأَنَا طَالِبَةٌ.

رَانِيَا　أَنَا رَانِيَا وَأَنَا طَالِبَةٌ أَيْضًا.

新單字

- صَبَاحٌ 早上
- خَيْرٌ 美好、福氣
- نُورٌ 光
- مَنْ 誰
- طَالِبَةٌ 女學生

新表現

أَيْضًا 也是、而且
（對之前所提及的內容有所共鳴或同意時使用。）

對話Tip

صَبَاحَ الْخَيْرِ 可直譯為「善之早晨」或「福之早晨」。回應方式為 صَبَاحَ النُّورِ ，意指「光之早晨」，是非常有感情的招呼語。除了 صَبَاحَ النُّورِ 之外，還有 صَبَاحَ الْوَرْدِ「玫瑰之晨」、 صَبَاحَ الْفُولِ 「豆之早晨」等各種表現方式。

26 我的第一本阿拉伯語課本

對話 2　　الحوار2

> كَيْفَ حَالُكِ؟
>
> أَنَا بِخَيْرٍ، اَلْحَمْدُ لِلهِ.

宥真　瑪哈，妳好。
瑪哈　宥真，妳好。
宥真　妳過得好嗎？
瑪哈　我很好。感謝阿拉保佑。那妳呢？
宥真　我也很好。感謝阿拉保佑。

يُوجِين　مَرْحَبًا، يَا مَهَا.

مَهَا　مَرْحَبًا، يَا يُوجِين.

يُوجِين　كَيْفَ حَالُكِ؟

مَهَا　أَنَا بِخَيْرٍ، اَلْحَمْدُ لِلهِ. وَأَنْتِ؟

يُوجِين　أَنَا بِخَيْرٍ، اَلْحَمْدُ لِلهِ.

新單字

يَا	（呼喚）呀、～小姐、～先生
كَيْفَ	如何
حَالُكِ	妳的狀態
حَالٌ	狀態、情況
أَنَا	我是
وَ	那麼、然後
أَنْتِ	妳

新表現

اَلْحَمْدُ لِلهِ　感謝阿拉（真主）保佑（發生好事時所使用的感謝表現）

對話 Tip　مَرْحَبًا 是「歡迎」或「你好」的意思，這句話源自於遊牧民族的生活習慣，他們會用這句話來問候騎著駱駝路過的人，原意為「我們為你準備了充足的空位」。

第01課　27

補充單字　　المفردات الإضافية

狀態相關單字

مَسْرُورٌ	حَزِينٌ	سَعِيدٌ	غَاضِبٌ
開心的	悲傷的	幸福的	生氣的

مَشْغُولٌ	تَعَبٌ	نَاعِسٌ	مَرِيضٌ
忙碌的	疲倦的	睏的	不舒服的

خَائِفٌ	جَوْعَانُ	عَطْشَانُ	شَبْعَانُ
害怕的	飢餓的	口渴的	飽足的

外貌相關單字

قَصِيرٌ	طَوِيلٌ	نَحِيفٌ	سَمِينٌ
個子矮的	個子高的	瘦的	胖的

وَسِيمٌ	جَمِيلٌ	لَطِيفٌ	جَذَّابٌ
帥氣的	美麗的	可愛的	有魅力的

> **參考**
> 以上單字全都是陽性名詞。後面加上 ة 後就會轉化為陰性名詞。

實用表現 التعبيرات المفيدة

011.MP3

見面與分開時的招呼語

السَّلَامُ عَلَيْكُمْ.
وَعَلَيْكُمُ السَّلَامُ.

A 妳好。
B 妳好。

مَسَاءَ الْخَيْرِ يَا إِبْرَاهِيمُ. كَيْفَ الْحَالُ؟
مَسَاءَ النُّورِ يَا فَرِيدُ أَنَا بِأَلْفِ خَيْرٍ.

A 晚安，亞伯拉罕。你過得好嗎？
B 晚安，法立德，我過得非常好。

參考

مَسَاءُ الْخَيْرُ 中的 مَسَاءٌ「下午」、「晚上」的意思，所以是下午之後的招呼語。

參考

أَنَا بِأَلْفِ خَيْرٍ 中的 أَلْفٌ 是數字「千」的意思。而「一千個過得好」就是指過得非常好。

فُرْصَةٌ سَعِيدَةٌ.
فُرْصَةٌ سَعِيدَةٌ.

A 很高興認識你。
B 很高興認識妳。

注意

فُرْصَةٌ سَعِيدَةٌ 指的是「高興的機會」，與第一次見面的人分開時，可以用來表達「很高興認識你」的意思。回應時使用相同的表現即可。

補充單字

التدريبات

文法

1 下列獨立人稱代名詞中，何者的意義連接<u>不</u>正確？

① 她是 - هُوَ　② 你是 - أَنْتَ　③ 我是 - أَنَا　④ 妳是 - أَنْتِ

2 下列後綴人稱代名詞中，何者意義連接<u>不</u>正確？

① 他的 - ـهُ　② 你的 - ـكَ　③ 她的 - ـكِ　④ 我的 - ـي

3 下列何者<u>不</u>是見面時的招呼語？

① فُرْصَةٌ سَعِيدَةٌ

② اَلسَّلَامُ عَلَيْكُمْ

③ أَنَا طَالِبٌ

④ صَبَاحَ الْخَيْرِ

4 下列何者文法<u>不</u>正確？

① اَلسَّلَامُ عَلَيْكُمْ.

وَعَلَيْكُمُ السَّلَامْ.

② مَنْ أَنْتِ؟

③ أَنَا مَهَا، وَأَنَا طَالِبَةٌ.

وَمَنْ أَنْتِ؟

④ هِيَ طَالِبٌ.

聽力

● 請聽CD，並回答問題。 012.MP3

(1) 亞伯拉罕是誰？
　① 教授　　　② 學生　　　③ 作家　　　④ 藥師

(2) 法立德是誰？
　① 設計師　　② 理髮師　　③ 學生　　　④ 老師

閱讀

● 請閱讀對話，並選出正確的人物說明。

أَنَا يُونَا وَأَنَا كَاتِبَةٌ.

أَنَا رَانِيَا وَأَنَا طَالِبَةٌ.

① 宥娜是學生。
② 拉妮亞不舒服。
③ 拉妮亞是學生。
④ 宥娜與拉妮亞是同班同學。

▶ كَاتِبَةٌ 作家（陰）

文化 Q&A

الثقافة

Q 在伊斯蘭要怎麼打招呼呢？

A 阿拉伯人打招呼時會說 السلام عليكم （願和平與你同在）與 وعليكم السلام （願和平也與你同在）。由於阿拉伯人會向他們所信仰的阿拉（真主）祈禱和平，對阿拉伯人來說，這便是最阿拉伯式，最伊斯蘭式的招呼語，所以也是最常使用的。

● 伊斯蘭的問候方式

握手：在阿拉伯世界裡，握手時的原則是使用乾淨的右手。此外，男性宜與男性握手，女性宜與女性握手。雖然最近較西歐化的女性會要求和部分男性握手，或是主動握手，但這是例外中的例外，在阿拉伯，異性之間是不宜有身體接觸的。

擁抱與貼臉：一般來說，擁抱是親密的家人，或親戚、朋友之間的問候方式，頭先往右，再往左，雙方方向交錯。擁抱後，有時會繼續將頭靠在對方的肩膀上，或彼此貼著臉頰。外國人可能會因為搞錯頭的方向而上演尷尬的狀況，這點要多加注意。

牽手：阿拉伯男性之間的牽手僅僅是一種代表純友誼、關係熟稔，或是身為同一家族成員的手部動作。雖然台灣很少見到男性大大方方地牽著手走在路上，但在阿拉伯，這可是很自然的景象呢。

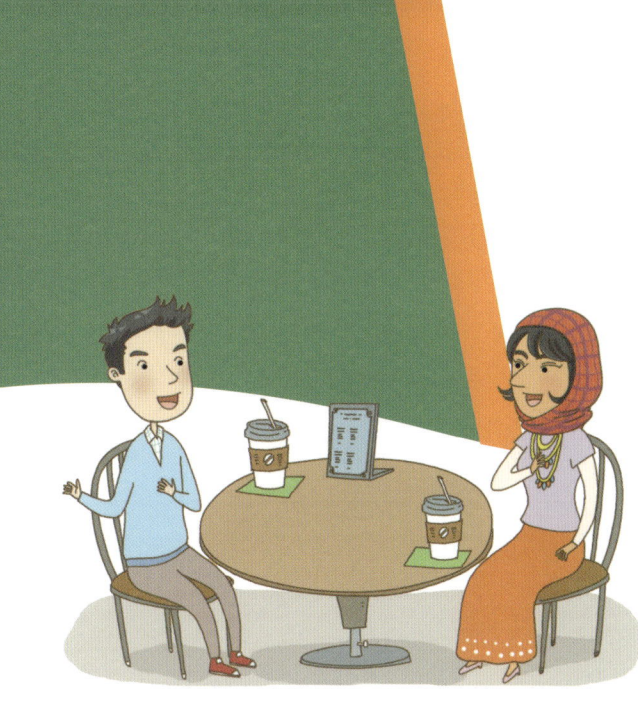

اَلدَّرْسُ الثَّانِيُّ

02

أَنَا مِنْ كُورِيَا

我來自韓國。

- 名詞的性別
- 指示代名詞

主要句型與文法

الجمل الرئيسية & القواعد

أَنَا مِنْ مِصْرَ. أَنَا مِصْرِيَّةٌ.
我來自埃及。
我是埃及人。
أنا تَايوَانِيٌّ، أنا مِن تَايوَان.
我來自台灣的。
我是台灣人。

名詞的性別

阿拉伯語的名詞分為陽性與陰性兩種，像「母親」這類本身具有性別的單字便順應其自然的性質，但大部分的名詞會透過 ة(تَاءٌ مَرْبُوطَةٌ Ta marbuta)來區分性別。在陽性名詞後加上 ة 便會成為陰性名詞。

意思	陽性	陰性
經理	مُدِيرٌ	مُدِيرَةٌ
朋友	صَدِيقٌ	صَدِيقَةٌ
作家	كَاتِبٌ	كَاتِبَةٌ
特派記者	مُرَاسِلٌ	مُرَاسِلَةٌ
設計師	مُصَمِّمٌ	مُصَمِّمَةٌ

如上圖所示，在陽性名詞後加上 ة 來轉化成陰性名詞時，ة 前方子音的母音會變成 َ。

她是我的母親。 هِيَ أُمِّي.

我是瑪哈。
我是（女性）作家。 أَنَا مَهَا وَأَنَا كَاتِبَةٌ.

參考

ة是阿拉伯字母 ت卷成圓圈的形態。

注意

分辨名詞性別時，有些特殊的單字即便沒有加 ة，也會被視為陰性名詞。例如手、腳等成對的身體部位與地名，以及أَرْضٌ「土地」、سُوقٌ「市場」、حَرْبٌ「戰爭」等，都被視為陰性名詞。

هَذِهِ نَظَّارَةٌ.
這個是眼鏡。
ذَلِكَ كِتَابٌ.
那個是書。

指示代名詞

在用指示代名詞來指稱人事物時，須依之前所學過的名詞性別使用不同的指示代名詞。表「這」的 هَذَا 搭配陽性名詞，هَذِهِ 則搭配陰性名詞；表「那」的 ذَلِكَ 搭配陽性名詞，تِلْكَ 則搭配陰性名詞。

指示代名詞	這	陽性	هَذَا	這是個男學生。	هَذَا طَالِبٌ.
				這個少年是～	هَذَا الْوَلَدُ
		陰性	هَذِهِ	這是個女學生。	هَذِهِ طَالِبَةٌ.
				這個少女是～	هَذِهِ الْبِنْتُ
	那	陽性	ذَلِكَ	那位是男老師。	ذَلِكَ مُدَرِّسٌ.
				那間房子是～	ذَلِكَ الْبَيْتُ
		陰性	تِلْكَ	那位是女老師。	تِلْكَ مُدَرِّسَةٌ.
				那間學校是～	تِلْكَ الْمَدْرَسَةُ

A مَنْ هَذَا؟ 這個人是誰？

B هَذَا مُدَرِّسِي. 這位是我的老師。

A مَنْ ذَلِكَ الْوَلَدُ؟ 那個少年是誰？

B ذَلِكَ الْوَلَدُ مَحْمُودٌ. 那個少年是穆罕默德。

參考

هَذَا طَالِبٌ 的意思是「這是個學生。」，但 طَالِبٌ 加上冠詞 اَلْ 後，就會變成 اَلطَّالِبُ，確指「那個學生」。而 هَذَا الطَّالِبُ 便是「這個學生」的意思。

對話 1 الحوار1

013.MP3

مِنْ أَيْنَ أَنْتَ يَا إِبْرَاهِيمُ؟
أَنَا مِنَ الأُرْدُنِ.

宥真	你好。
亞伯拉罕	妳好。我的名字叫亞伯拉罕。
宥真	我的名字叫宥真。你是從哪裡來的，亞伯拉罕？
亞伯拉罕	我來自約旦。那妳是從哪裡來的呢，宥真？
宥真	我來自韓國。我是韓國人。

يُوجِينْ	أَهْلًا وَسَهْلًا.
إِبْرَاهِيم	أَهْلًا بِكِ. اِسْمِي إِبْرَاهِيمُ.
يُوجِينْ	اِسْمِي يُوجِينْ. مِنْ أَيْنَ أَنْتَ يَا إِبْرَاهِيمُ؟
إِبْرَاهِيم	أَنَا مِنَ الأُرْدُنِ.
	وَأَنْتِ يَا يُوجِينْ، مِنْ أَيْنَ أَنْتِ؟
يُوجِينْ	أَنَا مِنْ كُورِيَا، أَنَا كُورِيَّةٌ.

新單字

- اِسْمٌ 名字
- اِسْمِي 我的名字
- مِنْ 從～
- أَيْنَ 哪裡
- الأُرْدُنُّ 約旦
- كُورِيَا 韓國

新表現

- مِنْ أَيْنَ 從～來

對話 Tip

- أَهْلًا وَسَهْلًا 本來是遊牧民族的打招呼方式，指「來到我們的家園，便有寬廣的土地能讓你下來歇息。」，有熱情款待的意思。
- مِنْ أَيْنَ؟ 是詢問對方來自什麼國家的問句。除此之外，還可以用在「你從哪裡過來？」等各種情境之下。أَيْنَ 是表「（在）哪裡」的疑問詞，مِنْ 則是有「從～」意義的介詞。

對話 2 الحوار2

014.MP3

مَنْ هَذِهِ؟
هَذِهِ هِيَ زَمِيلَتِي.

珉豪　這位是？
亞伯拉罕　她是我的同事。
珉豪　妳好，妳叫什麼名字？
瑪哈　你好，我的名字叫瑪哈。你叫什麼名字呢？
珉豪　我的名字叫珉豪。瑪哈，妳是從哪裡來的？
瑪哈　我來自埃及。我是埃及人。

مِينْ هُو　مَنْ هَذِهِ؟

إِبْرَاهِيمُ　هَذِهِ هِيَ زَمِيلَتِي.

مِينْ هُو　أَهْلًا وَسَهْلًا. مَا اِسْمُكِ؟

مَهَا　أَهْلًا بِكَ. اِسْمِي مَهَا. مَا اِسْمُكَ؟

مِينْ هُو　اِسْمِي مِينْ هُو. مِنْ أَيْنَ أَنْتِ يَا مَهَا؟

مَهَا　أَنَا مِنْ مِصْرَ. أَنَا مِصْرِيَّةٌ.

新單字

- زَمِيلَتِي 我的同事
- اِسْمُكِ 妳的名字
- اِسْمُكَ 你的名字
- مِصْرُ 埃及
- مِصْرِيَّةٌ 埃及的，埃及女性

新表現

مِصْرِيَّةٌ 埃及的，埃及女性（欲表現男性時，可說 مِصْرِيٌّ。）

對話Tip

「埃及」مِصْرُ是雙格（半變尾）名詞。一般名詞會有主格(ـُ)、受格(ـَ)、所有格(ـِ)等三格位，而雙格名詞指的是只有主格(ـُ)與受格(ـَ)的名詞。主詞標示為主格(ـُ)，而受格(ـَ)與所有格(ـِ)一律標示為受格(ـَ)。當介詞後連接的是一般的三格位名詞，名詞便成為所有格格(ـِ)。但若介詞後連接的是雙格名詞，則標示為受格(ـَ)。因此介 詞 مِنْ 後方所連接的 مِصْرُ 會變為 مِصْرَ，而不是 مِصْرِ。

補充單字 المفردات الإضافية

主要阿拉伯國家名

لُبْنَانُ
黎巴嫩

اَلْيَمَنُ
葉門

لِيبِيَا
利比亞

عُمَانُ
阿曼

اَلْمَغْرِبُ
摩洛哥

اَلْأُرْدُنُّ
約旦

اَلْعِرَاقُ
伊拉克

مِصْرُ
埃及

قَطَرُ
卡達

اَلسُّودَانُ
蘇丹

اَلْجَزَائِرُ
阿爾及利亞

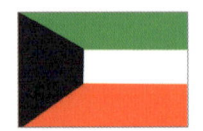

فِلَسْطِينُ
巴勒斯坦

اَلْكُوَيْتُ
科威特

سُورِيَا
敘利亞

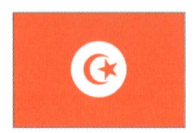

تُونِسُ
突尼西亞

اَلْمَمْلَكَةُ الْعَرَبِيَّةُ السُّعُودِيَّةُ
沙烏地阿拉伯

مَمْلَكَةُ الْبَحْرِينِ
巴林

الْإِمَارَاتُ الْعَرَبِيَّةُ الْمُتَّحِدَةُ
阿拉伯聯合大公國

實用表現 التعبيرات المفيدة

015.MP3

詢問國籍的各種表現與職業的詢問

مِنْ أَيِّ بَلَدٍ؟
أَنَا مِنَ الْيَابَانِ.

A　妳是從哪個國家來的？
B　我來自日本。

مَا جِنْسِيَّتُكَ؟
أَنَا كُورِيٌّ.

A　你的國籍是什麼？
B　我是韓國人（陽）。

B的其他表現

我是韓國人（陰）。	أَنَا كُورِيَّةٌ.
你是約旦人嗎？	هَلْ أَنْتَ أُرْدُنِيٌّ؟
不是，我是敘利亞人。	لَا، أَنَا سُورِيٌّ.

مَا وَظِيفَتُكَ؟
أَنَا طَبَّاخٌ.

A　你的職業是什麼？
B　我是廚師。

A的其他表現

你的職業是什麼？（詢問男性）	مَا مِهْنَتُكَ؟
妳的職業是什麼？（詢問女性）	مَا مِهْنَتُكِ؟

補充單字 التدريبات

文法

1 請選出適合填在空格中的字。

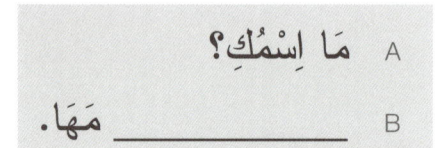

A مَا اِسْمُكِ؟

B ______ مَهَا.

① اِسْمُهُ　② اِسْمُكَ

③ اِسْمُهَا　④ اِسْمِي

2 請選出非陰性名詞的單字。

① مَدْرَسَةٌ　② كَاتِبَةٌ　③ طَبِيبَةٌ　④ طَالِبٌ

3 下列陰性單字皆由陽性單字轉化而成，請選出錯誤的。

① طَبِيبَةٌ ← طَبِيبٌ　② كَاتِبَةٌ ← كَاتِبٌ

③ مُهَنْدِسَةٌ ← مُهَنْدِسٌ　④ كُورِيٌّ ← كُورِيَا

4 以下是宥真與拉妮亞的對話。請選出對話中錯誤的部分。

① مَنْ أَنْتِ؟

② أَنَا مِنْ مِصْرَ.
وَمِنْ أَيْنَ أَنْتِ؟

③ أَنَا مِنْ كُورِيَا.

④ أَهْلاً وَسَهْلاً.

⑤ أَهْلًا بِكِ.

聽力

- 請聽CD，並參考補充單字，將人物與國籍配對。 016.MP3

① 萊拉－敘利亞　② 宥真－韓國　③ 薩米拉－黎巴嫩　④ 哈珊－摩洛哥

閱讀

1 請閱讀下列句子，並選出正確的對話排序。

(1) أَهْلًا بِكَ. أَنَا مِنَ الْأُرْدُنِّ.

(2) مَا اسْمُكَ؟

(3) أَهْلًا وَسَهْلًا. أَنَا مِنْ كُورِيَا. مِنْ أَيْنَ أَنْتَ؟

(4) اِسْمِي فَرِيدٌ.

① (4)→(2)→(1)→(3)　② (3)→(2)→(1)→(4)

③ (3)→(1)→(2)→(4)　④ (4)→(3)→(1)→(2)

2 請閱讀下列句子，並選出符合中文意思，且適合填入空格中的指示代名詞組合。

فَرِيدٌ	مَنْ (1) ؟	這個人是誰？
يُوجِين	(1) مُدَرِّسِي.	這位是我的老師。
فَرِيدٌ	وَمَنْ (2) ؟	那個人是誰？
يُوجِين	(2) هُوَ زَمِيلِي.	那位是我的同事。

① (1) هَذَا (2) ذَلِكَ　② (1) ذَلِكَ (2) هَذَا

③ (1) تِلْكَ (2) هَذِهِ　④ (1) تِلْكَ (2) ذَلِكَ

文化Q&A

Q 阿拉伯人怎麼取名字呢？

A 阿拉伯人的名字具有非常奇特且複雜的構造。通常自己的名字後面會連接父親與祖父的名字，必要時還會使用到曾祖父的名字。而且名字的最後還會記錄家族、職業、出生地等，等同於我們的姓氏。

舉例來說，أحمد أسد عبد الله المكتوم 就是是 المكتوم 家族的 عبد الله（祖父名字）的兒子 أسد （父親名字）的兒子 أحمد（本人名字）。

此外，名字之間若是加入了ابن等，就代表「OO的兒子」；若是加入了 بنت，則代表「OO的女兒」。有時還會在本人名字前方加上 الإمام 或 الدكتور、الشيخ 等職稱。

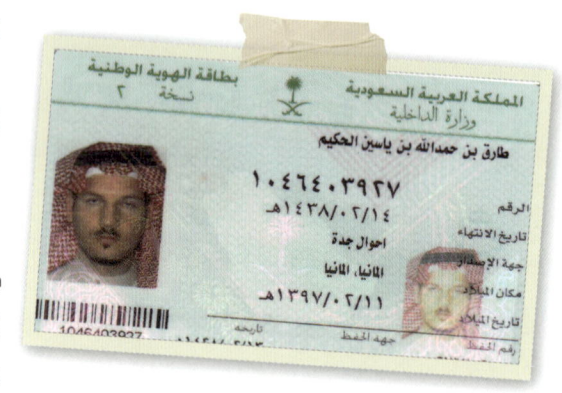

例如的 الشيخ محمد بن حسين بن عبد الله بن المكتوم 職稱為 شيخ ，他是 المكتوم 家族 عبد الله 的兒子 حسين 的兒子 محمد （本人名字）。

而從阿拉伯名字中，也可以很輕易地得知其故鄉或家族。另外已婚女子生了孩子以後，就會被稱為「OO媽媽」，父親則叫做「OO爸爸」，在阿拉伯同樣也有 أبو محمد（穆罕默德爸爸）、أم محمد（穆罕默德媽媽）這樣的說法。這個體制稱為 كنية ，一般取長男的名字來稱呼。

阿拉伯語的每個名字都有其特有的意義。孩子出生後，會在產後或生產後的第七天，以自然環境等正面的單字來為其命名。但是通常還是以伊斯蘭教單字或與先知 محمد 相關的名字最受歡迎。

اَلدَّرْسُ الثَّالِثُ

03

هَلْ هٰذِهِ مَدْرَسَةٌ؟

這是學校嗎？

- 疑問詞 هَلْ، مَا، مَاذَا
- （在）這裡 هُنَا、
  （在）那裡 هُنَاكَ
- 名詞的三格

主要句型與文法　　الجمل الرئيسية & القواعد

> هَلْ هَذَا كِتَابُكِ؟
> 這是妳的書嗎？

> نَعَمْ، هَذَا كِتَابِي.
> 是，是我的書。

● 疑問詞　هَلْ، مَا، مَاذَا

阿拉伯語中有各種疑問詞，本課將會介紹最具代表性的 هَلْ、مَا、مَاذَا。

疑問詞	特徵	例句	
هَلْ	可建構有「是〜嗎？」、「要做〜嗎？」意思的問句，回答方式為「是、好」、「不是、不好」。	這是書嗎？	A هَلْ هَذَا كِتَابٌ؟
		是，這是書。	B نَعَمْ، هَذَا كِتَابٌ.
		不是，這是筆記本。	B لَا، هَذَا دَفْتَرٌ.
مَا	有「什麼」意思的疑問詞，置於以名詞起始的句子開頭處，便能建構問句。	這是什麼？	A مَا هَذَا؟
		這是筆記本。	B هَذَا دَفْتَرٌ.
		你的名字是什麼？	A مَا اِسْمُكِ؟
		我的名字是吉娜。	B اِسْمِي زِينَةٌ.
مَاذَا	有「什麼」意思的疑問詞，置於以動詞或副詞起始的句子開頭處，便能建構問句。	有什麼事嗎？	مَاذَا بِكَ؟
		你在學習什麼？	A مَاذَا تَدْرُسُ؟
		我在學繪畫。	B أَدْرُسُ الرَّسْمَ.

أَيْنَ مَدْرَسَتُكَ؟
你的學校在哪裡？
هُنَا مَدْرَسَتِي.
這裡是我的學校。

（在）這裡 هُنَا、（在）那裡 هُنَاكَ

هُنَا 是「（在）這裡」的意思，在指稱鄰近地方時使用；هُنَاكَ 則是「（在）那裡」的意思，在指稱遙遠地方時使用。

هُنَا （在）這裡		هُنَاكَ （在）那裡	
這裡有學校。	هُنَا مَدْرَسَةٌ.	那裡有房子。	هُنَاكَ بَيْتٌ.
這裡有你的書嗎？	هَلْ هُنَا كِتَابُكَ؟	那裡有什麼？	مَاذَا هُنَاكَ؟

名詞的三格

	泛指	確指
主格 ـُ	كِتَابٌ 一本書	اَلْكِتَابُ 這本書
	مَدْرَسَةٌ 一間學校	اَلْمَدْرَسَةُ 這間學校
受格 ـَ	كِتَابًا 一本書	اَلْكِتَابَ 這本書
	مَدْرَسَةً 一間學校	اَلْمَدْرَسَةَ 這間學校
所有格 ـِ	كِتَابٍ 一本書	اَلْكِتَابِ 這本書
	مَدْرَسَةٍ 一間學校	اَلْمَدْرَسَةِ 這間學校

參考

泛指名詞受格時最後一個子音要加上A。但若是確指名詞或是以陰性型的Ta marbuta結尾時，則不加。

範例 كِتَابًا（一本）書　　مَدْرَسَةً（一間）學校
مُدَرِّسَةً（一位）女老師　　مُدَرِّسًا（一位）男老師

對話 1

الحوار 1

017.MP3

> مَا هَذَا الْبِنَاءُ الْجَمِيلُ؟
>
> هَذَا قَصْرٌ قَدِيمٌ.

拉妮亞　這個美麗的建築物是什麼？
宥真　　這是「景福宮」。
拉妮亞　這個宮殿是新的嗎？
宥真　　不是，它很古老了。
拉妮亞　真的好美。
宥真　　沒錯。

رَانِيَا	مَا هَذَا الْبِنَاءُ الْجَمِيلُ؟
يُوجِينْ	هَذَا قَصْرُ "كيونغ بوك".
رَانِيَا	هَلْ هَذَا الْقَصْرُ حَدِيثٌ؟
يُوجِينْ	لَا، هَذَا الْقَصْرُ قَدِيمٌ جِدًّا.
رَانِيَا	وَاللهِ جَمِيلٌ.
يُوجِينْ	فِعْلًا.

新單字

- بِنَاءٌ　建築物
- جَمِيلٌ　美麗的
- قَصْرٌ　宮殿
- حَدِيثٌ　現代的、新的
- لَا　不是
- قَدِيمٌ　古老的
- جِدًّا　非常、真的
- فِعْلًا　確實、真實地

新表現

وَاللهِ　確實、發誓
（加上疑問符號，說 وَاللهِ؟ 時，便會有「真的嗎？」、「你發誓？」的意思）

對話 Tip　對對方的話表示同意或附和時，可以使用 صَحِيحٌ 與 فِعْلًا 這兩個表現。فِعْلًا 是有「真的」意思的副詞，صَحِيحٌ 則是有「正確的」意義的形容詞。

對話 2 الحوار2

> أَيْنَ جَامِعَةُ الْقَاهِرَةِ؟

> الْجَامِعَةُ بَعِيدَةٌ عَنْ هُنَا.

瑪哈　有真，這是艾因夏姆斯大學。
宥真　看起來很古老。
瑪哈　沒錯。
宥真　妳是這間大學的學生嗎？
瑪哈　是的。
宥真　那麼開羅大學在哪裡呢？
瑪哈　那間大學離這裡很遠。

مَهَا： هَذِهِ جَامِعَةُ "عَيْنُ شَمْسٍ"، يَا يُوجِينْ.

يُوجِينْ： تَبْدُو قَدِيمَةً.

مَهَا： صَحِيحٌ.

يُوجِينْ： هَلْ أَنْتِ طَالِبَةٌ فِي هَذِهِ الْجَامِعَةِ؟

مَهَا： نَعَمْ.

يُوجِينْ： إِذَنْ، أَيْنَ جَامِعَةُ الْقَاهِرَةِ؟

مَهَا： جَامِعَةُ الْقَاهِرَةِ بَعِيدَةٌ عَنْ هُنَا.

新單字

جَامِعَةٌ	大學
تَبْدُو	那個（第三人稱陰性單數）看起來～。
صَحِيحٌ	沒錯
فِي	在～
نَعَمْ	是
إِذَنْ	那麼
الْقَاهِرَةُ	開羅
بَعِيدَةٌ عَنْ	離～很遠的
عَنْ	從～、有關～

新表現

جَامِعَةُ الْقَاهِرَةِ 開羅大學

جَامِعَةُ عَيْنُ شَمْسٍ 艾因夏姆斯大學

（位於埃及首都開羅，艾因夏姆斯有「太陽之眼」這個美好的含意。）

對話 Tip

يَبْدُو 有「看起來～」的意思，在日常生活中十分常用。يَبْدُو 後方連接以受格雙音結尾的謂語。「يَبْدُو قَرِيبًا 那看起來很近」，不只可以修飾事物，也可以修飾人。說 تَبْدُو تَعْبَانَ 的時，就有「你看起來很累呢。」的意思。

第03課　47

補充單字 المفردات الإضافية

教室相關單字

1 نَافِذَةٌ 窗戶

2 طَالِبٌ 學生

3 مَكْتَبٌ 書桌

4 قَلَمٌ 筆

5 سَبُّورَةٌ 黑板

6 كِتَابٌ 書

7 حَقِيبَةٌ 包包

8 كُرْسِيٌّ 椅子

9 دَفْتَرٌ 筆記本

10 مُعَلِّمٌ 老師

學校相關單字

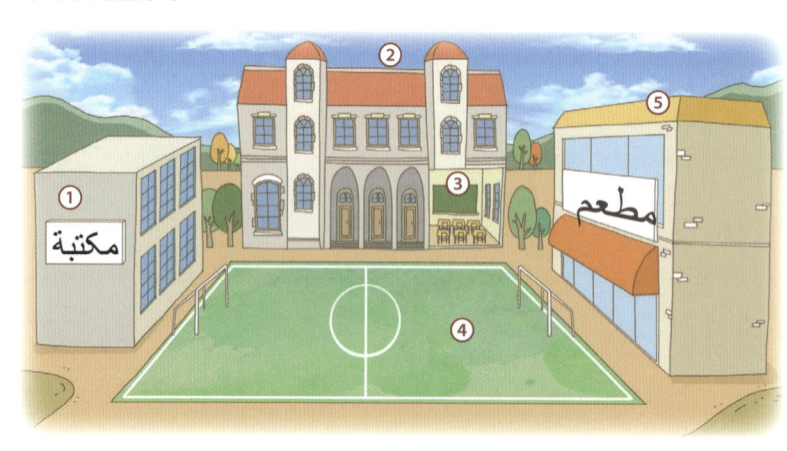

1 مَكْتَبَةٌ 圖書館

2 مَدْرَسَةٌ 學校

3 فَصْلٌ 教室

4 مَلْعَبٌ 運動場

5 مَطْعَمٌ 餐廳

參考

جَامِعَةٌ 大學

位置介詞

عَلَى / فَوْقَ 在～上

تَحْتَ 在～下

أَمَامَ 在～前

وَرَاءَ 在～後

實用表現   التعبيرات المفيدة

活用介詞的表現

أَيْنَ الْقَلَمُ؟

الْقَلَمُ عَلَى الْمَكْتَبِ.

A 鉛筆在哪裡？
B 鉛筆在書桌上。

參考

介詞後連接的名詞須使用所有格。
範例 تَحْتَ الْمَكْتَبِ   وَرَاءَ الْجَامِعَةِ
書桌下面   大學後面

هَلْ هَذَا دَفْتَرُكِ؟

لَا، دَفْتَرِي فِي حَقِيبَتِي.

A 這是妳的筆記本嗎？
B 不是，我的筆記本在我的包包裡。

參考

介詞可以置於句首。
我的學校裡有運動場。   فِي مَدْرَسَتِي مَلْعَبٌ.
我家前面有公園。   أَمَامَ بَيْتِي حَدِيقَةٌ.

أَيْنَ الْمُعَلِّمَةُ؟

الْمُعَلِّمَةُ أَمَامَ السَّبُّورَةِ.

A 老師（陰）在哪裡？
B 老師（陰）在黑板前面。

補充單字

التدريبات

文法

1 請閱讀對話，並選出正確答案。

مَاذا هُناكَ؟

هُناكَ دفْترٌ.

①

②

③

④

2 請選出適合填入空格的單字。

هَلْ أَنْتِ طَالِبَةٌ؟

، أَنَا طَالِبَةٌ. ______

① هُنَا　② مَا　③ نَعَمْ　④ لَا

3 請從〈範例〉中選出適合填入空格的單字。

範例　① طَوِيلٌ　② حَدِيثَةٌ　③ جَدِيدٌ

(1) 新老師　مُعَلِّمٌ ______

(2) 長筆　قَلَمٌ ______

(3) 新學校　مَدْرَسَةٌ ______

50 我的第一本阿拉伯語課本

聽力

● 請聽MP3，並選出包包的正確位置。　020.MP3

① ② ③ ④

閱讀

1 請聽MP3，並選出包包的正確位置。

هُنَا فَصْلٌ.
هَذِهِ سَبُّورَةٌ.
هَذَا قَلَمٌ.
هُنَا مَكْتَبٌ.
هُنَاكَ حَقِيبَةٌ.

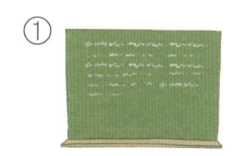

① ② ③ ④

2 請從〈範例〉中選出適合填入下方句子的疑問詞。

範例　① هَلْ　② مَا

_____ A (1) أَنْتِ طَالِبَةٌ؟
B لَا، أَنَا مُعَلِّمَةٌ.

_____ A (2) هَذَا؟
B هَذَا قَصْرٌ قَدِيمٌ.

第03課 51

文化 Q&A

الثقافة

Q 想了解阿拉伯傳統服飾嗎？

A 阿拉伯傳統服飾是男女有別的。阿拉伯男性的服裝稱為 ثوب Thobe。在海灣地區國家與葉門、伊拉克部分地區、阿拉伯半島部分地區穿著。Thobe 通常是白色，但近年來人們也會穿著各種不同顏色的 Thobe。

尤其是在海灣地區，想要著裝完整，穿上衣服後可是連頭飾都要費心妝點的。而完整的服飾必須有連身的 كَندورَة Kandoura 與 شماغ Shemagh（或 كوفية Keffiyeh、غترة Gutra），以及 عقال Ogal 的三件式套裝。先戴上小帽子，將頭髮塞好並固定住，讓髮絲不會露出來，再繞上 Shemagh 或 Keffiyeh、Gutra。Shemagh 是紅色格紋頭巾，Gutra 則是白色頭巾。Shemagh 或 Keffiyeh、Gutra 等，並不只有美觀的功能，他能在沙塵暴來襲時遮掩口鼻，在寒冷時保護頭部與喉嚨不受冷風吹，還可以防止陽光照射頭部。最後綁上稱為 Ogal 的一條帶子，它能夠固定 Shemagh 或 Gutra，防止脫落。

阿拉伯女性的傳統服飾依遮蓋臉部與身體的程度，分為能以布料蓋住臉部以外的頭髮與肩膀以上部分的 حجاب Hijab，以及遮住眼睛以外之整個臉部的 نقاب Niqab 等兩種。覆蓋整個身體的 عباية Abaya 則可以做為日常外出服穿著。Abaya 裡頭有時會穿著牛仔褲或西式服裝。

阿拉伯女性運動員發起「戴 Hijab 運動」後，以及西元 2001 年 9.11 恐怖事件後，Hijab 就成為了阿拉伯女性的時尚指標。就算戴著 Hijab，她們也拒絕像過去一樣只局限於黑、白等單一的顏色，開始著用色彩多樣且設計獨特的款式。Hijab 在全世界大受歡迎後，各大時尚名牌爭先恐後地堆出伊斯蘭女性的 Hijab。而最近阿拉伯地區具開放氛圍的國家與都市逐漸增加，穿著西方現代服飾的人也越來越多了。

52　我的第一本阿拉伯語課本

اَلدَّرْسُ الرَّابِعُ
04

مَنْ تِلْكَ الْفَتَاةُ الْجَمِيلَةُ؟

那位美麗的女子是誰呢？

- 名詞與形容詞一致
- 謂語與形容詞一致
- 名詞句的否定 لَيْسَ
- 名詞的否定疑問句
- 名詞偏正組合

主要句型與文法 الجمل الرئيسية & القواعد

هَذِهِ حَقِيبَةٌ جَمِيلَةٌ.
這是一個漂亮的包包。
نَعَمْ، جَمِيلَةٌ جِدًّا.
是啊，真的很漂亮。

名詞與形容詞一致

形容詞置於名詞後，性別、數、格、確指狀態等，都必須與被修飾的名詞一致。

(1) 性別	(2) 數	(3) 格	(4) 確定狀態
حَقِيبَةٌ جَمِيلَةٌ 漂亮的包包	بَيْتٌ حَدِيثٌ 新房子	حَقِيبَةً جَمِيلَةً 漂亮的包包	اَلْبَيْتُ الْحَدِيثُ 這個新房子

謂語與形容詞一致

前面曾經學過，形容詞具有修飾名詞的功能，而另一方面它也可以當成說明名詞狀態的謂語。形容詞被做為謂語使用時，性別、數、格與所修飾的名詞一致，但確定狀態部分則不同。

泛指狀態陽性形容詞（謂語）+ 確指陽性名詞（主語）	這個房子 是新的。	اَلْبَيْتُ حَدِيثٌ.
泛指陰性形容詞（謂語）+ 確指陰性名詞（主語）	這個包包 很漂亮。	اَلْحَقِيبَةُ جَمِيلَةٌ.

> لَا. لَيْسَ هَذَا الْبَيْتُ جَدِيدًا.
> 不是，這個房子不是新的。

> هَلْ هَذَا الْبَيْتُ جَدِيدٌ؟
> 這個房子是新的嗎？

● **名詞句的否定 لَيْسَ**

لَيْسَ 是「他（那個）不是～」的意思，具有將名詞句轉化為否定句的功能。此時，謂語的最後子音必須佔受格的雙音。依主語人稱不同而產生的型態變化如下表。

人稱	第一人稱	第二人稱陰性	第二人稱陽性	第三人稱陰性	第三人稱陽性
單數	لَسْتُ	لَسْتِ	لَسْتَ	لَيْسَتْ	لَيْسَ

لَيْسَتْ مَدْرَسَتِي بَعِيدَةً عَنْ هُنَا.
我的學校離這裡不遠。

● **名詞的否定疑問句**

名詞的否定疑問句可以利用剛剛學過的 لَيْسَ 加上疑問詞 أ 所形成的 أَلَيْسَ。

A أَلَسْتَ طَالِبًا جَدِيدًا؟
你不是新同學嗎？

B لَا، لَسْتُ طَالِبًا جَدِيدًا.
不是，我不是新同學。

● **名詞偏正組合**

名詞偏正組合是兩個以上的名詞連接在一起的型態，下方範例中的「家族照片」是由「家族」與「照片」所結合而成的單字。這類名詞在阿拉伯語中，「照片」為第一要素，「家族」則為第二要素，置於「照片」之後。

صُورَةُ + أُسْرَةٍ ：家族照片
照片：第一要素　家族：第二要素

由於第一要素後方連接著第二要素，所以沒有冠詞也能形成確指，不會變成Tanween（ـٌ、ـٍ、ـً）。而後方連接的名詞則會依句意不同，可能是確指，也有可能是泛指。但後方名詞最後子音必須是所有格。由於上方範例中的「家族」是泛指，所以要加上Tanween，寫做 أُسْرَةٍ。

第04課 55

對話 1 الحوار 1

021.MP3

هَلْ هِيَ مِصْرِيَّةٌ؟
لَا، لَيْسَتْ مِصْرِيَّةً، هِيَ لُبْنَانِيَّةٌ.

珉豪	那位美麗的女子是誰呢？
哈珊	是瑪哈的朋友，名字是法拉哈。
珉豪	她是埃及人嗎？
哈珊	不是，她不是埃及人。她是黎巴嫩人。
珉豪	她真的是個時尚的人，不是嗎？
哈珊	那當然。

مِينْ هُو	مَنْ تِلْكَ الْفَتَاةُ الْجَمِيلَةُ؟
حَسَنٌ	هِيَ صَدِيقَةُ مَهَا، وَاسْمُهَا فَرَح.
مِينْ هُو	هَلْ هِيَ مِصْرِيَّةٌ؟
حَسَنٌ	لَا، لَيْسَتْ مِصْرِيَّةً. هِيَ لُبْنَانِيَّةٌ.
مِينْ هُو	أَلَيْسَتْ أَنِيقَةً؟
حَسَنٌ	أَكِيدٌ.

新單字

- فَتَاةٌ 少女、女性
- جَمِيلَةٌ 美麗的（陰）
- صَدِيقَةٌ 朋友（陰）
- لُبْنَانِيَّةٌ 黎巴嫩的、黎巴嫩人（陰）
- أَنِيقَةٌ 時尚的、優雅的（陰）

新表現

أَكِيدٌ 確實是、分明是
（可以用來對對方的話表達同意或支持）

對話 Tip

أَلَيْسَ كَذَلِكَ؟ 是徵求同意的表現。我們剛學過 أَلَيْسَ 為「不是～」的意思，而 كَذَلِكَ 是 كَ（像～、如同～）與 ذَلِكَ（那個）所結合而成的型態，可表達「不是嗎？」的意思。在親近的人之間，「不是嗎？」這個表現十分常用。此時可以用方才學過的 صَحِيحٌ「沒錯」或 فِعْلًا「確實」來回答。

對話 2 الحوار2

022.MP3

أَلَيْسَتْ اللُّغَةُ الْعَرَبِيَّةُ صَعْبَةً؟
لَا، هِيَ مُمْتِعَةٌ جِدًّا.

亞伯拉罕	這個建築物是什麼？
宥真	這是大學圖書館。
亞伯拉罕	這本書是什麼書？
宥真	這是阿拉伯語書。
亞伯拉罕	阿拉伯語不難嗎？
宥真	不難，非常有趣。

إِبْرَاهِيمُ مَا هَذَا الْمَبْنَى؟

يُو جِينْ هَذِهِ مَكْتَبَةُ الْجَامِعَةِ.

إِبْرَاهِيمُ مَا هَذَا الْكِتَابُ؟

يُو جِينْ هَذَا كِتَابُ اللُّغَةِ الْعَرَبِيَّةِ.

إِبْرَاهِيمُ أَلَيْسَتْ اللُّغَةُ الْعَرَبِيَّةُ صَعْبَةً؟

يُو جِينْ لَا، هِيَ مُمْتِعَةٌ جِدًّا.

新單字

- مَكْتَبَةٌ 圖書館
- اَللُّغَةُ 語言
- اَلْعَرَبِيَّةُ 阿拉伯的、阿拉伯語的
- صَعْبَةٌ 困難的（陰）
- مُمْتِعَةٌ 愉快的、有趣的（陰）

新表現

- اَللُّغَةُ الْعَرَبِيَّةُ 阿拉伯語
- كِتَابُ اللُّغَةِ الْعَرَبِيَّةِ 阿拉伯語書

對話 Tip

هُوَ 或 هِيَ 可以做為代名詞使用，指稱前文中出現過的名詞，不需複述。此時必須配合欲指稱之名詞的性別來使用陽性型或陰性型。在此對話中陽性名詞 اَلْكِتَابُ「書」要使用陽性型的 هُوَ；而陰性型的 اَللُّغَةُ「語言」則要使用陰性型的 هِيَ。

補充單字

المفردات الإضافية

各種形容詞

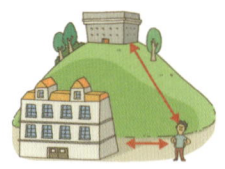

قَصِيرٌ	طَوِيلٌ	جَدِيدٌ	قَدِيمٌ	جَيِّدٌ	سَيِّءٌ
短的	長的	新的	舊的	好的	壞的

سَهْلٌ	صَعْبٌ	قَرِيبٌ	بَعِيدٌ	بَارِدٌ	سَاخِنٌ
困難的	簡單的	近的	遠的	冷的	熱的

خَفِيفٌ	ثَقِيلٌ	صَلْبٌ	ضَعِيفٌ	كَبِيرٌ	صَغِيرٌ
輕的	重的	堅固的	軟（弱）的	大的	小的

色彩形容詞

أَحْمَرُ	紅
أَزْرَقُ	藍
أَصْفَرُ	黃
أَبْيَضُ	白
أَسْوَدُ	黑
أَخْضَرُ	綠
أَسْمَرُ	褐

فَاتِحٌ 淺的、亮的　　دَاكِنٌ 深的

بُرْتُقَالِيٌّ 橘色的　　رَمَادِيٌّ 灰色的

參考

欲表現修飾陰性名詞的陰性型色彩形容詞時，須拿掉陽性型色彩形容詞最前面的 أ，將後方的新字根改為 ‎ ‎ ‎ اء 的型態。

範例 أَزْرَقُ → زَرْقَاءُ

58　我的第一本阿拉伯語課本

實用表現 التعبيرات المفيدة

023.MP3

活用形容詞的各種表現

أَلَيْسَتْ سَيَّارَتُكَ حَمْرَاءَ؟
لَا، سَيَّارَتِي زَرْقَاءُ.

A　你的車不是紅色的嗎？
B　不是，我的車是藍色的。

參考

紅色 أَحْمَرُ 的陰性型為 حَمْرَاءُ，所以紅色轎車必須寫作 سَيَّارَةٌ حَمْرَاءُ。

أَيْنَ الْبَيْتُ الْكَبِيرُ؟
اَلْبَيْتُ الْكَبِيرُ بَعِيدٌ عَنْ هُنَا.

A　那個大房子在哪裡？
B　那個大房子離這裡很遠。

هَلْ هَذَا الْمَكْتَبُ جَدِيدٌ؟
لَا، هَذَا الْمَكْتَبُ قَدِيمٌ.

A　這個書桌是新的嗎？
B　不是，這個書桌很舊了。

補充單字

التدريبات

文法

1 請選出與劃線的中文意思相通的正確形容詞，並填入空格中。

這間學校<u>不老舊</u>。 → هَذِهِ الْمَدْرَسَةُ قَدِيمَةً ــــــــــــ .

① لَسْتُ   ② لَيْسَ   ③ لَسْتِ   ④ لَيْسَتْ

2 請選出下方中文句子的正確阿拉伯語解釋。

這間博物館很老舊，那所大學是新的。

① هَذَا الْمَتْحَفُ قَدِيمٌ وَتِلْكَ الْجَامِعَةُ حَدِيثَةٌ.

② هَذَا الْمَتْحَفُ قَدِيمٌ وَهَذِهِ الْجَامِعَةُ الْحَدِيثَةُ.

③ هَذَا الْمَتْحَفُ الْقَدِيمُ وَتِلْكَ الْجَامِعَةُ الْحَدِيثَةُ.

④ هَذَا الْمَتْحَفُ الْقَدِيمُ وَهَذِهِ الْجَامِعَةُ الْحَدِيثَةُ.

3 請選出最適合填在空格中的名詞圖片。

هَذِهِ ــــــــــــ خَفِيفَةٌ جِدًّا.

①  ②  ③ 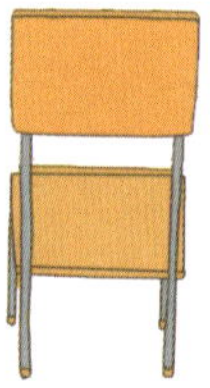 ④

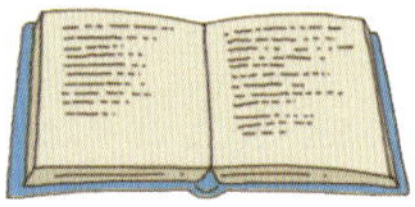

4 請選出正確偏正組合。

① 家族照片　أُسْرَةُ صُورَةٍ　　② 老師的車　مُعَلِّمُ سَيَّارَةٍ

③ 我朋友家　بَيْتُ صَدِيقِي　　④ 學校圖書館　جَامِعَةُ الْمَكْتَبَةِ

聽力

● 請聽MP3，並回答問題。　024.MP3

(1) 請選出符合對話內容的穆罕默德家。

① ②  ③ 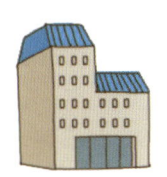 ④

(2) 請選出符合對話內容的句子。
① 穆罕默德的家是咖啡色建築物。
② 穆罕默德的家大又漂亮。
③ 穆罕默德的家周圍沒有公園。
④ 穆罕默德的家離學校不遠。

▶ سَقْفٌ 屋頂

閱讀

● 請閱讀下方文句，並選出與作者所描述的事物意義最符合的組合。

> هَذِهِ الْحَقِيبَةُ الْحَمْرَاءُ وَذَلِكَ الدَّفْتَرُ الْجَدِيدُ وَهَذِهِ السَّيَّارَةُ السَّوْدَاءُ.

① 那個白色包包、那個新筆記本、這輛新車
② 這個紅色包包、那個藍色筆記本、那輛新車
③ 那個白色包包、這個新筆記本、這輛黑車
④ 這個紅色包包、那個新筆記本、這輛黑車

第04課　61

文化 Q&A

الثقافة

Q 什麼時候可以造訪伊斯蘭首席聖地「麥加」呢？

A 沙烏地阿拉伯有句俗話說「沒有客人造訪的家，也不會有天使降臨。」。伊斯蘭教的發源地－沙烏地阿拉伯，據說一年有超過1,300萬名外國旅客造訪。

先知穆罕默德自西元610年在麥加得到了阿拉（真主）的啟示後，阿拉伯半島便走向伊斯蘭化，而「麥加」也成為了伊斯蘭教的聖地。若是身為穆斯林（伊斯蘭教信徒），一生至少要朝覲一次，稱為 الحج Hajj。朝覲是穆斯林的最終義務，他們必須在伊斯蘭曆的12月第一週造訪麥加。全世界逾16億穆斯林中，據說約有250萬名會在「Hajj」期間前往麥加，其他時間也會有約1,000萬名的朝覲客造訪。在這段時間裡，穆斯林們所花的大量費用，大大振奮了麥加地區的經濟。沙烏地阿拉伯政府在「Hajj」期間只會讓容納人數範圍內的人員進行朝覲，各個國家每100萬名穆斯林中，僅能有1,000名參加。但為了容納更多的朝覲客，沙國王已下令投入巨資維修「麥加大清真寺」。

穆斯林們會穿著 إحرام Ihram這種白色布衣並沐浴，做為朝覲的開始。之後經過米納平原，在阿拉法特山集合。阿拉法特山是先知穆罕默德最後講道的地方，也象徵著站在真主面前接受最後審判。穿越穆茲達里法沙漠後，則再次從米納平原往麥加移動。行程並不是回到麥加就結束了，還要再往返一次米納與麥加。重複往返麥加天房與米納是為了繞行麥加天房七圈並進行參拜，而在米納向惡魔的柱子丟擲石頭則是為了讓自己的罪得到寬恕。

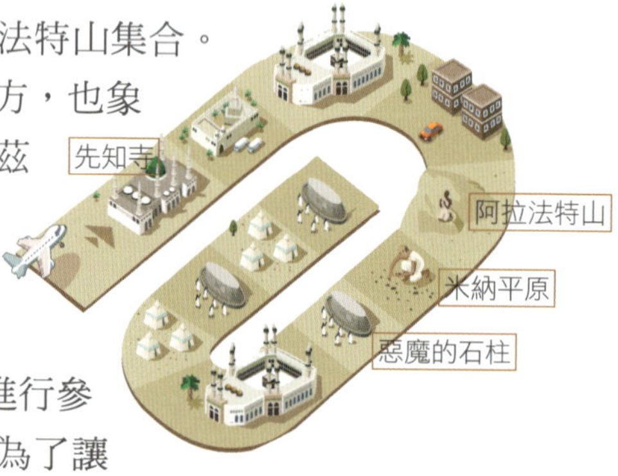

朝覲（Hajj）是全世界穆斯林齊聚一堂，超越人種與國境、身分等差異，討論共同的興趣，並分享各種資訊的交流園地，亦是個貿易博覽會，讓伊斯蘭世界更加團結一心，是一段相當有意義的時光。

اَلدَّرْسُ الْخَامِسُ
05

هَذِهِ هِيَ صُورَةُ أُسْرَتِي

這是我的家族照片。

- 時態補助動詞 كَانَ
- 活用 كَانَ 的疑問句
- 形容詞的比較級與最高級

主要句型與文法

الجمل الرئيسية & القواعد

كَانَ نَجْمًا مَشْهُورًا.
他曾經是很有名的明星。
كَانَ وَسِيمًا أَيْضًا.
他以前也很帥呢。

時態補助動詞 كَانَ

要把名詞句的現在式變成過去式可以使用時態補助動詞 كَانَ 來表現。

第三人稱陽性單數	كَانَ	他曾經是個忠實的學生。	كَانَ طَالِبًا مُخْلِصًا.
第三人稱陰性單數	كَانَتْ	韓國曾經是個窮困的國家。	كَانَتْ كُورِيَا دَوْلَةً فَقِيرَةً.
第二人稱陽性單數	كُنْتَ	你之前不是在韓國嗎，現在在哪裡？	كُنْتَ فِي كُورِيَا، وَأَيْنَ الْآنَ؟
第二人稱陰性單數	كُنْتِ	妳本來就很漂亮，現在又更漂亮了。	كُنْتِ جَمِيلَةً وَالْآنَ أَجْمَلُ.
第一人稱單數	كُنْتُ	我一年前在埃及待過。	كُنْتُ فِي مِصْرَ قَبْلَ سَنَةٍ.

活用 كَانَ 的疑問句

利用 كَانَ 來發問時，可以使用 هَلْ 或 أَيْنَ「哪裡」，或是 كَيْفَ「怎麼」等各種疑問詞。

你一年前在韓國待過嗎？
هَلْ كُنْتَ فِي كُورِيَا قَبْلَ سَنَةٍ؟

你一年前在那裡的時候，覺得韓國怎麼樣？
كَيْفَ كَانَتْ كُورِيَا عِنْدَمَا كُنْتَ فِيهَا قَبْلَ سَنَةٍ؟

很美啊，也很現代化。
كَانَتْ جَمِيلَةً وَحَدِيثَةً أَيْضًا.

你昨天在哪裡？
أَيْنَ كُنْتَ أَمْسِ؟

هَلْ مِصْرُ جَمِيلَةٌ؟
埃及美嗎？
نَعَمْ، وَكَانَتْ أَجْمَلَ مِنْ قَبْلُ.
美，比以前更美。

形容詞的比較級與最高級

(1)形容詞的比較級

① 形容詞的比較級是確指陽性單數型，同時也是雙格名詞。

كَبِيرٌ 大的 → أَكْبَرُ 更大的

② 有比較的對象，要說「比～大」時，使用介詞 مِنْ。

كَبِيرٌ 大的 → أَكْبَرُ مِنْ 比～更大的

這個房子比那個房子更大。 هٰذَا الْبَيْتُ أَكْبَرُ مِنْ ذٰلِكَ الْبَيْتِ.

(2)形容詞的最高級

① 最高級省略介詞 مِنْ，並在比較級前加上冠詞 اَلْ。

他是學校裡個子最高的。 هُوَ الْأَطْوَلُ فِي الْمَدْرَسَةِ.

誰是韓國最有錢的人？ مَنْ الْأَغْنَى فِي كُورِيَا؟

② 與名詞一起使用時，順序為比較級＋名詞。此處名詞為泛指單數或確指複數。

名詞 比較級

埃及是阿拉伯世界中最美的國家。 مِصْرُ أَجْمَلُ بَلَدٍ فِي الْعَالَمِ الْعَرَبِيِّ.

名詞 比較級

埃及是阿拉伯世界中最美的國家。 مِصْرُ أَجْمَلُ الْبُلْدَانِ فِي الْعَالَمِ الْعَرَبِيِّ.

對話 ❶   الحوار1

> أَيْنَ كُنْتِ فِي الصَّيْفِ؟
>
> كُنْتُ فِي فَرَنْسَا مَعَ أُسْرَتِي.

珉豪　妳夏天在哪裡？
拉妮亞　跟家人一起在法國。
珉豪　真好！法國夏天時很美吧。
拉妮亞　秋天時更美。韓國怎麼樣？
珉豪　韓國秋天時也很美。

مِينْ هُو　أَيْنَ كُنْتِ فِي الصَّيْفِ؟

رَانِيَا　كُنْتُ فِي فَرَنْسَا مَعَ أُسْرَتِي.

مِينْ هُو　مَا شَاءَ الله!
فَرَنْسَا جَمِيلَةٌ فِي الصَّيْفِ.

رَانِيَا　هِيَ أَجْمَلُ فِي الْخَرِيفِ. وَكَيْفَ كُورِيَا؟

مِينْ هُو　كُورِيَا جَمِيلَةٌ فِي الْخَرِيفِ أَيْضًا.

新單字

أَيْنَ	哪裡、在哪裡
كُنْتِ	在～（過去式第二人稱陰性單數）
فَرَنْسَا	法國
مَعَ	與～一起
أُسْرَتِي	我的家人
أَجْمَل	更美的

新表現

الرَّبِيعُ	春
الصَّيْفُ	夏
الْخَرِيفُ	秋
الشِّتَاءُ	冬

對話 Tip　مَا شَاءَ الله 在讚嘆對方的話，或表示羨慕時相當實用，可表達稱讚或善意、好感等正面意義。它雖然與 إِنْ شَاءَ الله 相似，但意義與用途都有所不同，請務必留意。

對話 2 الحوار2

026.MP3

هَذِهِ هِيَ صُورَةُ أُسْرَتِي.
أُمُّكِ جَمِيلَةٌ جِدًّا!

宥真　這是我的家族照片。

瑪哈　這位是妳爸爸嗎？

宥真　是，他是銀行員工。

瑪哈　這位是妳媽媽啊，沒錯吧？

宥真　沒錯。

瑪哈　妳媽媽真是個美女啊！

宥真　以前更美。

يُوجِينْ　هَذِهِ هِيَ صُورَةُ أُسْرَتِي.

مَهَا　هَلْ هَذَا أَبُوكِ؟

يُوجِينْ　نَعَمْ. هُوَ مُوَظَّفٌ فِي الْبَنْكِ.

مَهَا　هِيَ أُمُّكِ، أَلَيْسَ كَذَلِكَ؟

يُوجِينْ　صَحِيحٌ.

مَهَا　أُمُّكِ جَمِيلَةٌ جِدًّا!

يُوجِينْ　كَانَتْ أَجْمَلَ فِي الْمَاضِي.

新單字

صُورَةٌ 照片

أُسْرَةٌ 家族

أَبٌ 爸爸

مُوَظَّفٌ 員工

بَنْكٌ 銀行

جِدًّا 非常

فِي الْمَاضِي 以前

新表現

هَذَا هُوَ 這位是～、這個是～（以上皆指男性，若是要指稱女性或事物的陰性型，則使用 هَذِهِ هِيَ）

對話 Tip

形容女性外貌的表現有 جَمِيلَةٌ「美麗」、لَطِيفَةٌ「溫柔」、جَذَّابَةٌ「有魅力」、أَنِيقَةٌ「時尚」等。但 جَذَّابَةٌ 有「性感」的含意，所以不能隨意對阿拉伯女性使用。

補充單字

المفردات الإضافية

職業

مُهَنْدِسَةٌ | مُهَنْدِسٌ

技術人員

طَبِيبَةٌ | طَبِيبٌ

醫生

طَالِبَةٌ | طَالِبٌ

學生

لَاعِبَةٌ | لَاعِبٌ

選手

سِكْرِتِيرَةٌ | سِكْرِتِيرٌ

秘書

مُمَرِّضَةٌ | مُمَرِّضٌ

護理師

طَبَّاخَةٌ | طَبَّاخٌ

廚師

مُدَرِّسَةٌ | مُدَرِّسٌ

老師

دُكْتُورَةٌ | دُكْتُورٌ

博士

أُسْتَاذَةٌ | أُسْتَاذٌ

教授

سَائِقَةٌ | سَائِقٌ

司機

مُتَرْجِمَةٌ | مُتَرْجِمٌ

口譯人員

مُوَظَّفَةٌ | مُوَظَّفٌ

員工

رَجُلُ أَعْمَالٍ

上班族

رَبَّةُ مَنْزِلٍ

主婦

實用表現 — التعبيرات المفيدة

詢問職業

مَاذَا يَعْمَلُ أَبُوكِ؟
يَعْمَلُ أَبِي كَطَبِيبٍ فِي الْمُسْتَشْفَى.

A 妳爸爸在做什麼工作？
B 我爸爸在醫院當醫生。

參考
يَعْمَلُ 是「工作」動詞的第三人稱陽性現在式。第三人稱陰性現在式為 تَعْمَلُ。

أَيْنَ تَعْمَلُ أُمُّكَ؟
أُمِّي مُوَظَّفَةٌ فِي الْجَامِعَةِ.

A 你媽媽在哪裡工作？
B 我媽媽是大學的員工。

مَا عَمَلُ أَخِيكِ؟
أَخِي مُهَنْدِسٌ، يَعْمَلُ فِي شَرِكَةِ "هيوندي" لِلْبِنَاءِ.

A 妳哥哥的職業是什麼？
B 我哥哥是技術人員，在現代建設上班。

▶ أَخٌ 兄弟

第05課 **69**

補充單字
التدريبات

文法

1 請選出符合人稱的單字。

______ أَخِي مُهَنْدِسًا فِي الْأُرْدُن.

① كَانَتْ ② كُنْتَ ③ كَانَ ④ كُنْتُ

2 請選出符合人稱的正確單字組合。

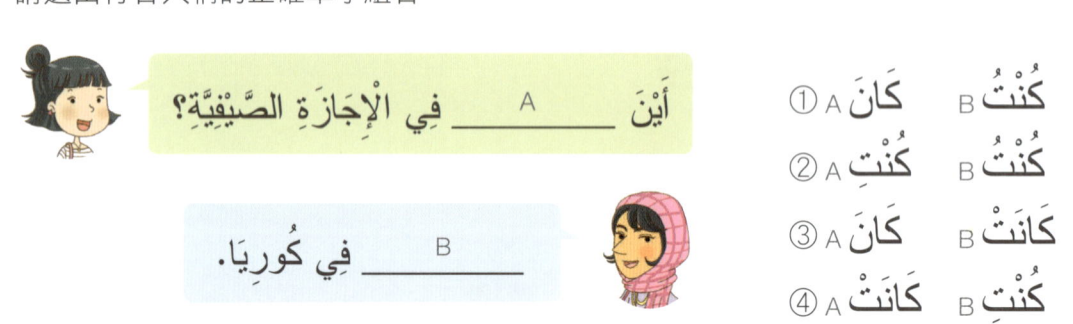

أَيْنَ ___A___ فِي الْإِجَازَةِ الصَّيْفِيَّةِ؟

___B___ فِي كُورِيَا.

① A كَانَ B كُنْتُ
② A كُنْتِ B كُنْتُ
③ A كَانَ B كَانَتْ
④ A كَانَتْ B كُنْتِ

3 請參考下方例句，並從〈範例〉中選出適合填寫在空格中的表現。

جَمَلٌ أَكْبَرُ مِنْ كَلْبٍ.
كَلْبٌ أَصْغَرُ مِنْ جَمَلٍ.

範例 ① أَكْبَرُ مِنْ ② أَغْلَى مِنْ ③ أَصْغَرُ مِنْ ④ أَرْخَصُ مِنْ

・宥真20歲，宥真的哥哥25歲。

(1) يُوجِينْ ______ أَخِي يُوجِينْ.
(2) أَخُو يُوجِينْ ______ يُوجِينْ.

・馬鈴薯5,000韓圓，蘋果10,000韓圓。

(3) بَطَاطَا ______ تُفَّاحٍ.
(4) تُفَّاحُ ______ بَطَاطَا.

▶ كَلْبٌ 狗 | جَمَلٌ 駱駝 | بَطَاطَا 馬鈴薯 | تُفَّاحٌ 蘋果

70 我的第一本阿拉伯語課本

聽力

● 請聽MP3，並回答問題。 028.MP3

(1) 瑪哈爸爸的職業是什麼？

① مُهَنْدِسٌ ② طَبِيبٌ ③ طَبَّاخٌ ④ رَجُلُ أَعْمَالٍ

(2) 瑪哈的哥哥現在在哪裡讀書？

① اَلْأُرْدُن ② تُونِسُ ③ كُورِيَا ④ مِصْرُ

閱讀

● 請閱讀下方文句，並選出與作者所描述的事物意義最符合的。

هَذِهِ هِيَ صُورَةُ أُسْرَتِي.

أَبِي رَجُلُ أَعْمَالٍ.

كَانَ مُهَنْدِسًا فِي الْمَاضِي.

هَذِهِ هِيَ أُمِّي، وَهِيَ رَبَّةُ الْمَنْزِلِ.

أَمَّا أَخِي فَهُوَ أَكْبَرُ مِنِّي.

وَيَدْرُسُ فِي كُورِيَا الْآنَ.

① 瑪哈的爸爸－醫生
② 瑪哈的媽媽－主婦
③ 瑪哈的哥哥－技術人員
④ 瑪哈的叔叔－老師

▶ اَلْآنَ 現在 | أَمَّا...فَـ 至於～則是～ | فِي الْمَاضِي 以前 | يَدْرُسُ 學習（現在式第三人稱陽性單數）

文化 Q&A

الثقافة

Q 建立在沙漠中的未來都市「杜拜」有什麼景點呢？

A 杜拜是阿拉伯聯合大公國的七個酋長國之一，過去主要收入來源為石油輸出，但由於杜拜的石油儲量低於其他石油輸出國，他們一直投注相當大的資本在活用物流、航空、觀光基礎設施的中介貿易上。此後，杜拜憑藉著中東龐大的石油美金，以積極的投資發展成為中東金融中心。雖然西元2007年因全世界金融危機而略顯蕭條，但近年隨著經濟復甦，杜拜又再次躍升為中東的中心都市。那麼，未來都市杜拜有哪些值得參觀的地方呢？

(1) 卓美亞帆船酒店(Burj Al-Arab)：這裡號稱是世界獨一無二的「七星級」飯店，以全球最頂級的內部裝潢著名。從重現巨大船帆造型的外觀，到具備個人工作空間與迷你吧台的夾層套房，甚至還有平常隱藏在桌子下不影響視野，一按遙控器便會出現的電視機，以及遙控器操作的窗簾等。但即便只是參觀也必須預約，而且就算天氣再熱，男性也不能夠穿著短褲進入。

(2) 人工島－朱美拉棕櫚島(Palm Jumeirah)：朱美拉棕櫚島是整體呈現椰子樹的型態的人工島，它由一根粗的樹幹與17支樹枝所組成，外圈環繞著以11公里長的防波堤所形成的新月形島。樹幹部分為公寓與商店街，樹枝部分是高級住宅與別墅等住宅區，新月部分則有超豪華飯店與度假設施進駐，亦有單軌鐵路運行。尤其亞特蘭提斯飯店的名勝「超大型水族箱」，以世界最大規模水族箱之名聞名全球。

(3) 哈里發塔(Burj Kalifa)：它是世界上最高的塔，高度有828公尺，因「不可能的任務4」在此取景而聲名大噪。哈里發塔大多數的內部空間目前仍因全球經濟蕭條而閒置著。

(4) 杜拜購物中心(Dubai Mall)：它是世界最大的購物中心之一，以大到一天無法逛完的驚人規模聞名。杜拜購物中心內部有復古造型的計程車在運行，還設有95部電梯、150部電扶梯，以及有14,000個車位的停車場。

除了以上景點之外，杜拜擁有世界級規模的室內滑雪場－迪拜滑雪場、沙漠狩獵遊，還有設置冷氣的公車站與世界最自動化的地下鐵、朱美拉棕櫚島單軌鐵路等各種新奇的觀光看點。不過，護照上若是蓋了以色列的圖章，便無法入境杜拜，這點請列入考量。

اَلدَّرْسُ السَّادِسُ

06

أَتَعَلَّمُ اللُّغَةَ الْعَرَبِيَّةَ

我在學阿拉伯語。

- 動詞句
- تَعَلَّمَ 動詞的現在式單數活用
- 介詞

主要句型與文法 الجمل الرئيسية & القواعد

هَيَّا نَتَعَلَّمُ اللُّغَةَ الْعَرَبِيَّةَ بِهٰذَا الْكِتَابِ.
我們用這本書來學阿拉伯語吧。
أُوَافِقُ.
好的。

動詞句

以動詞做為開頭的句子稱為動詞句。動詞句的語序為動詞、主詞、受詞，動詞的性別、數都必須與主詞一致。主詞的格為主格；受詞則佔受格。動詞包含主格標記時，亦可省略主詞。

يَتَعَلَّمُ مُحَمَّدٌ اللُّغَةَ الْكُورِيَّةَ. 穆罕默德學韓語。

أَتَعَلَّمُ اللُّغَةَ الْعَرَبِيَّةَ بِهٰذَا الْكِتَابِ. 我用這本書學阿拉伯語。

تَعَلَّمَ 動詞的現在式單數活用

تَعَلَّمَ 是有「學習」、「讀書」意思的動詞，主詞為單數時，可以依下圖例句的方式運用。

第三人稱陽性單數	يَتَعَلَّمُ	穆罕默德在大學學習韓語。	يَتَعَلَّمُ مُحَمَّدٌ اللُّغَةَ الْكُورِيَّةَ فِي الْجَامِعَةِ.
第三人稱陰性單數	تَتَعَلَّمُ	智秀在埃及學肚皮舞。	تَتَعَلَّمُ جِي سُو الرَّقْصَ الشَّرْقِيَّ فِي مِصْرَ.
第二人稱陽性單數	تَتَعَلَّمُ	你在哪裡學游泳？	أَيْنَ تَتَعَلَّمُ السِّبَاحَةَ؟
第二人稱陰性單數	تَتَعَلَّمِينَ	妳是跟妳媽媽學煮菜的嗎？	هَلْ تَتَعَلَّمِينَ الطَّبْخَ مِنْ أُمِّكِ؟
第一人稱單數	أَتَعَلَّمُ	我跟我朋友一起學電腦。	أَتَعَلَّمُ الْكُمْبُيُوتَرَ مَعَ صَدِيقِي.

> هَلْ تَذْهَبِينَ مَعَ يُوجِين؟
> 妳要跟宥真一起去嗎？

> أَذْهَبُ إِلَى الْقَاهِرَةِ.
> 我要去開羅。

● 介詞

介詞後方的名詞佔所有格 ِ 。كَ، لِ、بِ 等以單一子音構成的介詞，須與後方名詞連接使用。

介詞			例句
إِلَى	前往~	宥真前往開羅。	تَذْهَبُ يُوجِينْ إِلَى الْقَاهِرَةِ.
مَعَ	一起	你要跟宥真一起去嗎？	هَلْ تَذْهَبُ مَعَ يُوجِينْ؟
بِ	用~、從~	我用筆寫信。	أَكْتُبُ الرِّسَالَةَ بِالْقَلَمِ.
حَتَّى	直到~	哈珊讀書讀到晚上。	يَدْرُسُ حَسَنٌ حَتَّى الْمَسَاءِ.
عَلَى	在~上	男老師坐在椅子上。	يَجْلِسُ الْمُدَرِّسُ عَلَى الْكُرْسِيِّ.
عَنْ	與~相關	我讀與歷史相關的書。	أَقْرَأُ الْكِتَابَ عَنْ التَّارِيخِ.
فِي	在~	我住在韓國。	أَسْكُنُ فِي كُورِيَا.
كَ	像~一樣	女孩子像女王一樣坐著。	تَجْلِسُ الطِّفْلَةُ كَالْمَلِكَةِ.
لِ	屬於~、為了~	這支筆是屬於那位女護理師的。	هَذَا الْقَلَمُ لِلْمُمَرِّضَةِ.
مِنْ	從~	我從房間出去。	أَخْرُجُ مِنْ الْغُرْفَةِ.

第06課 75

對話 1 الحوار 1

029.MP3

أَتَعَلَّمُ اللُّغَةَ الْعَرَبِيَّةَ مَعَ الْمُعَلِّمِ مُحَمَّد.
أَتَمَنَّى كُلَّ التَّوْفِيقِ وَالنَّجَاحِ.

宥真　我和穆罕默德老師學阿拉伯語。
拉妮亞　他是最優秀的老師。
宥真　妳覺得這本書怎麼樣？
拉妮亞　妳用這本書學嗎？
宥真　對。
拉妮亞　這本書很適合妳。祝妳順利。

يُوجِين	أَتَعَلَّمُ اللُّغَةَ الْعَرَبِيَّةَ مَعَ الْمُعَلِّمِ مُحَمَّد.
رَانِيَا	هُوَ أَفْضَلُ مُعَلِّمٍ.
يُوجِين	مَا رَأْيُكِ فِي هَذَا الْكِتَابِ؟
رَانِيَا	هَلْ تَدْرُسِينَ بِهَذَا الْكِتَابِ؟
يُوجِين	نَعَمْ.
رَانِيَا	هَذَا الْكِتَابُ مُنَاسِبٌ لَكِ.
	أَتَمَنَّى كُلَّ التَّوْفِيقِ وَالنَّجَاحِ.

新單字

- أَتَعَلَّمُ 學習（現在式第一人稱單數）
- مُعَلِّمٌ 老師
- أَفْضَلُ 最優秀的
- تَدْرُسِينَ 學習（現在式第二人稱陰性單數）
- مُنَاسِبٌ 適當的、切合的
- لَكِ 對你
- أَتَمَنَّى 希望（現在式第一人稱單數）
- كُلٌّ 全部
- تَوْفِيقٌ 幸運、成功
- نَجَاحٌ 成功

新表現

مَا رَأْيُكِ فِي؟ 妳覺得～怎麼樣？對～有什麼想法？

對話 Tip

希望對方成功，或希望對方順利等祈願時的實用表現為 أَتَمَنَّى كُلَّ التَّوْفِيقِ وَالنَّجَاحِ. 這個表現不只可以用在口語當中，也可以寫在電子郵件或信件的結尾處。

對話 2 الحوار2

030.MP3

هَيَّا نَقْرَأْ مَعًا.
فِكْرَةٌ جَيِّدَةٌ.

穆罕默德	你那麼認真在讀什麼？
珉豪	我在讀與阿拉伯古代歷史有關的書。
穆罕默德	你喜歡歷史嗎？
珉豪	是的，我喜歡古阿拉伯歷史，也喜歡現代阿拉伯歷史。
穆罕默德	我們一起讀吧。
珉豪	好主意。

مُحَمَّدٌ	مَاذَا تَقْرَأُ بِهَذَا الْاِجْتِهَادِ؟
مِين هُو	أَقْرَأُ الْكِتَابَ عَنْ التَّارِيخِ الْعَرَبِيِّ الْقَدِيمِ.
مُحَمَّدٌ	هَلْ تُحِبُّ التَّارِيخَ؟
مِين هُو	نَعَمْ، أُحِبُّ التَّارِيخَ الْعَرَبِيَّ الْقَدِيمَ وَالتَّارِيخَ الْعَرَبِيَّ الْحَدِيثَ أَيْضًا.
مُحَمَّدٌ	هَيَّا نَقْرَأْ مَعًا.
مِين هُو	فِكْرَةٌ جَيِّدَةٌ.

新單字

- تَقْرَأُ 閱讀（現在式第二人稱陽性單數）
- اِجْتِهَادٌ 勤勉、認真
- بِاجْتِهَادٍ 認真地
- عَنْ 與～有關
- تَارِيخٌ 歷史
- عَرَبِيٌّ 阿拉伯的、阿拉伯人的
- تُحِبُّ 喜歡（現在式第二人稱陽性單數）
- نَقْرَأُ 閱讀（現在式第一人稱複數）
- فِكْرَةٌ 想法

新表現

- فِكْرَةٌ جَيِّدَةٌ 好主意

對話 Tip

هَيَّا 是「來～吧」的表現，在要求對方呼應時很實用，置於動詞前方。由於它有「我們來～吧」的含義，動詞必須使用第一人稱複數。只想簡單地說「來，走吧」時，可以說 هَيَّا بِنَا。

補充單字 — المفردات الإضافية

常用動詞

第一人稱通用	第二人稱 陰性	第二人稱 陽性	第三人稱 陰性	第三人稱 陽性
أَكْتُبُ 我寫	تَكْتُبِينَ 妳寫	تَكْتُبُ 你寫	تَكْتُبُ 她寫	يَكْتُبُ 他寫

第一人稱通用	第二人稱 陰性	第二人稱 陽性	第三人稱 陰性	第三人稱 陽性
أَذْهَبُ 我去	تَذْهَبِينَ 妳去	تَذْهَبُ 你去	تَذْهَبُ 她去	يَذْهَبُ 他去

第一人稱通用	第二人稱 陰性	第二人稱 陽性	第三人稱 陰性	第三人稱 陽性
أَجْلِسُ 我坐	تَجْلِسِينَ 妳坐	تَجْلِسُ 你坐	تَجْلِسُ 她坐	يَجْلِسُ 他坐

第一人稱通用	第二人稱 陰性	第二人稱 陽性	第三人稱 陰性	第三人稱 陽性
أَقْرَأُ 我讀	تَقْرَئِينَ 妳讀	تَقْرَأُ 你讀	تَقْرَأُ 她讀	يَقْرَأُ 他讀

實用表現

التعبيرات المفيدة

諮詢、要求、請託表現

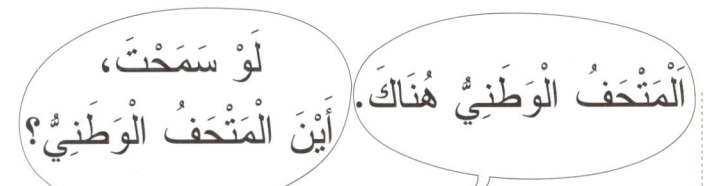

لَوْ سَمَحْتَ، أَيْنَ الْمَتْحَفُ الْوَطَنِيُّ؟

الْمَتْحَفُ الْوَطَنِيُّ هُنَاكَ.

A 不好意思，請問國立博物館在哪裡？
B 國立博物館在那裡。

> **參考**
> لَوْ سَمَحْتَ 用在對方是男性時，而對方為女性時則使用第二人稱陰性單數，說 لَوْ سَمَحْتِ。此外，對方年紀較大或欲表達尊敬的心意時，使用第三人稱陽性複數 لَوْ سَمَحْتُمْ。

قَائِمَةُ الطَّعَامِ، مِنْ فَضْلِكِ.

حَاضِرٌ.

A 麻煩給我菜單。
B 好的。

تَفَضَّلِي، اِجْلِسِي هُنَا.

شُكْرًا جَزِيلًا.

A 來，請坐在這裡。
B 真的很謝謝妳。

第06課 79

補充單字
التدريبات

文法

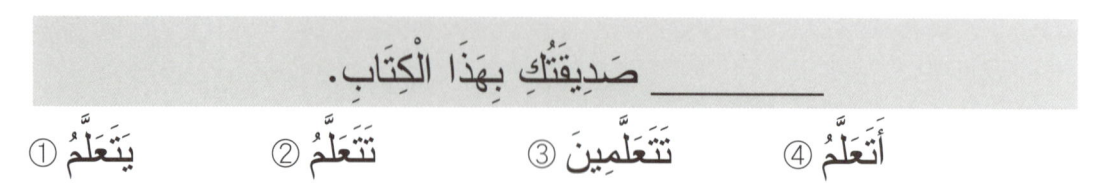

1 請選出符合人稱的單字。

________ صَدِيقَتُكِ بِهٰذَا الْكِتَابِ.

① يَتَعَلَّمُ ② تَتَعَلَّمُ ③ تَتَعَلَّمِينَ ④ أَتَعَلَّمُ

2 請選出符合人稱的單字組合。

هَلْ ___A___
اللُّغَةَ الْكُورِيَّةَ
فِي مِصْرَ؟

نَعَمْ، ___B___
اللُّغَةَ الْكُورِيَّةَ
فِي مِصْرَ.

① A أَتَعَلَّمُ B تَتَعَلَّمُ
② A يَتَعَلَّمُ B تَتَعَلَّمُ
③ A تَتَعَلَّمِينَ B أَتَعَلَّمُ
④ A أَتَعَلَّمُ B يَتَعَلَّمُ

3 請參考圖片，並從〈範例〉中選出適合填入空格的表現。

範例 ① فِي ② عَلَى ③ بِ ④ تَحْتَ

(1) أَكْتُبُ الرِّسَالَةَ ______ هٰذَا الْقَلَمِ.

(2) هَلْ تَسْكُنُ ______ سِيُول؟

(3) يَجْلِسُ مُحَمَّدٌ ______ الْكُرْسِيِّ الطَّوِيلِ.

80 我的第一本阿拉伯語課本

聽力

● 請聽MP3，並回答問題。 032.MP3

(1) 下列哪個表現可以與 لَوْ سَمَحْتَ 交替使用？

① حَاضِرٌ　② مِنْ فَضْلِكَ　③ فِكْرَةٌ جَيِّدَةٌ　④ نَعَمْ

(2) 下列何者是符合 شُكْرًا جَزِيلًا 的回答。

① عَفْوًا　② شُكْرًا جِدًّا　③ آسِفٌ　④ لَا بَأْسَ

閱讀

● 請閱讀下列句子，並選出宥真之所在地點與做的事情的正確組合。

أَذْهَبُ إِلَى الْجَامِعَةِ فِي الصَّبَاحِ.
وَأُقَابِلُ مَهَا أَمَامَ الْجَامِعَةِ.
وَأَشْرَبُ مَعَهَا الْقَهْوَةَ الْعَرَبِيَّةَ فِي كَفِتِيرِيَا.
وَأَقْرَأُ الْكِتَابَ، وَتَكْتُبُ مَهَا رِسَالَةً.
ثُمَّ أَذْهَبُ إِلَى فَصْلِي.
وَأَتَعَلَّمُ اللُّغَةَ الْعَرَبِيَّةَ.

① اَلْجَامِعَةُ – تَشْرَبُ الشَّايَ　② اَلْبَيْتُ – تَتَعَلَّمُ اللُّغَةَ الْعَرَبِيَّةَ

③ اَلْفَصْلُ – تَكْتُبُ رِسَالَةً　④ كَفِتِيرِيَا – تَشْرَبُ الْقَهْوَةَ الْعَرَبِيَّةَ

▶ أُقَابِلُ 見面（現在式第一人稱單數） | ثُمَّ 然後～ | كَفِتِيرِيَا 自助餐廳 | اَلْقَهْوَةُ الْعَرَبِيَّةُ 阿拉伯咖啡

文化Q&A

Q 您認識生活周邊常見的阿拉伯語嗎？

A 阿拉伯語在歷史的悠長歲月中，與周邊文化圈有許多的交互影響。它曾因伊斯蘭帝國的擴張，以及十字軍東征而借用了外國語言，與伊斯蘭帝國有所交流的國家也借用了阿拉伯語。翻譯成拉丁語的阿拉伯語書籍多達數百本，目前歐洲的各級學校也還在使用這些書。在這樣的過程中，阿拉伯語和歐洲語言便有了各式各樣的交流，在西班牙語中有約4,000餘個源自阿拉伯語的外來語，葡萄牙語中則有約3,000餘個。英語學者沃爾特泰勒在「英語中的阿拉伯語（Arabic Words in English）」這篇論文中提到，英語中以阿拉伯語為語源的單字約有1,000個，其中有約260個至今還通用於日常生活中。

英語	阿拉伯語	意義
adobe	اَلطُّوبُ	磚頭
admiral	أَمِيرُ الْبَحْرِ	海軍司令官
alchemy	اَلْكِيمَياءُ	煉金術、化學
alcohol	الكُحُولُ	酒精
algebra	اَلْجَبْرُ	代數學
algorism	اَلْخَوارِزمي	演算法
alkali	اَلْقِلْوِيُ	鹼性
arsenal	دَارُ الصِّنَاعَةِ	武器工廠、軍工廠
assassin	اَلْحَشَّاشُ	暗殺者
average	عَوارِيَّةٌ	平均
camel	جَمَلٌ	駱駝
candy	قَنْدِيٌّ	糖果
coffee	قَهْوَةٌ	咖啡
cotton	قُطْنٌ	棉花
genie	جِنٌّ	精怪

英語	阿拉伯語	意義
giraffe	زَرَافَةٌ	長頸鹿
guitar	قِيتَارَةٌ	吉他
hazard	اَلزَّهَرُ	危險
jar	جَرَّةٌ	缸
jasmin	يَاسَمِينٌ	茉莉
lemon	لَيْمُونٌ	檸檬
mummy	مُومياءٌ	木乃伊
safari	سَفَرٌ	狩獵旅行
sahara	صَحَارَى	（撒哈拉）沙漠
sofa	صُفَّةٌ	沙發、椅子
spinach	سَبَانِخٌ	菠菜
sugar	سُكَّرٌ	砂糖
syrup	شَرَابٌ	糖漿
tariff	تَعْرِيفَةٌ	關稅
zero	صِفْرٌ	零（0）

اَلدَّرْسُ السَّابِعُ

07

لَا أُحِبُّ الْحَيَوَانَاتِ

我不喜歡動物。

- 現在式單數動詞否定句
- 某個 أَيٌّ
- 人稱代名詞複數
- 名詞的規則複數

主要句型與文法

الجمل الرئيسية & القواعد

يُحِبُّ الصَّيْفَ.
他喜歡夏天。

لَا يُحِبُّ حَسَنٌ الشِّتَاءَ.
哈珊不喜歡冬天。

● **現在式單數動詞否定句**

欲表現現在式動詞否定句，可以在動詞前加上 لَا。

第三人稱陽性單數	لَا يُحِبُّ	哈珊不喜歡冬天。	لَا يُحِبُّ حَسَنٌ الشِّتَاءَ.
第三人稱陰性單數	لَا تُحِبُّ	拉妮亞不喜歡紅筆。	لَا تُحِبُّ رَانِيَا الْقَلَمَ الْأَحْمَرَ.
第二人稱陽性單數	لَا تُحِبُّ	你不喜歡夏天。不是嗎？	لَا تُحِبُّ الصَّيْفَ، أَلَيْسَ كَذَلِكَ؟
第二人稱陰性單數	لَا تُحِبِّينَ	妳不喜歡冷水。	لَا تُحِبِّينَ الْمَاءَ الْبَارِدَ.
第一人稱單數	لَا أُحِبُّ	我不喜歡悲傷的故事。	لَا أُحِبُّ قِصَّةً حَزِينَةً.

把否定詞 لَا 開頭的句子轉換成疑問句時，與 لَيْسَ 開頭的句子一樣，使用疑問詞 أَ。

لَا يَذْهَبُ الطَّبِيبُ إِلَى الْمُسْتَشْفَى.　→　أَلَا يَذْهَبُ الطَّبِيبُ إِلَى الْمُسْتَشْفَى؟
醫生不去醫院。　　　　　　　　　　　醫生不去醫院嗎？

● **某個 أَيُّ**

أَيُّ 意指「哪個」，因意義的不同而有主格、受格、所有格等。通常搭配泛指單數名詞，該名詞為所有格。

أَيُّ وَلَدٍ صَدِيقُكَ؟ 哪個少年是你的朋友？　　فِي أَيِّ بَيْتٍ تَسْكُنُ؟ 你住在哪個房子裡？

هَلْ هُمْ طُلَّابٌ؟
他們是學生嗎？
نَعَمْ، وَأَنَا مُدَرِّسُهُمْ.
是的，我是他們的老師。

人稱代名詞複數

意義	獨立代名詞			後綴代名詞		
第三人稱 陽性	هُمْ	他們是學生。	هُمْ طُلَّابٌ	هُمْ	他們的學校。	مَدْرَسَتُهُمْ
第三人稱 陰性	هُنَّ	她們是老師。	هُنَّ مُعَلِّمَاتٌ	هُنَّ	她們的書。	كِتَابُهُنَّ
第二人稱 陽性	أَنْتُمْ	你們很好。	أَنْتُمْ طَيِّبُونَ	كُمْ	你們的車。	سَيَّارَتُكُمْ
第二人稱 陰性	أَنْتُنَّ	妳們很慷慨。	أَنْتُنَّ كَرِيمَاتٌ	كُمْ	妳們的鑰匙。	مِفْتَاحُكُنَّ
第一人稱 通用	نَحْنُ	我們是韓國人。	نَحْنُ كُورِيُّونَ	نَا	我們的語言。	لُغَتُنَا

名詞的規則複數

獨立型人稱代名詞寫成複數時，後方名詞也必須使用複數型。名詞的複數分作規則複數與不規則複數兩種，其中建構規則複數的方法如下。

陽性規則複數：單數名詞後 ـــُونَ

陰性規則複數：單數名詞後 ـــَاتٌ

مُدَرِّسٌ	老師（陽）	→	مُدَرِّسُونَ
صَدِيقَةٌ	朋友（陰）	→	صَدِيقَاتٌ

對話 1

الحوار 1

> أَلَا تُحِبِّينَ تَعَلُّمَ الرَّقْصِ الشَّرْقِيِّ؟

> أُحِبُّ تَعَلُّمَهُ فَوْرًا!

宥真　肚皮舞難嗎？
瑪哈　不難，非常簡單。妳不想學嗎？
宥真　我想立刻學。但怎麼學呢？
瑪哈　我來教妳。
宥真　真謝謝妳
瑪哈　別客氣。

يُوجِين　هَلْ الرَّقْصُ الشَّرْقِيُّ صَعْبٌ؟

مَهَا　لَا، هُوَ سَهْلٌ جِدًّا. أَلَا تُرِيدِينَ تَعَلُّمَ الرَّقْصِ الشَّرْقِيِّ؟

يُوجِين　أُحِبُّ تَعَلُّمَهُ فَوْرًا. وَلَكِنْ كَيْفَ؟

مَهَا　سَوْفَ أُعَلِّمُكِ.

يُوجِين　شُكْرًا جَزِيلًا.

مَهَا　عَفْوًا.

新單字

رَقْص	舞蹈
شَرْقِيّ	東方的
الرَّقْصُ الشَّرْقِيِّ	肚皮舞
صَعْب	困難的
سَهْل	簡單的
تُرِيدِين	想要（現在式第二人稱陰性單數）
فَوْرًا	立刻
وَلَكِنْ	但是、不過
كَيْفَ	怎麼
أُعَلِّم	教導（現在式第一人稱單數）

新表現

شُكْرًا جَزِيلًا 真的很感謝
عَفْوًا 不要客氣

對話 Tip

سَوْفَ 置於現在式動詞前，表未來時態。也可以簡單地在動詞前加上 سَـ 來使用。

我會去。　سَوْفَ أَذْهَبُ. سَأَذْهَبُ.

我會喝。　سَوْفَ أَشْرَبُ. سَأَشْرَبُ.

對話 2　الحوار2

> هَلْ تُحِبِّينَ الْحَيَوَانَاتِ؟

> لَا أُحِبُّ الْحَيَوَانَاتِ الْوَحْشِيَّةَ.

哈珊	宥真，妳要去哪裡？
宥真	我要跟瑪哈一起去動物園。
哈珊	妳喜歡動物嗎？
宥真	我不喜歡猛獸。
哈珊	那麼，妳喜歡什麼動物呢？
宥真	我喜歡狗和貓。

حَسَنٌ　إِلَى أَيْنَ تَذْهَبِينَ، يَا يُوجِينْ؟

يُوجِينْ　أَذْهَبُ مَعَ مَهَا إِلَى حَدِيقَةِ الْحَيَوَانَاتِ.

حَسَنٌ　هَلْ تُحِبِّينَ الْحَيَوَانَاتِ؟

يُوجِينْ　لَا أُحِبُّ الْحَيَوَانَاتِ الْوَحْشِيَّةَ.

حَسَنٌ　إِذَنْ، أَيَّ حَيَوَانٍ تُحِبِّينَ؟

يُوجِينْ　أُحِبُّ الْكِلَابَ وَالْقِطَطَ.

新單字

تَذْهَبِينَ 去（現在式第二人稱陰性單數）
مَعَ 與～一起
حَدِيقَة 公園
حَيَوَانَات 動物（複）
حَيَوَان 動物
حَدِيقَةُ الْحَيَوَانَاتِ 動物園
وَحْشِيٌّ 兇猛的、像禽獸一般的

新表現

أَيَّ حَيَوَانٍ تُحِبِّينَ؟ 妳喜歡什麼動物？
（**أَيَّ**「什麼」類的表現要使用）

注意

修飾事物之複數名詞的形容詞必須為陰性單數型。在這段對話中必須使用修飾 **حَيَوَانٌ** 之複數名詞 **حَيَوَانَاتٌ** 的形容詞 **وَحْشِيٌّ** 之陰性單數型 **وَحْشِيَّةً**。
另外，例如指書的 **كِتَابٌ** 之複數為 **كُتُبٌ**。萬一要連接「多」這個形容詞，就必須使用 **كَثِيرٌ** 的陰性型 **كُتُبٌ كَثِيرَةٌ**。

對話 Tip

複數型態也會隨意義不同而產生格變化。陽性規則複數的格位為主格 ـونَ、受格／所有格 ـينَ。陰性規則複數的變化則是主格 ـاتٌ、受格／所有格 ـاتٍ。

單數	複數的主格	複數的受格／所有格
حَيَوَانٌ 動物	حَيَوَانَاتٌ 動物	حَيَوَانَاتٍ 動物／動物
مُدَرِّسٌ 老師	مُدَرِّسُونَ 老師們	مُدَرِّسِينَ 老師們／老師們

第07課　87

補充單字

المفردات الإضافية

時間相關副詞

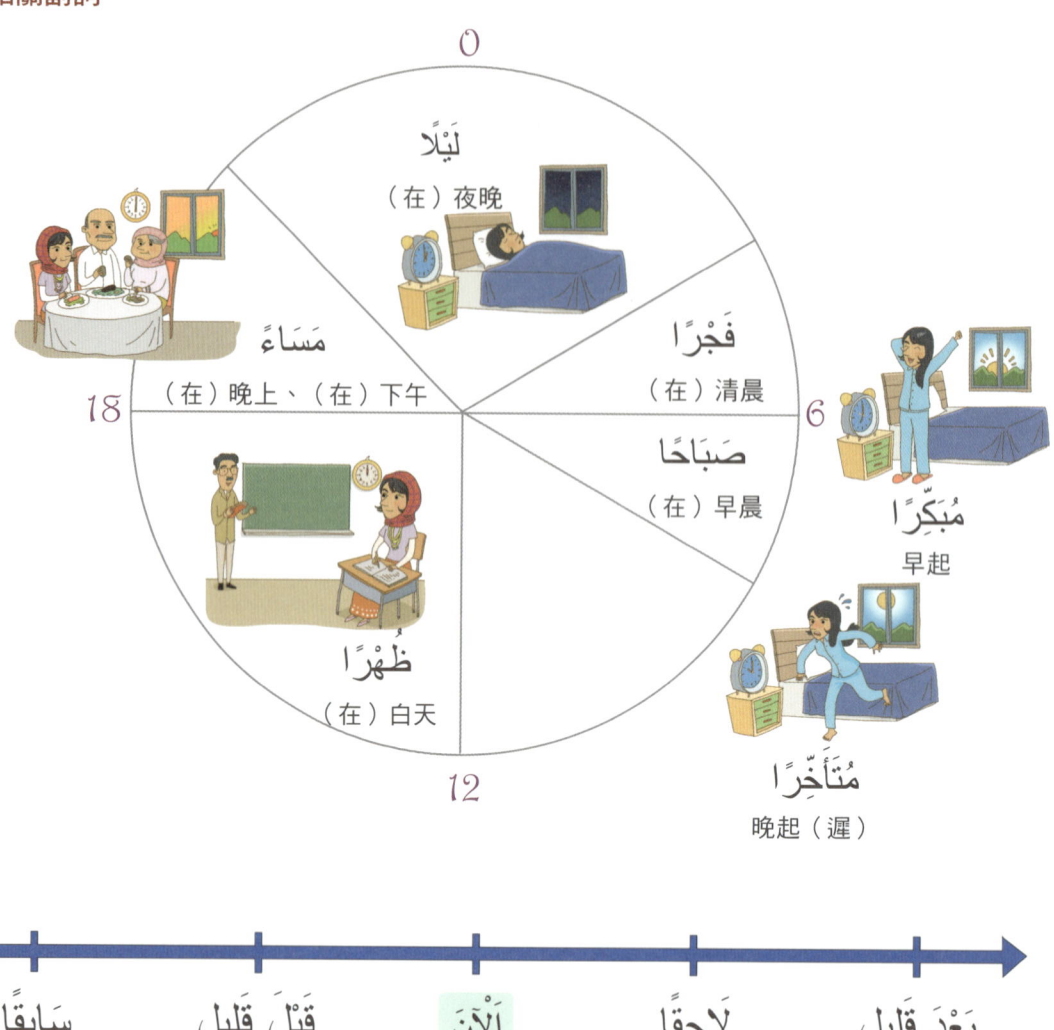

- لَيْلًا （在）夜晚
- فَجْرًا （在）清晨
- صَبَاحًا （在）早晨
- مُبَكِّرًا 早起
- مُتَأَخِّرًا 晚起（遲）
- ظُهْرًا （在）白天
- مَسَاءً （在）晚上、（在）下午

سَابِقًا	قَبْلَ قَلِيلٍ	اَلْآنَ	لَاحِقًا	بَعْدَ قَلِيلٍ
之前	剛剛	現在	馬上、之後	晚一點

頻率副詞

100%	90%	75%	50%	10~20%	0%
دَائِمًا	عَادَةً	مِرَارًا	أَحْيَانًا	نَادِرًا	أَبَدًا
總是	通常、大致上	時常	偶爾、有時候	難得、幾乎不～	絕不

實用表現 التعبيرات المفيدة

035.MP3

報名補習班

أُرِيدُ التَّسْجِيلَ فِي مَعْهَدِ اللُّغَةِ الْعَرَبِيَّةِ.
أُرِيدُ الدِّرَاسَةَ فِي مَعْهَدِ اللُّغَةِ الْعَرَبِيَّةِ أَيْضًا.

A　我想報名阿拉伯語補習班。
B　我也想在阿拉伯語補習班學習。

▶ أُرِيدُ 想要（現在式第一人稱單數）| تَسْجِيلٌ 報名 | مَعْهَدٌ 補習班 | دِرَاسَةٌ 學習

كَيْفَ أَذْهَبُ إِلَى الْمَعْهَدِ؟
اِرْكَبِي التَّاكْسِي.

A　（我）要怎麼去那間補習班呢？
B　請搭計程車。

A的其他表現

補習班在哪裡呢？	أَيْنَ يَقَعُ الْمَعْهَدُ؟

▶ يَقَعُ 位於～（現在式第三人稱陽性單數）

مَتَى يَبْدَأُ الْبَرْنَامَجُ؟
بَعْدَ أُسْبُوعٍ إِنْ شَاءَ اللهُ.

A　課程什麼時候開始呢？
B　下星期開始。

A的其他表現

我要在哪裡報名呢？	أَيْنَ أُسَجِّلُ؟
補習班有哪些科目呢？	أَيُّ مَادَّةٍ فِي الْمَعْهَدِ؟

▶ بَرْنَامَجٌ 課程 | مَتَى 什麼時候 | أُسَجِّلُ 報名（現在式第一人稱單數）| مَادَّةٌ 科目

補充單字

التدريبات

文法

1 請選出適合填入空格的單字。

_____ يُحِبُّ مُحَمَّدٌ كُرَةَ الْقَدَمِ.

① كَانَ   ② لَا   ③ لَيْسَ   ④ أَ

2 請選出與對話中劃線的單字相對應的後綴人稱代名詞組合。

A <u>نَحْنُ</u> كُورِيُّونَ.

① A هُمْ   B كُنَّ
② A هُنَّ   B كُمْ
③ A كُمْ   B كُنَّ
④ A نَا   B كُمْ

B <u>أَنْتُمْ</u> طَيِّبُونَ.

3 請從〈範例〉中選出適合填入空格的表現。

範例   ① أَيْنَ   ② لَا   ③ كَثِيرًا   ④ قَلِيلًا

(1) أُحِبُّ أُسْرَتِي ____.   我很愛我的家人。
(2) إِلَى ____ تَذْهَبُ مَهَا ؟   瑪哈去哪裡？
(3) آكُلُ آيس كريم ____.   我吃了一點點冰淇淋。
(4) ____ أُحِبُّ الْكَلْبَ.   我不喜歡那隻狗。

4 請將下列時間副詞由早上開始排出正確的時間順序。

① صَبَاحًا   ② لَيْلًا   ③ ظُهْرًا   ④ مَسَاءً

_____ → _____ → _____ → _____

聽力

● 請聽MP3,並回答問題。　036.MP3

(1) 宥真與瑪哈現在在哪裡？

① بَيْتُ مَهَا　② حَدِيقَةُ الْحَيَوَانَاتِ　③ مَدْرَسَةٌ　④ حَدِيقَةُ الْمَلَاهِي

(2) 下列何者為宥真喜歡的地方？

① بَيْتُ مَهَا　② حَدِيقَةُ الْحَيَوَانَاتِ　③ مَدْرَسَةٌ　④ حَدِيقَةُ الْمَلَاهِي

閱讀

● 請閱讀下列文句,並選瑪莉亞現在在讀的科目。

أَنَا فِي مَكْتَبَةِ الْجَامِعَةِ الْآنَ.
أَنَا مَعَ مَهَا وَمَرْيَمَ.
أَدْرُسُ اللُّغَةَ الْعَرَبِيَّةَ.
وَتَدْرُسُ مَهَا التَّارِيخَ الْكُورِيَّ.
وَتَدْرُسُ مَرْيَمُ الرِّيَاضِيَاتِ.

① اَللُّغَةُ الْعَرَبِيَّةُ　② اَلتَّارِيخُ الْكُورِيُّ　③ اَلرِّيَاضِيَاتُ　④ مَكْتَبَةُ الْجَامِعَةِ

▶ اَلرِّيَاضِيَاتُ 數學 | اَلتَّارِيخُ الْكُورِيُّ 韓國史 | مَكْتَبَةُ الْجَامِعَةِ 大學圖書館

第07課　91

الثقافة

文化 Q&A

Q 聽說阿拉伯語的數字與阿拉伯數字不一樣？

A 說到阿拉伯數字，許多人會認為是阿拉伯人發明，在阿拉伯地區使用的。不過阿拉伯國家的車牌號碼上記載的數字，卻與阿拉伯數字長得不一樣。因為在阿拉伯使用的數字，雖與阿拉伯數字的起源類似，但它就像是一種「方言」，模樣是完全不同的。

據說阿拉伯數字本來是印度人先發明出來的。西元5世紀時，印度創造出了1到9等9個數字以外的0這個新數字，光靠這10個數字，就能夠表現所有的數。精通貿易的阿拉伯商人們在遠赴中國或印度進行交易的過程中，接收了印度人所使用的這種方便的數字。後來，造訪阿拉伯的歐洲商人誤以為這個數字體系是阿拉伯人建立的，自此，世界各國都把這種數字稱為「阿拉伯數字」。

٠	١	٢	٣	٤	٥	٦	٧	٨	٩
0	1	2	3	4	5	6	7	8	9

阿拉伯數字在歐洲數學家之間急速擴散的時期為西元1202年，也就是義大利數學家斐波那契的著作《計算之書》（Liber Abaci）出版之後。在正式啟用阿拉伯數字之前，歐洲一直都是使用羅馬數字，用羅馬數字做計算可不是普通地麻煩。阿拉伯數字在歐洲普及之後，不論是計算或是數的記錄都變得方便許多，也成為了歐洲數學與科學急速發展的契機。

阿拉伯人不帶任何偏見地吸收印度的數字，以及十進位制等各種他國優秀文明中的學問，並結合到自己的文化裡。使用1到9的9個數字與0，逢10便進位這個發現，可以說是人類歷史上最偉大的發明之一。阿拉伯數字被人們如此熟練且自然地使用著，幾乎要讓人誤以為它是在人類誕生的同時就出現的，但它在全世界通用的時間也不過三百年左右呢。

اَلدَّرْسُ الثَّامِنُ

08

مَا رَقْمُ هَاتِفِكِ الْمَحْمُولِ؟

妳手機號碼是幾號呢？

- 數字0～10
- 修飾名詞之形容詞的不規則複數
- 介詞 عِنْدَ

主要句型與文法 الجمل الرئيسية & القواعد

كَمْ طَالِبًا فِي الْفَصْلِ؟
教室裡有幾個學生呢？
أَرْبَعَةُ طُلَّابٍ فِي الْفَصْلِ.
教室裡有4個學生。

數字0～10

阿拉伯語數字分為陽性型與陰性型兩種。單數名詞通常已包含一個的概念，所以加上 وَاحِدٌ 或 وَاحِدَةٌ 時便有強調的意思。

基數 ＼ 性別		陽性（被數名詞為陽性時）	陰性（被數名詞為陰性時）
٠	0	صِفْرٌ	
١	1	وَاحِدٌ	وَاحِدَةٌ
٢	2	اِثْنَانِ	اِثْنَتَانِ
٣	3	ثَلَاثَةٌ	ثَلَاثٌ
٤	4	أَرْبَعَةٌ	أَرْبَعٌ
٥	5	خَمْسَةٌ	خَمْسٌ
٦	6	سِتَّةٌ	سِتٌّ
٧	7	سَبْعَةٌ	سَبْعٌ
٨	8	ثَمَانِيَةٌ	ثَمَانٍ
٩	9	تِسْعَةٌ	تِسْعٌ
١٠	10	عَشَرَةٌ	عَشْرٌ

參考

表現一的數字還有 أَحَدٌ（陽）與 إِحْدَى（陰）。它們與複數名詞組成連接型使用，指「～中之一」、「一個～」，和做為修飾語使用的وَاحِدَةٌ／وَاحِدٌ 不同。

範例 إِحْدَى السَّيَّارَاتِ 車子中的一輛

參考

長母音有一個以上時，不強調前面的長母音，著重後面的長母音。例如 سَيَّارَاتٌ 就不讀 saya-ra-t，而要讀 sayara-t。

一位男學生 طَالِبٌ　（強調）一位男學生 طَالِبٌ وَاحِدٌ

數字3～10的特徵是，陽性型要加上陰性字尾 ة，而陰性型數字則不加 ة。10～3的數字與複數的被數名詞組成偏正組合，此時複數名詞佔所有格。

طَالِبٌ 學生（單數）＋ خَمْسَةٌ 數字5 → خَمْسَةُ طُلَّابٍ 5位學生

عِنْدِي خَمْسَةٌ، مَاذَا عِنْدَكِ؟
我有5，妳有什麼？
5
7
عِنْدِي سَبْعَةٌ.
我有7。

修飾名詞之形容詞的不規則複數

(1) 修飾人類名詞複數型的形容詞也必須是複數型。

صَدِيقٌ طَوِيلٌ	→	أَصْدِقَاءُ طِوَالٌ
個子高的朋友		個子高的朋友們
رَجُلٌ كَبِيرٌ	→	رِجَالٌ كِبَارٌ
年紀大的男人		年紀大的男人們

(2) 修飾事物名詞複數型的形容詞不受名詞之性別與數所影響，皆使用陰性單數型。

كِتَابٌ كَبِيرٌ	→	كُتُبٌ كَبِيرَةٌ
很大的書		一些很大的書
مَدْرَسَةٌ حَدِيثَةٌ	→	مَدَارِسُ حَدِيثَةٌ
現代化學校		一些現代化學校

介詞 عِنْدَ

介詞 عِنْدَ 是「～有～」的意思，與後綴人稱代名詞連接時，通常表持有。後方謂語為名詞，格位為主格。

你們今天晚上有約嗎？ هَلْ عِنْدَكُمْ مَوْعِدٌ مَسَاءَ الْيَوْمِ؟

我有一些好朋友。 عِنْدِي أَصْدِقَاءُ طَيِّبُونَ.

對話 1 الحوار 1

037.MP3

رَقْمُ هَاتِفِي هُوَ 202-7852.
مَا رَقْمُ هَاتِفِكُمَا الْمَحْمُولِ؟

穆罕默德 你們覺得課程如何呢？

宥真 阿拉伯語數字課程很難。不過很有趣。

珉豪 我覺得很簡單而且很有趣。

穆罕默德 那麼兩位的手機號碼是幾號呢？

珉豪 我的手機號碼是123-4567。

宥真 我的手機號碼是202-7852。

مُحَمَّدٌ كَيْفَ كَانَتْ الْمُحَاضَرَةُ؟

يُوجِينْ كَانَتْ الْأَرْقَامُ الْعَرَبِيَّةُ صَعْبَةً، لَكِنَّهَا مُمْتِعَةٌ.

مِينْ هُو كَانَتْ سَهْلَةً وَمُمْتِعَةً جِدًّا.

مُحَمَّدٌ إِذَنْ، مَا رَقْمُ هَاتِفِكُمَا الْمَحْمُولِ؟

مِينْ هُو رَقْمُ هَاتِفِي هُوَ 123-4567.

يُوجِينْ رَقْمُ هَاتِفِي هُوَ 202-7852.

新單字

الْمُحَاضَرَةُ 課程

الْأَرْقَامُ 號碼（複）

مُمْتِعَةٌ 有趣的（陰）

سَهْلَةٌ 簡單的（陰）

إِذَنْ 那麼

رَقْمٌ 號碼

هَاتِفٌ 電話

مَحْمُولٌ 拿（在手上）的

新表現

لَكِنَّهَا 但是

對話 Tip

هَاتِفٌ مَحْمُولٌ 是手機的意思。類似的表現還有 هَاتِفٌ نَقَّالٌ、هَاتِفٌ جَوَّالٌ 等。也可以直接說英文的 مُوبَايل。最近常用的智慧型手機則稱為هَاتِفٌ ذَكِيٌّ。

對話 ❷ الحوار2

店員　您需要什麼？
珉豪　我需要3支黑筆。
店員　在這裡。
珉豪　也有筆記簿嗎？
店員　有的，您還要找其他東西嗎？
珉豪　沒有了，一共多少錢？
店員　10鎊。

اَلْعَامِلَةُ　أَيَّةُ خِدْمَةٍ؟

مِينْ هُو　أُرِيدُ ثَلَاثَةَ أَقْلَامٍ سَوْدَاءَ.

اَلْعَامِلَةُ　هَا هِيَ.

مِينْ هُو　هَلْ عِنْدَكِ دَفَاتِرُ أَيْضًا؟

اَلْعَامِلَةُ　نَعَمْ، هَلْ تُرِيدُ شَيْئًا آخَرَ؟

مِينْ هُو　لَا، بِكَمِ الْكُلُّ؟

اَلْعَامِلَةُ　بِعَشْرَةِ جُنَيْهَاتٍ.

新單字

عَامِلٌ	勞工、店員
أُرِيدُ	想要（現在式第一人稱單數）
أَقْلَامٌ	筆（複）
سَوْدَاءُ	黑的（陰）
دَفَاتِرُ	筆記簿（複）
أَيْضًا	也
شَيْءٌ	東西
آخَرُ	其他
كُلٌّ	各自、全部
جُنَيْهَاتٌ	埃及鎊（複）

新表現

أَيَّةُ خِدْمَةٍ؟　您需要什麼？
بِكَمْ؟　多少錢？

對話Tip　簡單詢問「多少錢？」時可以說 بِكَمْ؟，要說「這個多少錢？」的時候則可以說 بِكَمْ هَذَا؟。

第08課　97

補充單字

المفردات الإضافية

常用的不規則複數名詞

أَطْفَالٌ | طِفْلٌ

小孩、兒童

رِجَالٌ | رَجُلٌ

男人

نِسَاءٌ | اِمْرَأَةٌ

女人

بُيُوتٌ | بَيْتٌ

房子

فَنَاجِينُ | فِنْجَانٌ

茶杯

مَفَاتِيحُ | مِفْتَاحٌ

鑰匙

مَكَاتِبُ | مَكْتَبٌ

書桌

كَرَاسٍ | كُرْسِيٌّ

椅子

أَرْقَامٌ | رَقْمٌ

數、數字

	少年、兒子	少女、女兒	青年（陽）	朋友（陽）	學校（陰）	商店（陽）	王子（陽）	學生（陽）
單數	وَلَدٌ	بِنْتٌ	شَابٌّ	صَدِيقٌ	مَدْرَسَةٌ	مَحَلٌّ	أَمِيرٌ	طَالِبٌ
複數	أَوْلَادٌ	بَنَاتٌ	شَبَابٌ	أَصْدِقَاءُ	مَدَارِسُ	مَحَلَّاتٌ	أُمَرَاءُ	طُلَّابٌ

實用表現 — التعبيرات المفيدة

複數名詞表現

مَنْ يُوجَدُ فِي هَذِهِ الصُّورَةِ؟

يُوجَدُ وَلَدٌ وَثَلَاثَةُ شَبَابٍ وَرِجَالٌ كِبَارٌ.

A 這張照片裡有誰呢？
B 1位少年與3位青年，還有一些年長的男性。

▶ يُوجَدُ 有～

مَنْ يَأْتِي فِي حَفْلَةِ عِيدِ مِيلَادِكَ؟

يَأْتِي ثَلَاثَةُ أَصْدِقَاءَ وَثَلَاثُ صَدِيقَاتٍ.

A 你的生日派對有誰會來？
B 有3位男性朋友與3位女性朋友會來。

B的其他表現

| 4位男學生 | أَرْبَعَةُ طُلَّابٍ |
| 4位漂亮的女學生 | أَرْبَعُ طَالِبَاتٍ جَمِيلَاتٍ |

▶ يَأْتِي 來（現在式第三人稱陽性單數）
▶ حَفْلَةٌ 派對、宴會

مَاذَا يُوجَدُ فِي هَذِهِ الْمِنْطَقَةِ؟

يُوجَدُ خَمْسَةُ بُيُوتٍ جَدِيدَةٍ وَخَمْسُ مَدَارِسَ جَدِيدَةٍ هُنَا.

A 這一區有些什麼東西？
B 這裡有5棟新房子與5間新學校。

B的其他表現

| 8個號碼（陽） | ثَمَانِيَةُ أَرْقَامٍ |
| 9個市場（陰） | تِسْعُ أَسْوَاقٍ |

第08課 99

補充單字

التدريبات

文法

1 請選出適合填入空格的數字。

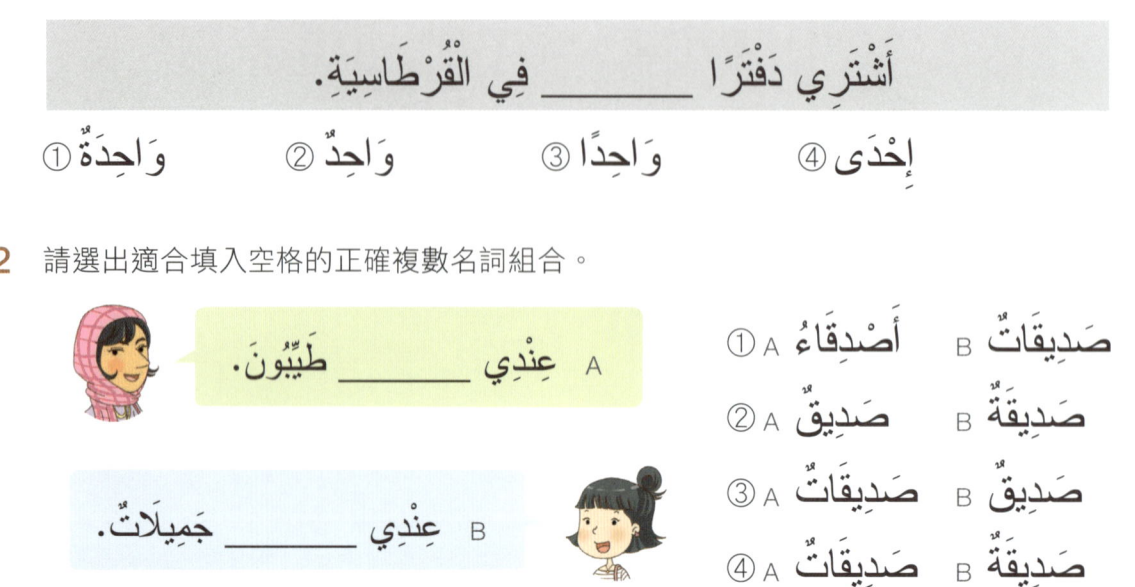

أَشْتَرِي دَفْتَرًا _____ فِي الْقُرْطَاسِيَةِ.

① وَاحِدَةٌ   ② وَاحِدٌ   ③ وَاحِدًا   ④ إِحْدَى

2 請選出適合填入空格的正確複數名詞組合。

A عِنْدِي _____ طَيِّبُونَ.

① A أَصْدِقَاءُ   B صَدِيقَاتٌ
② A صَدِيقٌ   B صَدِيقَةٌ
③ A صَدِيقَاتٌ   B صَدِيقٌ
④ A صَدِيقَاتٌ   B صَدِيقَةٌ

B عِنْدِي _____ جَمِيلَاتٌ.

3 請從〈範例〉中選出適合填入空格中的單字。

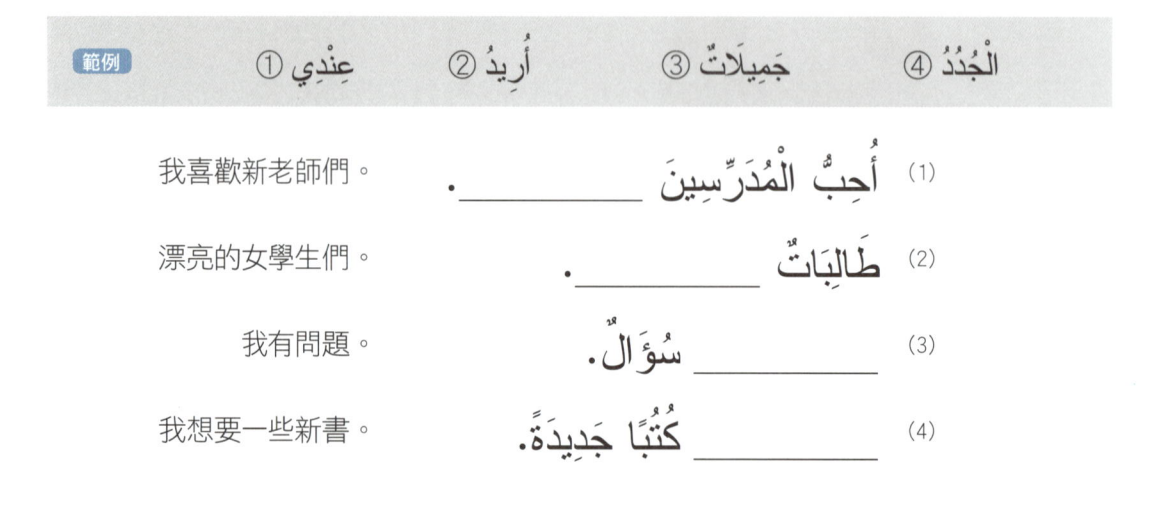

| 範例 | ① عِنْدِي   ② أُرِيدُ   ③ جَمِيلَاتٌ   ④ الْجُدُدُ |

(1) أُحِبُّ الْمُدَرِّسِينَ _____.   我喜歡新老師們。
(2) طَالِبَاتٌ _____.   漂亮的女學生們。
(3) _____ سُؤَالٌ.   我有問題。
(4) _____ كُتُبًا جَدِيدَةً.   我想要一些新書。

4 請選出適合填入劃線部分的數字。

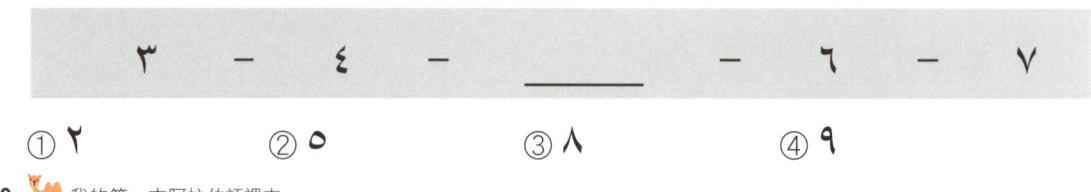

٧ – ٦ – _____ – ٤ – ٣

① ٢   ② ٥   ③ ٨   ④ ٩

聽力

040.MP3

- 請聽MP3，並回答問題。

(1) 宥真現在在哪裡？

① مَدْرَسَةٌ　② مَحَلٌّ　③ بَيْتٌ　④ جَامِعَةٌ

(2) 以下何者<u>不是</u>宥真想買的東西？

① كِتَابٌ　② قَلَمٌ　③ دَفْتَرٌ　④ وَرْدَةٌ

閱讀

- 請閱讀以下文句，並選出和宥真在一起的人有幾位。

يُوجِينْ فِي الْفَصْلِ.
عِنْدَهَا كِتَابٌ وَدَفْتَرٌ وَقَلَمٌ لِلدِّرَاسَةِ.
بَعْدَ قَلِيلٍ يَحْضُرُ طَالِبٌ جَدِيدٌ.
ثُمَّ تَحْضُرُ طَالِبَةٌ جَدِيدَةٌ.
وَيَحْضُرُ الْمُدَرِّسُ مَعَ ثَلَاثَةِ طُلَّابٍ
بَعْدَ قَلِيلٍ تَخْرُجُ طَالِبَةٌ مِنَ الْفَصْلِ.

① تِسْعَةٌ　② خَمْسَةٌ　③ وَاحِدٌ　④ عَشْرَةٌ

▶ لِلدِّرَاسَةِ 學習用的 ｜ يَحْضُرُ 來（現在式第三人稱陽性單數） ｜ تَحْضُرُ 來（現在式第三人稱陰性單數） ｜ بَعْدَ قَلِيلٍ 過了一會 ｜ تَخْرُجُ 出去（現在式第三人稱陰性單數）

文化Q&A

Q 齋戒月時穆斯林真的不吃東西嗎？

A 一到了伊斯蘭曆第九個月的齋戒月，整整一個月，從日出到日落的這段期間內都是禁止飲食的。穆斯林們遵守戒律齋戒並反省自我。此外，抽菸與性生活也絕對禁止，部分的穆斯林甚至連口水也不吞。

齋戒月期間，穆斯林在白天時皆滴水不沾，並徹底禁食。太陽下山後，穆斯林們會招待家人與親朋好友們，分享 الأفطار（開齋餐）與禮物，來結束這一天。

伊斯蘭教的齋戒稱為 الصوم，穆斯林們不論貧富貴賤，所有人都在相同的條件下，親身體驗阿拉（真主）所任命的身心修行。穆斯林們在一同禁食、分享的過程中，體會到困頓貧窮之人的苦痛與飢餓。據說在齋戒月後，社會上的善行會有所增加，許多人會為了那些比自己更困苦的人發起捐款 الزكات 等活動。此外，對於平常吃太多肉類與油膩食物，運動量卻完全不夠的阿拉伯人來說，這樣的斷食對健康也是很有幫助的。

齋戒期間對禁食穆斯林來說是應盡的義務，但小孩、老人、病患、哺乳中的女性與孕婦，以及長途旅行者等可免於齋戒。成年者在海外旅行，或是因生病而無法禁食時，則須在日後補齊齋戒的天數。

齋戒一個月的穆斯林們會在齋戒月結束當天開始進行稱為 عيد الفطر 的慶祝。節日當天可以穿上自己最喜歡的衣服，造訪親戚與朋友家，一起享受美食。齋戒月期間對於地區經濟來說也是相當重要的時期，與台灣的春節一樣，伊斯蘭教也有穿新衣迎接開齋節的傳統。此外，為了服務闔家慶祝的穆斯林們，電視台也會播出有趣豐富的節目。阿拉伯地區電視廣告收益也因此約有30%集中在齋戒月，特別是齋戒月為期一個月，經濟上的潛力遠超過西方的聖誕節。

اَلدَّرْسُ التَّاسِعُ

09

لَمْ يَكُنْ الْجَوُّ بَارِدًا أَمْسِ

昨天天氣不冷。

- 詢問天氣的疑問詞 كَيْفَ
- 過去式動詞的否定句
- 形容詞的規則複數變化
- 數字11～19

主要句型與文法

الجمل الرئيسية & القواعد

كَيْفَ كَانَ الْجَوُّ الْيَوْمَ؟
今天天氣怎麼樣？

لَمْ يَكُنْ الْجَوُّ بَارِدًا.
今天天氣不冷。

● 詢問天氣的疑問詞 كَيْفَ

使用疑問詞 كَيْفَ，便能詢問各種時態的天氣。

昨天天氣怎麼樣？	كَيْفَ كَانَ الْجَوُّ أَمْسِ؟
今天天氣怎麼樣？	كَيْفَ الْجَوُّ الْيَوْمَ؟
明天天氣怎麼樣？	كَيْفَ سَيَكُونُ الْجَوُّ غَدًا؟

● 過去式的動詞否定句

要將現在式動詞句轉換成否定句時，可以將 لَا 置於動詞前。不過，現在式動詞也可以用來建立完成式否定句。此時可以在現在式動詞前加上 لَمْ 。在這個狀態下動詞會變成祈使格，最後一個子音的母音會從 ُ 換成 ْ 。祈使格一樣會隨人稱的性別與數而變化。

意義	第一人稱通用	第二人稱陰性	第二人稱陽性	第三人稱陰性	第三人稱陽性
下降	أَنْزِلْ	تَنْزِلِي	تَنْزِلْ	تَنْزِلْ	يَنْزِلْ
吃	آكُلْ	تَأْكُلِي	تَأْكُلْ	تَأْكُلْ	يَأْكُلْ
是～	أَكُنْ	تَكُونِي	تَكُنْ	تَكُنْ	يَكُنْ

昨天天氣不冷。	لَمْ يَكُنْ الْجَوُّ بَارِدًا أَمْسِ.
他還沒有吃這個麵包。	لَمْ يَأْكُلْ هَذَا الْخُبْزَ بَعْدُ.

كَمْ دَرَجَةُ الْحَرَارَةِ الْيَوْمَ؟
今天氣溫幾度？
دَرَجَةُ الْحَرَارَةِ الْيَوْمَ هِيَ أَرْبَعُونَ.
今天氣溫40度。

形容詞的規則複數變化

形容詞的性別要和所修飾的名詞一致。形容詞也有分規則複數型與不規則複數型兩種，當單數字尾為規則複數型時，需依名詞的性別而改變型態。陽性規則複數型形容詞為主格時，要在單數字尾後加上 ـُونَ，為所有格／受格時，則加上 ـِينَ。陰性規則複數型形容詞的主格為單數字尾時加上 ـَاتٌ，所有格／受格則加上 ـَاتٍ。以 ة 結尾的名詞需拿掉 ة 後再加上複數字尾。

	主格	所有格／受格
陽性	مُدَرِّسُونَ طَيِّبُونَ 好老師們	مُدَرِّسِينَ طَيِّبِينَ 好老師們
陰性	مُمَرِّضَاتٌ حَنُونَاتٌ 溫柔的護理師們	مُمَرِّضَاتٍ حَنُونَاتٍ 溫柔的護理師們

注意

名詞非人物而是事物或動物的複數時，多使用陰性單數形容詞。
حَيَوَانٌ وَحْشِيٌّ 兇猛的動物
→ حَيَوَانَاتٌ وَحْشِيَّةٌ 兇猛的動物們

注意

13～19的格不變，固定為受格 ـَ 發音。但12的2為雙數。雙數的主格與受格／所有格不一樣，需進行格變化，請務必留意。

數字11～19

11～19的數字需先寫個位數字，再結合數字「10」。13～19的個位數字與數字「10」的性別會跟著被數名詞的性別而改變。若被數名詞為陽性名詞，個位數字要使用有 ة 的陰性型，عَشْرَةٌ 反而會變成沒有 ة 的陰性型 عَشَرَ。相反地，當被數名詞為陰性名詞，個位數字需使用沒有 ة 的陽性型，「10」則與陽性型的 عَشْرَةٌ 結合。此外，由於是兩個數字結合的確定狀態，所以兩個數字都是不使用Tanween，格位也不變化的不變位單字。

	11	12	13	14	15	16	17	18	19
被數名詞為陽性時	أَحَدَ عَشَرَ	اِثْنَا عَشَرَ	ثَلَاثَةَ عَشَرَ	أَرْبَعَةَ عَشَرَ	خَمْسَةَ عَشَرَ	سِتَّةَ عَشَرَ	سَبْعَةَ عَشَرَ	ثَمَانِيَةَ عَشَرَ	تِسْعَةَ عَشَرَ
被數名詞為陰性時	إِحْدَى عَشْرَةَ	اِثْنَتَا عَشْرَةَ	ثَلَاثَ عَشْرَةَ	أَرْبَعَ عَشْرَةَ	خَمْسَ عَشْرَةَ	سِتَّ عَشْرَةَ	سَبْعَ عَشْرَةَ	ثَمَانِيَ عَشْرَةَ	تِسْعَ عَشْرَةَ

對話 1 الحوار1

041.MP3

كَيْفَ كَانَ الْجَوُّ الْيَوْمَ؟
لَمْ يَكُنْ الْجَوُّ بَارِدًا.

宥真媽媽　今天埃及天氣怎麼樣啊？
宥真　天氣不冷。今天首爾天氣怎麼樣呢？
宥真媽媽　這邊天氣很冷。
宥真　沒下雪嗎？
宥真媽媽　沒下雪，但天很陰。

أُمُّ يُوجِينْ كَيْفَ كَانَ الْجَوُّ الْيَوْمَ فِي مِصْرَ؟

يُوجِينْ لَمْ يَكُنْ الْجَوُّ بَارِدًا.

كَيْفَ كَانَ الْجَوُّ الْيَوْمَ فِي سِيُول؟

أُمُّ يُوجِينْ كَانَ الْجَوُّ بَارِدًا جِدًّا هُنَا.

يُوجِينْ أَلَمْ يَنْزِلْ الثَّلْجُ؟

أُمُّ يُوجِينْ لَمْ يَنْزِلْ، لَكِنَّ السَّمَاءَ كَانَتْ غَائِمَةً.

新單字

- جَوٌّ 天氣
- بَارِدٌ 寒冷的
- سِيُولُ 首爾
- هُنَا 這裡、在這裡
- أَ 疑問詞（與否定動詞一起使用）
- يَنْزِلُ 降下（現在式第三人稱陽性單數）
- ثَلْجٌ 雪
- سَمَاءٌ 天空（陰）
- غَائِمَةٌ 陰沈的

新表現

- لَمْ يَكُنْ 不是～（過去式動詞的否定句）
- كَيْفَ كَانَ؟ （那個）怎麼樣？
- أَلَمْ يَنْزِلْ؟ 沒有下（那個）嗎？

對話 Tip

اَلسَّمَاءُ「天空」雖沒有陰性標記 ة，但由於它是具有陰性性質的單字，所以動詞會變成第三人稱陰性型。أُمٌّ「母親」也是雖未呈現在型態上，但意義上有陰性性質的單字之一。此外，مِصْرُ「埃及」與قُرَيْشٌ「古萊什部落」之類的國家名、地名、部落名等，也習慣性地視為陰性。成雙的身體器官也多半視為陰性。

注意

為建構過去式動詞的否定句而使用的 لَمْ 後方須連接現在式動詞短縮法。

對話 2 الحوار2

042.MP3

أَلَيْسَ الْجَوُّ حَارًّا فِي الصَّيْفِ فِي سِيُول؟
اَلْجَوُّ فِي الصَّيْفِ حَارٌّ وَرَطِبٌ.

穆罕默德　首爾的夏天不熱嗎？
宥真　夏天的天氣又熱又潮溼。
穆罕默德　平均氣溫是幾度呢？
宥真　25～30度之間。
穆罕默德　夏天也會下雨嗎？
宥真　會，雨季時雨下很大。8月的天氣晴朗又炎熱。

مُحَمَّدٌ　أَلَيْسَ الْجَوُّ حَارًّا فِي الصَّيْفِ فِي سِيُول؟

يُوجِين　اَلْجَوُّ فِي الصَّيْفِ حَارٌّ وَرَطِبٌ.

مُحَمَّدٌ　كَمْ دَرَجَةُ الْحَرَارَةِ فِي الْمُعَدَّلِ؟

يُوجِين　بَيْنَ 25 وَ30 دَرَجَةً مِئَوِيَّةً.

مُحَمَّدٌ　هَلْ يَنْزِلُ الْمَطَرُ فِي الصَّيْفِ؟

يُوجِين　نَعَمْ، تَنْزِلُ الْأَمْطَارُ الْكَثِيرَةُ فِي مَوْسِمِ الْأَمْطَارِ الْغَزِيرَةِ.
وَالْجَوُّ فِي شَهْرِ أُغُسْطُسِ مُشْمِسٌ وَحَارٌّ.

新單字

- حَارٌّ 熱的
- رَطِبٌ 潮溼的
- كَمْ 多少
- مُعَدَّلٌ 平均
- بَيْنَ 之間
- شَهْرٌ 月、～個月
- مُشْمِسٌ 晴朗的、豔陽高照的

新表現

- دَرَجَةُ الْحَرَارَةِ 溫度
- دَرَجَةٌ مِئَوِيَّةٌ 攝氏
- مَوْسِمُ الْأَمْطَارِ الْغَزِيرَةِ 雨季

參考

阿拉伯語數字的讀法
阿拉伯語的25是خَمْسَةٌ وَعِشْرُونَ，30是ثَلَاثُونَ。此對話中由於前方有介詞，所以25讀خَمْسَةٍ وَعِشْرِينَ，30則讀ثَلَاثِينَ。

對話Tip

أَلَيْسَ 用在詢問「不是～嗎？」的時候。لَيْسَ 則是之前所學過的名詞否定「不是～」。請別忘記謂語最後一個子音的格位須以受格結尾。

補充單字 المفردات الإضافية

天氣

غَائِمٌ 陰沈的

غَيْمٌ 雲

مُشْمِسٌ 晴朗的

شَمْسٌ 太陽

مُمْطِرٌ 下雨的

مَطَرٌ 雨

مُثْلِجٌ 下雪的

ثَلْجٌ 雪

تَهُبُّ 刮風

رِيحٌ 風

رَطِبٌ 潮溼的

رُطُوبَةٌ 濕氣

بَارِدٌ 冷

حَارٌّ 熱

لَطِيفٌ 晴朗的

مُعْتَدِلٌ 溫和的

مُنْعِشٌ 涼爽的

دَافِئٌ 溫暖的

季節

اَلشِّتَاءُ 冬

اَلْخَرِيفُ 秋

اَلصَّيْفُ 夏

اَلرَّبِيعُ 春

實用表現 التعبيرات المفيدة

043.MP3

練習與天氣、季節相關的表現

يَنْزِلُ الْمَطَرُ كَثِيرًا الْآنَ.
عِنْدِي مِظَلَّةٌ.

A 現在雨下很大。
B 我有雨傘。

B的其他表現

我有陽傘。 عِنْدِي شَمْسِيَّةٌ.

▶ كَثِيرًا 大量地 | شَمْسِيَّةٌ 陽傘 | مِظَلَّةٌ 雨傘 | يَنْزِلُ 降下（現在式第三人稱陽性單數）

هَلْ الْجَوُّ بَارِدٌ فِي سِيُول؟
لَيْسَ بَارِدًا كَثِيرًا.

A 首爾天氣冷嗎？
B 不是非常冷。

كَيْفَ الْجَوُّ فِي كُورِيَا؟
الْجَوُّ الْكُورِيُّ دَافِئٌ فِي الرَّبِيعِ.

A 韓國天氣怎麼樣？
B 春天（韓國的）天氣很溫暖。

B的其他表現

الْجَوُّ الْكُورِيُّ حَارٌّ فِي الصَّيْفِ.
韓國的夏天天氣很熱。

الْجَوُّ لَطِيفٌ فِي الْخَرِيفِ.
秋天天氣很晴朗。

الْجَوُّ بَارِدٌ فِي الشِّتَاءِ.
冬天天氣很冷。

補充單字

التدريبات

文法

1 請選出適合填入空格的疑問詞。

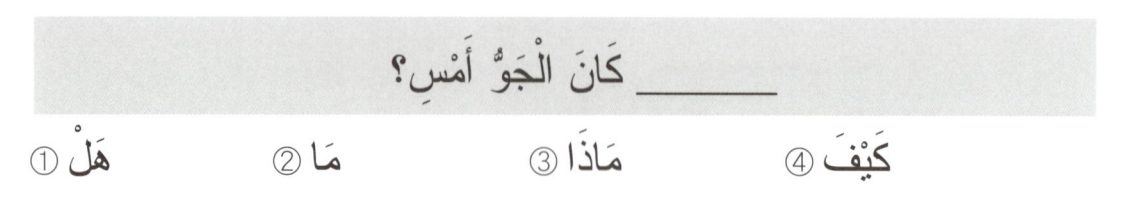

______ كَانَ الْجَوُّ أَمْسِ؟

① هَلْ　② مَا　③ مَاذَا　④ كَيْفَ

2 請選出符合人稱的單字組合。

______A الْجَوُّ بَارِدًا.

______B الرِّيحُ شَدِيدَةً.

① A لَيْسَ　B لَيْسَتْ
② A لَسْتُ　B لَسْتَ
③ A لَسْتِ　B لَيْسُوا
④ A لَيْسَتْ　B لَسْتُمْ

3 請參考圖片，並從〈範例〉中選出適合填入空格的表現。

範例　① مُشْمِسٌ　② مُمْطِرٌ　③ غَائِمٌ　④ مُثْلِجٌ

(1) الْجَوُّ ______ الْيَوْمَ.

(2) الْجَوُّ ______ الْيَوْمَ.

(3) الْجَوُّ ______ الْيَوْمَ.

(4) الْجَوُّ ______ الْيَوْمَ.

110 我的第一本阿拉伯語課本

聽力

● 請聽MP3，並回答問題。　044.MP3

(1) 昨天首爾天氣怎麼樣？
① مُمْطِرٌ　② بَارِدٌ　③ مُشْمِسٌ　④ غَائِمٌ

(2) 今天開羅天氣怎麼樣？
① مُمْطِرٌ　② بَارِدٌ　③ مُشْمِسٌ　④ غَائِمٌ

閱讀

● 請閱讀下列文句，並選出今天的天氣與宥真所在地的正確組合。

كَانَ الْجَوُّ مُمْطِرًا أَمْسِ.
اَلْجَوُّ لَطِيفٌ الْيَوْمَ.
أَنَا فِي الْحَدِيقَةِ مَعَ صَدِيقَاتِي الْآنَ.
اَلْجَوُّ مُشْمِسٌ وَدَافِئٌ.
لَيْسَ الْجَوُّ حَارًّا أَوْ بَارِدًا.

① مُشْمِسٌ – حَدِيقَةٌ　　② مُمْطِرٌ – مَكْتَبَةٌ
③ غَائِمٌ – بَيْتٌ　　④ حَارٌّ – شَاطِئُ الْبَحْرِ

▶ اَلْيَوْمَ 今天 ｜ شَاطِئُ الْبَحْرِ 海邊

第09課　111

文化Q&A

Q السنة「遜尼」派與 الشيعة「什葉」派的差異為何呢？

A 我們常在新聞媒體上看到伊斯蘭教的「遜尼」派與「什葉」派這兩個用語，卻不清楚其歷史背景。伊斯蘭教曾在短時間之內建立了橫跨歐亞非三洲的大帝國，讓我們透過這段歷史，來一探遜尼派與什葉派誕生的祕密吧。

伊斯蘭教初期在先知穆罕默德死後，曾選出第一代的阿布・伯克爾、第二代的歐馬爾、第三代的奧斯曼等「哈里發（伊斯蘭社會中，總括宗教政治領域的最高指導者）」。但第三代哈里發—奧斯曼—被暗殺，先知穆罕默德的堂弟兼女婿—阿里（西元656年～西元661年在位）便被推舉為第四代哈里發。然而此時第三代哈里發—奧斯曼的堂侄，曾擔任大馬士革總督的穆阿維亞卻表示奧斯曼暗殺事件調查草率，他不認同阿里的哈里發身分。最後哈里發阿里與穆阿維亞之間爆發了戰爭，在戰爭進行的過程中，阿里在庫法遭到暗殺，權力最後歸於穆阿維亞，伊斯蘭最早的世襲君主國家—奧米亞王朝就此誕生。

遜尼派與什葉派是從奧米亞王朝誕生的時候開始分歧的。遜尼派認同承襲傳統哈里發的奧米亞王朝哈里發，而什葉派則認為是奧米亞王朝的第一代哈里發穆阿維亞一世殺害了阿里與其長男哈桑，所以他們並不認可奧米亞王朝與後繼的阿拔斯王朝。西元680年時，穆罕默德的孫子，第四代哈里發阿里的次子胡笙起而對抗奧米亞王朝（穆阿維亞的兒子雅季德一世執政期間）並掀起了叛亂。但最終在卡爾巴拉戰役（西元680年）中被輕鬆鎮壓住，胡笙也當場被殘殺。此後，胡笙被什葉派追隨者譽為最重要的殉教者，而「比 يزيد 雅季德（穆阿維亞的兒子）還糟糕的傢伙！」這句話，也被拿來當做什葉派穆斯林最難聽的髒話。

اَلدَّرْسُ الْعَاشِرُ
10

كَمْ السَّاعَةُ الْآنَ؟

現在幾點？

- 詢問時間的疑問詞 كَمْ
- 序數
- تَعَلَّمَ 動詞的現在式複數
- 勸誘的 هَيَّا

主要句型與文法

الجمل الرئيسية & القواعد

كَمْ السَّاعَةُ الْآنَ؟
現在幾點？
اَلسَّاعَةُ الثَّالِثَةُ مَسَاءً.
下午三點。

詢問時間的疑問詞 كَمْ

詢問時間時，用疑問詞 كَمْ 來表現序數。

現在幾點？ كَمْ السَّاعَةُ الْآنَ؟

序數

阿拉伯語的序數分陽性型與陰性型，通常會加上冠詞一起使用。序數在此為形容詞，用途是修飾前方名詞，故性別、數、格都必須與該名詞一致。

	陰性	陽性
第一	اَلْأُولَى	اَلْأَوَّلُ
第二	اَلثَّانِيَةُ	اَلثَّانِي
第三	اَلثَّالِثَةُ	اَلثَّالِثُ
第四	اَلرَّابِعَةُ	اَلرَّابِعُ
第五	اَلْخَامِسَةُ	اَلْخَامِسُ
第六	اَلسَّادِسَةُ	اَلسَّادِسُ
第七	اَلسَّابِعَةُ	اَلسَّابِعُ
第八	اَلثَّامِنَةُ	اَلثَّامِنُ
第九	اَلتَّاسِعَةُ	اَلتَّاسِعُ
第十	اَلْعَاشِرَةُ	اَلْعَاشِرُ
第十一	اَلْحَادِيَةَ عَشْرَةَ	اَلْحَادِيَ عَشَرَ
第十二	اَلثَّانِيَةَ عَشْرَةَ	اَلثَّانِيَ عَشَرَ

اَلدَّرْسُ الْأَوَّلُ　第1課

اَلْبَيْتُ الثَّالِثُ　第3棟房子

اَلشَّرِكَةُ الْعَاشِرَةُ　第10間公司

اَلشَّرِكَةُ الْأُولَى*　第1間公司

（*也有「最棒的公司」的意思。）

注意

表時間時，除了1點之外都使用序數。

اَلسَّاعَةُ الْوَاحِدَةُ　1點
اَلسَّاعَةُ الْخَامِسَةُ　5點
اَلسَّاعَةُ السَّابِعَةُ　7點

هَيَّا نَتَعَلَّمْ اللُّغَةَ الْعَرَبِيَّةَ.
來學阿拉伯語吧。
نَتَعَلَّمُ اللُّغَةَ الْعَرَبِيَّةَ فِي مِصْرَ.
我們在埃及學阿拉伯語。

● تَعَلَّمَ 動詞的現在式複數

第一人稱		第二人稱				第三人稱			
複數	單數	複數		單數		複數		單數	
		陰性	陽性	陰性	陽性	陰性	陽性	陰性	陽性
نَتَعَلَّمُ	أَتَعَلَّمُ	تَتَعَلَّمْنَ	تَتَعَلَّمُونَ	تَتَعَلَّمِينَ	تَتَعَلَّمُ	يَتَعَلَّمْنَ	يَتَعَلَّمُونَ	تَتَعَلَّمُ	يَتَعَلَّمُ

يَتَعَلَّمُونَ اللُّغَةَ الْكُورِيَّةَ فِي الْجَامِعَةِ.

他們在大學學韓語。

يَتَعَلَّمْنَ الرَّسْمَ فِي بَارِيس.

她們在巴黎學畫畫。

注意

現在式動詞複數與現在式動詞單數一樣，代表行為者人稱的部份會成為動詞詞幹的前綴或後綴。

● 勸誘的 هَيَّا

若是 هَيَّا 後方出現現在式動詞的祈使格(ـْ)，就會變成「～吧」的意思。

هَيَّا نَذْهَبْ إِلَى الْمَلْعَبِ. 我們去運動場吧。

هَيَّا نَأْكُلْ الْغَدَاءَ. 我們吃午餐吧。

هَيَّا بِنَا. 來，我們走吧（做吧）。

يَتَعَلَّمُ 等第五式動詞之勸誘型範例如下。

هَيَّا نَتَحَدَّثْ بِاللُّغَةِ الْعَرَبِيَّةِ. 我們用阿拉伯語說看看吧。

هَيَّا نَتَكَلَّمْ بِالْحَرَكَاتِ الْجِسْمِيَّةِ. 我們用身體動作來說看看吧。

對話 1　الحوار1

> اَلسَّاعَةُ الْآنَ الثَّانِيَةُ بَعْدَ الظُّهْرِ.
> كَمِ السَّاعَةُ الْآنَ؟

宥真　現在幾點？
哈珊　現在是下午兩點，妳有約嗎？
宥真　是啊，我半小時後和朋友們有約。
哈珊　妳們在哪見面呢？
宥真　我們在學校門口的咖啡廳見面。

يُوجِين　كَمِ السَّاعَةُ الْآنَ؟

حَسَنْ　اَلسَّاعَةُ الْآنَ الثَّانِيَةُ بَعْدَ الظُّهْرِ. هَلْ عِنْدَكِ مَوْعِدٌ؟

يُوجِين　نَعَمْ، عِنْدِي مَوْعِدٌ بَعْدَ نِصْفِ سَاعَةٍ مَعَ صَدِيقَاتِي.

حَسَنْ　أَيْنَ سَتَتَقَابَلْنَ؟

يُوجِين　سَنَتَقَابَلُ فِي مَقْهَى أَمَامَ الْجَامِعَةِ.

新單字

مَوْعِدٌ　約定
نِصْفٌ　1/2、一半（小時）
تَتَقَابَلْنَ　見面（現在式第二人稱陰性複數）
نَتَقَابَلُ　見面（現在式第一人稱複數）

新表現

بَعْدَ الظُّهْرِ　下午
قَبْلَ الظُّهْرِ　上午
بَعْدَ نِصْفِ سَاعَةٍ = بَعْدَ ثَلَاثِينَ دَقِيقَةً
30分鐘後

對話 Tip

- ظُهْرٌ 為「正午」，與介詞 قَبْلَ「～之前」一起使用時，便會成為「上午」的意思；與介詞 بَعْدَ「～之後」一起使用時，則會變成「下午」的意思。
- 要表示「幾點」的時候，可以省略 اَلسَّاعَةُ「點」這個時間名詞，用 اَلْوَاحِدَةُ「一點」來表現時間。

對話 2 الحوار2

046.MP3

هَيَّا نَذْهَبْ إِلَى السِّينِمَا فِي يَوْمِ الأَحَدِ.
سَأَنْتَظِرُكِ أَمَامَ السِّينِمَا.

宥真　我們星期日去電影院吧。
瑪哈　什麼時候？幾點？
宥真　三點半如何？
瑪哈　哎呀，那個時候我要補習。
宥真　好，那五點見吧。
瑪哈　好，我在電影院門口等妳。

يُوجِين	هَيَّا نَذْهَبْ إِلَى السِّينِمَا فِي يَوْمِ الأَحَدِ.
مَهَا	مَتَى؟ فِي أَيِّ سَاعَةٍ؟
يُوجِين	مَا رَأْيُكِ فِي السَّاعَةِ الثَّالِثَةِ وَالنِّصْفِ؟
مَهَا	يَا سَاتِرُ، عِنْدِي دَرْسٌ خَاصٌ فِي ذَلِكَ الْوَقْتِ.
يُوجِين	طَيِّبٌ، إِذَنْ نَلْتَقِي فِي السَّاعَةِ الْخَامِسَةِ.
مَهَا	حَسَنًا. سَأَنْتَظِرُكِ أَمَامَ السِّينِمَا.

新單字

- سِينِمَا 電影院
- يَوْمُ الأَحَدِ 星期日
- مَتَى 什麼時候
- دَرْسٌ خَاصٌ 補習、特殊課程
- نَلْتَقِي 見面（現在式第一人稱複數）
- أَنْتَظِرُ 等待（現在式第一人稱單數）

新表現

مَا رَأْيُكِ؟ 妳（陰）的意見是？（詢問對方意見時使用）

對話Tip

يَا سَاتِرُ 是對可惜或不順利的事情表示遺憾的說法，可解釋為「哎呀」、「真可惜」。對對方的話表示肯定或同意時，則可以使用 طَيِّبٌ 或 حَسَنًا 等表現。

補充單字 المفردات الإضافية

時間表現

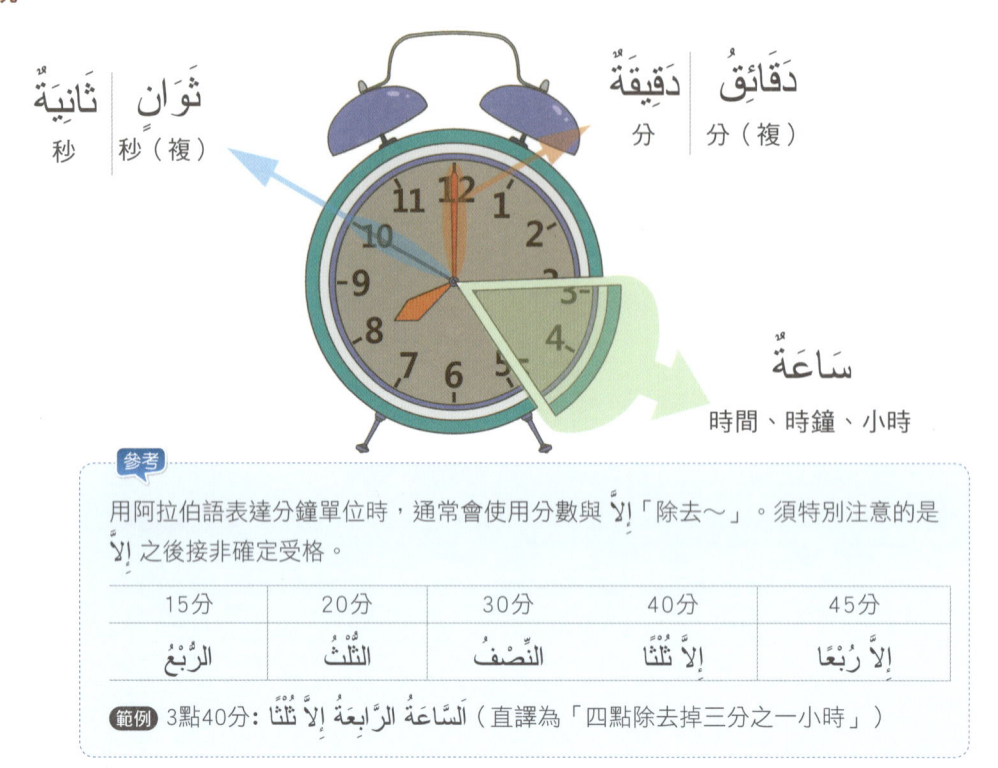

ثَوَانٍ | ثَانِيَةٌ
秒（複） | 秒

دَقَائِقُ | دَقِيقَةٌ
分（複） | 分

سَاعَةٌ
時間、時鐘、小時

參考

用阿拉伯語表達分鐘單位時，通常會使用分數與 إِلاَّ「除去～」。須特別注意的是 إِلاَّ 之後接非確定受格。

15分	20分	30分	40分	45分
الرُّبْعُ	الثُّلْثُ	النِّصْفُ	إِلاَّ ثُلْثًا	إِلاَّ رُبْعًا

範例 3點40分：اَلسَّاعَةُ الرَّابِعَةُ إِلاَّ ثُلْثًا（直譯為「四點除去掉三分之一小時」）

星期表現

سَنَةٌ | عَامٌ
年

شَهْرٌ
月、～個月

أُسْبُوعٌ
周

أَيَّامٌ | يَوْمٌ
日（複） | 日

يَوْمُ السَّبْتِ	يَوْمُ الْأَحَدِ	يَوْمُ الْإِثْنَيْنِ	يَوْمُ الثُّلَاثَاءِ	يَوْمُ الْأَرْبِعَاءِ	يَوْمُ الْخَمِيسِ	يَوْمُ الْجُمْعَةِ
星期六	星期日	星期一	星期二	星期三	星期四	星期五

118 我的第一本阿拉伯語課本

實用表現 — التعبيرات المفيدة

練習一日作息的相關表現

أَسْتَيْقِظُ مِنْ النَّوْمِ فِي السَّاعَةِ السَّادِسَةِ صَبَاحًا.

我早上6點起床。

▶ أَسْتَيْقِظُ مِنْ 起床、從～醒來（現在式第一人稱單數） | نَوْمٌ 睡眠

أَتَنَاوَلُ الْفُطُورَ فِي السَّاعَةِ السَّادِسَةِ وَالنِّصْفِ.

我6點半時吃早餐。

▶ أَتَنَاوَلُ 吃（現在式第一人稱單數） | فُطُورٌ 早餐

أَحْضُرُ إِلَى الْعَمَلِ فِي السَّاعَةِ الثَّامِنَةِ تَمَامًا.

我8點整去上班。

▶ أَحْضُرُ 來、參加（現在式第一人稱單數） | عَمَلٌ 工作、職場

أَرْجِعُ إِلَى الْبَيْتِ فِي السَّاعَةِ السَّابِعَةِ إِلَّا ثُلْثًا.

我6點40分回家。

أَتَنَاوَلُ الْعَشَاءَ مَعَ أُسْرَتِي فِي السَّاعَةِ السَّابِعَةِ وَالنِّصْفِ.

我7點半時和家人一起吃晚餐。

▶ عَشَاءٌ 晚餐

第10課 119

補充單字
التدريبات

文法

1 請選出最適合此句的疑問詞。

_______ السَّاعَةُ الْآنَ؟

① أَيٌّ　② مَتَى　③ كَمْ　④ مَا

2 請選出適合填入下方兩個空格中的單字。

_______ نَتَعَلَّمْ الْأُغْنِيَّةَ الْكُورِيَّةَ.

_______ نَذْهَبْ إِلَى الْمَلْعَبِ.

① هَيَّا
② هَلْ
③ لَا
④ كَمْ

3 請參考時鐘，並從〈範例〉中選出適合填入空格的表現。

範例　① الرُّبْعُ　② الثُّلْثُ　③ النِّصْفُ　④ خَمْسُ دَقَائِقَ

(1) اَلسَّاعَةُ الثَّانِيَةُ وَ_______.

(2) اَلسَّاعَةُ الْخَامِسَةُ وَ_______.

(3) اَلسَّاعَةُ الرَّابِعَةُ وَ_______.

(4) اَلسَّاعَةُ السَّادِسَةُ وَ_______.

聽力

● 請聽MP3，並回答問題。 048.MP3

(1) 現在時間是幾點呢？

① اَلسَّاعَةُ الثَّانِيَةُ وَالنِّصْفُ

② اَلسَّاعَةُ الْوَاحِدَةُ وَالثُّلْثُ

③ اَلسَّاعَةُ الْخَامِسَةُ

④ اَلسَّاعَةُ الرَّابِعَةُ إِلَّا رُبْعًا

(2) 電影幾點開始呢？

① اَلسَّاعَةُ الثَّانِيَةُ وَالنِّصْفُ

② اَلسَّاعَةُ الْوَاحِدَةُ وَالثُّلْثُ

③ اَلسَّاعَةُ الْخَامِسَةُ

④ اَلسَّاعَةُ الرَّابِعَةُ إِلَّا رُبْعًا

閱讀

● 請閱讀下列文句，並依正確時間順序排列。

(1) أَذْهَبُ إِلَى السَّرِيرِ لِلنَّوْمِ فِي السَّاعَةِ الْحَادِيَةَ عَشْرَةَ.

(2) أَرْجِعُ إِلَى الْبَيْتِ فِي السَّاعَةِ السَّابِعَةِ إِلَّا ثُلْثًا.

(3) أَقُومُ مِنَ النَّوْمِ فِي السَّاعَةِ السَّادِسَةِ صَبَاحًا.

(4) أَحْضُرُ إِلَى الْجَامِعَةِ فِي السَّاعَةِ الثَّامِنَةِ.

(5) أَتَنَاوَلُ الْفُطُورَ فِي السَّاعَةِ السَّادِسَةِ وَالنِّصْفِ.

(6) أَدْرُسُ مِنَ السَّاعَةِ التَّاسِعَةِ صَبَاحًا إِلَى السَّاعَةِ الْخَامِسَةِ مَسَاءً.

______ → ______ → ______ → ______ → ______ → ______

▶ أَقُومُ 起來（現在式第一人稱單數） | أَدْرُسُ 學習、讀書（現在式第一人稱單數）

文化 Q&A

الثقافة

Q 《天方夜譚》是成人作品嗎？

A 〈阿拉丁〉、〈阿里巴巴與四十大盜〉、〈辛巴達的冒險〉，這些作品都是以童話書或動畫的形式廣為人知的故事。但卻很少人知道，它們都是《天方夜譚（一千零一夜）》中的內容。而更令人驚訝的事實是，《天方夜譚》並不是給小孩看的，它可是具有挑逗性質的成人作品呢。

　　《天方夜譚》本來是以印度故事為主，加上了波斯與阿拉伯元素後，便成為了一個阿拉伯化的故事了。這部作品，要從古代一位統治大帝國的國王開始說起。他的長子叫做山魯亞爾，么子叫做山魯薩曼，國王死後，哥哥負責治理以巴格達為中心的帝國，而弟弟則治理以撒馬爾罕為中心的帝國。一直以來，兩兄弟各自都將自己的王國統治得很好，但弟弟山魯薩曼某天看見自己的妃子與黑人奴隸偷情後非常憤怒，便將兩人處死了。山魯薩曼去找哥哥山魯亞爾的時候，又撞見了大嫂趁哥哥出門打獵與黑人奴隸偷情的畫面，於是他便將這件事告訴了哥哥。傷心欲絕的哥哥山魯亞爾回宮後，便立刻殺了王妃與奴隸，並開始每晚帶不同的少女回到自己的住所。山魯亞爾奪走少女的貞操後，第二天早上就會殺掉，這樣殘忍的殺戮持續了長達三年。全國人民的埋怨與憤恨到達了頂峰，有未婚少女的家庭都急著把女兒嫁出去，或是全家逃亡。最後，城裡一個少女也看不到了。

　　抵不過國王不斷地要求，最後宰相將自己的兩個女兒山魯佐德與頓亞佐德獻給了國王。不過，山魯佐德是個聰明過人的少女，她知道許多珍奇的故事與歷史、傳說。山魯佐德與國王同寢後，請求國王讓她將自己所知道的故事告訴妹妹頓亞佐德。就這樣，山魯佐德對國王與頓亞佐德說了一千零一夜的故事。這當中中包括許多我們所熟知的故事，有愛情故事、犯罪故事、旅行故事、神怪故事、歷史故事、教育故事、寓言故事等。她機智優雅的口才在這一千零一夜裡打動了山魯亞爾的心，最後他反省自己的過錯，廢除了惡法，正式迎娶山魯佐德為王妃，施以仁政，王國也世世代代繁榮興盛。

اَلدَّرْسُ الْحَادِيَ عَشَرَ

11

هَلْ شَاهَدْتَ مُبَارَاةَ كُرَةِ الْقَدَمِ؟

你看足球比賽了嗎？

- 過去式動詞
- 現在式受格動詞
- 關係代名詞（單數）

主要句型與文法

الجمل الرئيسية & القواعد

يَا مَهَا، هَلْ ذَهَبْتِ إِلَى صَالُونِ التَّجْمِيلِ؟
瑪哈，妳去了美容院嗎？
نَعَمْ، قَصَصْتُ شَعْرِي قَلِيلاً.
對啊，我剪了頭髮。

過去式動詞

之前所學過的現在式動詞所表現的是現在的狀態，而過去式動詞顧名思義就是表現動作或狀態已經結束的狀況。過去式動詞是已經完成的時態。過去式動詞的主詞標記僅置於最後子音的後方，而主詞標記的前方子音多會唸成 ـْ。

> **注意**
> 第三人稱男性複數的主詞，標記後面接上的 ا，並不發音。所以變化過去式動詞時不需發出長音的 ا。

第一人稱		第二人稱				第三人稱			
複數	單數	複數		單數		複數		單數	
		陰性	陽性	陰性	陽性	陰性	陽性	陰性	陽性
ـْنَا	ـْتُ	ـْتُنَّ	ـْتُمْ	ـْتِ	ـْتَ	ـْنَ	ـُوا	ـَتْ	ـَ

透過有「學習」意義的 دَرَسَ 過去式動詞來練習不同人稱的變化型吧。

第三人稱（陽性複數）	他們今天學了什麼？	مَاذَا دَرَسُوا الْيَوْمَ؟
第三人稱（陰性複數）	她們學了韓語嗎？	هَلْ دَرَسْنَ اللُّغَةَ الْكُورِيَّةَ؟
第二人稱（陽性複數）	你們在大學裡學了什麼？	مَاذَا دَرَسْتُمْ فِي الْجَامِعَةِ؟
第二人稱（陰性）	妳學了阿拉伯語嗎？	هَلْ دَرَسْتِ اللُّغَةَ الْعَرَبِيَّةَ؟
第一人稱（複數）	我們學了阿拉伯語。	دَرَسْنَا اللُّغَةَ الْعَرَبِيَّةَ.

أُرِيدُ أَنْ أَذْهَبَ إِلَى السِّينِمَا مَعَكَ مَسَاءَ الْجُمْعَةِ.
我星期五晚上想跟你一起去電影院。
آسِفٌ، أُرِيدُ أَنْ أُشَاهِدَ مُبَارَاةَ كُرَةِ الْقَدَمِ فِي الْبَيْتِ.
抱歉，我想在家看足球比賽。

現在式受格動詞

現在式受格動詞指的是當「想要～」等動詞後方表行為的動詞出現在 أَنْ 之後時，動詞最後一個子音的母音便佔受格 ــَ 。在此語法中，須使用現在式動詞，而 ~أُرِيدُ أَنْ 便是活用現在式受格動詞的代表性範例。

أُرِيدُ أَنْ + ـــــَ : 我想要～

أُرِيدُ أَنْ أَرْجِعَ إِلَى الْمَاضِي.

我想要回到過去。

關係代名詞（單數）

阿拉伯語中，關係代名詞具有將名詞（句）與修飾該名詞（句）的子句連接起來的功能。它的性別與數也必須與先行的名詞一致。單數關係代名詞的陽性型為 الَّذِي，陰性型為 الَّتِي。

關係子句	關係代名詞	被修飾的先行詞	先行子句
سَافَرَ إِلَى كُورِيَا لِلدِّرَاسَةِ؟	الَّذِي	اِبْنُكَ	هَلْ رَجَعَ

你去韓國讀書的兒子回來了嗎？

كَتَبْتُ رِسَالَةً إِلَى الطَّالِبَةِ الَّتِي قَابَلْتُهَا أَمْسِ فِي السُّوقِ.

我寫了一封信給昨天在市場遇見的女學生。

對話 1 الحوار 1

049.MP3

هَلْ شَاهَدْتَ مُبَارَاةَ كُرَةِ الْقَدَمِ أَمْسِ؟
طَبْعًا! كَانَتْ الْمُبَارَاةُ مُمْتِعَةً لِلْغَايَةِ!

亞伯拉罕　你昨天有看足球比賽嗎？

珉豪　當然有！那場比賽真的很精采！

亞伯拉罕　沒錯，英國隊以1比0贏了義大利隊。

珉豪　選手們真的很優秀。

亞伯拉罕　啊，好想再看一次。

珉豪　我在網路上又看了一次那場比賽。

إِبْرَاهِيم　هَلْ شَاهَدْتَ مُبَارَاةَ كُرَةِ الْقَدَمِ أَمْسِ؟

مِينْ هُو　طَبْعًا! كَانَتْ الْمُبَارَاةُ مُمْتِعَةً لِلْغَايَةِ!

إِبْرَاهِيم　صَحِيحٌ، فَازَ الْفَرِيقُ الْبُرِيطَانِيُّ عَلَى الْفَرِيقِ الْإِطَالِيِّ بِهَدَفٍ وَاحِدٍ مُقَابِلَ لَا شَيْءٍ.

مِينْ هُو　كَانَ اللَّاعِبُونَ رَائِعِينَ جِدًّا.

إِبْرَاهِيم　آه، أُرِيدُ أَنْ أُشَاهِدَهَا مَرَّةً ثَانِيَةً.

مِينْ هُو　شَاهَدْتُهَا مَرَّةً أُخْرَى عَلَى شَبَكَةِ الْإِنْتَرْنِت.

新單字

- مُبَارَاةٌ 比賽
- كُرَةُ الْقَدَمِ 足球
- مُمْتِعٌ 有趣的、精采的
- لِلْغَايَةِ 真的、了不起
- فَازَ 贏（過去式第三人稱陽性單數）
- فَرِيقٌ 隊伍
- هَدَفٌ 目標、分數
- لَاعِبُونَ 選手（複）
- مُقَابِلَ 代價、對～
- مَرَّةٌ 次、次數
- أُخْرَى 又、再（آخَرُ 的陰性型）
- شَبَكَةٌ 網
- الْإِنْتَرْنِت 網路

新表現

- طَبْعًا 當然
- مُبَارَاةُ كُرَةِ الْقَدَمِ 足球比賽
- لَا شَيْءَ 什麼都沒有
- مَرَّةً أُخْرَى 再一次
- = مَرَّةً ثَانِيَةً 第二次、又一次
- عَلَى شَبَكَةِ الْإِنْتَرْنِت 用網路

對話 Tip

在 أُرِيدُ أَنْ أُشَاهِدَهَا 句中，也可以用動名詞代替動詞來表現 أُرِيدُ مُشَاهَدَتَهُ「想看～」。

對話 2 الحوار2

050.MP3

هَيَّا نَذْهَبْ مَعًا إِلَى الْجِيزَةِ.
فِكْرَةٌ جَيِّدَةٌ.

宥真　我想造訪吉薩的金字塔。電影裡看到的金字塔真的好壯觀啊！

拉妮亞　那明天一起去吉薩吧！

宥真　好點子。

拉妮亞　我想跟妳多拍點照片。

宥真　一定要的！朋友，謝啦！

يُوجِينْ　أُرِيدُ أَنْ أَزُورَ الْأَهْرَامَ فِي الْجِيزَةِ.

كَانَتْ الْأَهْرَامُ الَّتِي شَاهَدْتُهَا فِي الْفِيلْمِ عَظِيمَةً جِدًّا!

رَانِيَا　إِذَنْ، هَيَّا نَذْهَبْ مَعًا غَدًا!

يُوجِينْ　فِكْرَةٌ جَيِّدَةٌ.

رَانِيَا　أُرِيدُ أَنْ أَلْتَقِطَ صُوَرًا كَثِيرَةً مَعَكِ.

يُوجِينْ　طَبْعًا! يَا صَدِيقَتِي. شُكْرًا!

新單字

أَزُورُ　造訪（現在式第一人稱單數）

اَلْأَهْرَامُ　金字塔（複）

شَاهَدْتُهَا　我看了那個（陰）（過去式第一人稱單數）

عَظِيمٌ　偉大的、了不起的、壯觀的

新表現

اَلْأَهْرَامُ الَّتِي شَاهَدْتُهَا　我看過的金字塔（複）

فِي الْفِيلْمِ　電影裡

عَظِيمَةٌ جِدًّا　真的很偉大、真的很壯觀

فِكْرَةٌ جَيِّدَةٌ　好點子

對話Tip

اَلْجِيزَةُ 是埃及開羅的地名，是有金字塔與人面獅身像的觀光景點。本來讀alji-zah，但埃及人將 ج 發音為G，所以要念「algi-zah」。

補充單字 المفردات الإضافية

運動的種類

1 كُرَةُ الْقَدَمِ 足球

2 كُرَةُ السَّلَةِ 籃球

3 اَلْكُرَةُ الطَّائِرَةُ 排球

4 اَلْبَيْسْبُولُ 棒球

5 كُرَةُ الْمِضْرَبِ 網球

6 تِنِسُ الطَّاوِلَةِ 桌球

7 اَلْغُولْفُ 高爾夫球

8 اَلسِّبَاحَةُ 游泳

9 رَفْعُ الْأَثْقَالِ 舉重

10 اَلرِّمَايَةُ 射擊

11 اَلْجُودُو 柔道

12 اَلْمُبَارَزَةُ 西洋劍

13 اَلْمُلَاكَمَةُ 拳擊

14 اَلتَّزَلُّجُ الْفَنِّيُّ عَلَى الْجَلِيدِ 花式溜冰

15 اَلْجُمْبَازُ 體操

16 اَلْمُصَارَعَةُ 摔角

17 اَلتَّايْكُونْدُو 跆拳道

18 سِبَاقُ الْمَارَاثُونِ 馬拉松

19 سِبَاقُ الدَّرَّاجَاتِ 自行車

20 اَلْبُولِينغ 保齡球

實用表現　التعبيرات المفيدة

詢問休閒活動

يَا يُوجِين، مَاذَا تَفْعَلِينَ فِي وَقْتِ الْفَرَاغِ؟

بَدَأْتُ أَتَعَلَّمُ الرَّقْصَ الشَّرْقِيَّ مُنْذُ الْأُسْبُوعِ الْمَاضِي.

A 宥真，妳餘暇時間都做什麼？
B 我上星期開始學肚皮舞了。

> **參考**
> بَدَأَ 是指「開始～」的動詞。但像對話一樣在 بَدَأَ 過去式動詞後方馬上出現與行為相關的現在式動詞時，則會變成「開始做～事」的意思。

▶ فَرَاغ 空白、空閒 ｜ وَقْتُ الْفَرَاغِ 餘暇時間

يَا مَهَا، مَاذَا تُحِبِّينَ أَنْ تَفْعَلِي فِي وَقْتِ الْفَرَاغِ؟

أَقْرَأُ الْكُتُبَ الَّتِي تَتَعَلَّقُ بِالتَّارِيخِ الْكُورِيِّ.

A 瑪哈，妳餘暇時間喜歡做什麼呢？
B 我有在讀與韓國歷史相關的書。

▶ تَتَعَلَّقُ بِ 與～相關的
（現在式第三人稱陰性單數）

مَا هِوَايَتُكِ؟

هِوَايَتِي السِّبَاحَةُ.

A 妳的興趣是什麼？
B 我的興趣是游泳。

第11課　**129**

補充單字 التدريبات

文法

1 請選出符合劃線處中文之型態的動詞。

A 學生們都集合了嗎？

B 還沒有，女學生們剛剛都回去了。

① رَجَعَ　② تَرْجِعُونَ　③ رَجَعْنَ　④ رَجَعُوا

2 請選出能正確說明下圖的句子。

① يَدْرُسُ اللُّغَةَ الْعَرَبِيَّةَ.

② يُرِيدُ أَنْ يُشَاهِدَ لُعْبَةَ "اَلْبَيْسْبُول".

③ ذَهَبَ إِلَى الْمَدْرَسَةِ.

④ كَانَتْ مُبَارَاةُ كُرَةِ الْقَدَمِ مُمْتِعَةً جِدًّا.

3 請從〈範例〉中選出適合填入下列所有空格的關係代名詞。

(1) كَيْفَ كَانَتْ مُبَارَاةُ كُرَةِ الْقَدَمِ ______ شَاهَدْتَهَا أَمْسِ؟

(2) أُرِيدُ أَنْ أَزُورَ الْقَاهِرَةَ ______ شَاهَدْتُهَا فِي الْفِيلْمِ.

(3) ذَهَبْتُ إِلَى الْمَدْرَسَةِ مَعَ صَدِيقَتِي ______ تَسْكُنُ بِجَانِبِ بَيْتِي.

範例 ① الَّتِي　② الَّذِي

4 請將下方劃線的動詞置換成相應的中文字。

(1) أَيْنَ يَتَعَلَّمُ اللُّغَةَ الْإِنْجِلِيزِيَّةَ يَا مُحَمَّدُ؟ ← ________
(現在式第二人稱陽性單數)

(2) هَيَّا يَذْهَبُ إِلَى الْمَطْعَمِ الْعَرَبِيِّ غَدًا. ← ________
(現在式第一人稱祈使格複數)

聽力

● 請聽MP3，並選出無法從對話內容推測出來的事實。 052.MP3

① 學生從一開始就希望學習阿拉伯語。

② 員工告訴了學生電話號碼。

③ 員工會告訴學生學院的網址。

④ 學生打電話去的地方是開羅大學阿拉伯語學院。

閱讀

● 請閱讀文章，並選出與事實不符的內容。

كَانَ الْجَوُّ بَارِدًا جِدًّا أَمْسِ.

وَشَاهَدَ فَرِيدٌ مُبَارَاةَ كُرَةِ الْقَدَمِ فِي التِّلْفِزِيُونِ.

وَكَانَتِ الْمُبَارَاةُ الَّتِي شَاهَدَهَا فِي بَيْتِهِ مُمْتِعَةً.

لَكِنَّهُ يُرِيدُ أَنْ يَذْهَبَ إِلَى مَلْعَبِ كُرَةِ الْقَدَمِ فِي الْمَرَّةِ الْقَادِمَةِ.

① 昨天天氣很冷。

② 法立德支持的隊伍贏了。

③ 法立德昨天在家裡看足球比賽。

④ 法立德下次想去足球場。

► فِي الْمَرَّةِ الْقَادِمَةِ 下次 | مَلْعَبُ كُرَةِ الْقَدَمِ 足球場 | لَكِنَّهُ 但是他～ | فِي التِّلْفِزِيُونِ 在電視上

文化Q&A

Q 您知道咖啡是源自於阿拉伯嗎？

A 說到咖啡，通常都會想到義大利的濃縮咖啡、法國的咖啡歐蕾吧？可能還會想到擁有電影或電視劇中之大型連鎖咖啡專門店的咖啡大國─美國。但是，您知道嗎？將咖啡推廣給全人類的，可是阿拉伯人呢。咖啡這個字是源自於阿拉伯語中的قَهْوَةٌ。請參考 p.82 第6課文化Q&A 世界知名的咖啡品牌 المخا 則是一個以咖啡輸出聞名的葉門港口都市。

咖啡是源自於紅海南端高原地帶的衣索比亞與葉門。據說是因為有人看見溫順的羊兒吃了野生咖啡果後亢奮起來的畫面而被發現的，但早在更久以前，衣索比亞就已經將咖啡豆的粉末做為民間療法的處方來使用了。初期，咖啡是葉門的伊斯蘭教神祕主義宗教團體─蘇非教團的修道士們在喝，對需要長時間冥想與祈禱的他們來說，咖啡有最棒的提神效果。於是能趕走睡意，保持精神清醒的咖啡，便成為了葉門地區最特別的名產。

咖啡的效能漸漸廣為人知，也傳播到整個伊斯蘭世界，西元1414年從葉門的摩卡港傳到麥加，又透過湧進麥加的朝覲者擴散到其他伊斯蘭地方。後來，咖啡被當做葉門代表名產進貢到鄂圖曼帝國的首都伊斯坦堡，並以極快的速度普及全球。西元1554年，世界第一個咖啡廳「CAYHANE」在伊斯坦堡開張了，此後伊斯坦堡又開了約600間咖啡廳。而埃及開羅與敘利亞的阿勒坡等地也出現了大量的咖啡專門店。

اَلدَّرْسُ الثَّانِيَ عَشَرَ

12

لَمْ نَأْكُلِ الْغَدَاءَ بَعْدُ

我們還沒有吃午餐。

- 過去式複數動詞的否定句
- 命令式動詞
- 禁止的命令句

主要句型與文法 الجمل الرئيسية & القواعد

لِمَاذَا لَمْ تَحْضُرُوا حَفْلَةَ عِيدِ مِيلَادِ إِبْرَاهِيم مَسَاءَ أَمْسِ؟
你們昨天為什麼沒有來
亞伯拉罕的生日派對呢？
اِنْتَهَى تَمْرِينُ كُرَةِ الْقَدَمِ مُتَأَخِّرًا.
足球練習很晚才結束。

過去式複數動詞的否定句

在建構「沒有做～」這樣的過去式複數動詞否定句時，要使用否定詞 لَمْ 與現在式動詞。此時動詞的最後一個子音要換成 ـْ 。

現在式動詞 + لَمْ

人稱	現在式	否定詞	過去式的否定句	
第三人稱（陽性）	يَدْرُسُونَ	لَمْ	他們沒有讀書。	لَمْ يَدْرُسُوا.
第三人稱（陰性）	يَدْرُسْنَ		她們沒有讀書。	لَمْ يَدْرُسْنَ.
第二人稱（陽性）	تَدْرُسُونَ		你們沒有讀書。	لَمْ تَدْرُسُوا.
第二人稱（陰性）	تَدْرُسْنَ		妳們沒有讀書。	لَمْ تَدْرُسْنَ.
第一人稱	نَدْرُسُ		我們沒有讀書。	لَمْ نَدْرُسْ.

لَمْ نَذْهَبْ إِلَى الْمَدْرَسَةِ الْيَوْمَ.

我們今天沒去學校。

لَمْ يُشَاهِدُوا الْفِيلْمَ بَعْدُ.

他們還沒看那部電影。

注意

ن 的脫落：在過去式動詞的否定句主詞為第二人稱陰性單數或第二人稱陽性複數、第三人稱陽性複數時使用。若是使用了否定詞 لَمْ，則以上的動詞字尾 ن 會因為 لَمْ 而脫落。

注意

第二人稱、第三人稱陽性複數在 ن 脫落的位置要加上不發音的 ا。

مَاذَا تَفْعَلُ؟ أُقْفُلْ الْكُمْبِيُوتِرِ فَوْرًا، وَاُدْرُسْ!
你在做什麼？
馬上把電腦關掉去讀書！
نَعَمْ، حَاضِرٌ! أَدْرُسُ!
好，我知道了！我會讀書的！

命令式動詞

阿拉伯語動詞的命令句分成肯定命令句與禁止的命令句兩種，基本上，命令式是「現在，對自己面前的對象」進行的，所以要搭配第二人稱單數或複數主詞。阿拉伯語命令式動詞的變化型態為祈使格。

現在式第二人稱單數	命令式
你去 تَذْهَبُ	你去吧 اِذْهَبْ
妳去 تَذْهَبِينَ	妳去吧（最後一個子音 ن 脱落） اِذْهَبِي

禁止的命令句

建構禁止的命令句時，須使用 لَا，並在其後方連接現在式祈使格動詞。

現在式第二人稱單數	禁止的命令句
你去 تَذْهَبُ	你不要去 لَا تَذْهَبْ
妳去 تَذْهَبِينَ	妳不要去 لَا تَذْهَبِي

對話 1 الحوار 1

053.MP3

亞伯拉罕的媽媽	你們吃過午餐了嗎？
亞伯拉罕	不，還沒有吃。我們肚子很餓。
亞伯拉罕的媽媽	馬上就吃午餐了，坐下吧。
亞伯拉罕	你們會喜歡我媽媽做的菜的。
薩米勒	好想立刻嚐嚐看。

أُمُّ إِبْرَاهِيمَ	هَلْ تَنَاوَلْتُمْ الْغَدَاءَ؟
إِبْرَاهِيمُ	لَا، لَمْ نَأْكُلْهُ بَعْدُ. نَحْنُ جَائِعُونَ.
أُمُّ إِبْرَاهِيمَ	سَنَتَنَاوَلُ الْغَدَاءَ قَرِيبًا. اِجْلِسُوا.
إِبْرَاهِيمُ	سَتُعْجِبُكُمْ الْمَأْكُولَاتُ الَّتِي سَتَطْبُخُهَا أُمِّي.
سَمِيرٌ	أُرِيدُ أَنْ أَتَذَوَّقَهَا فَوْرًا.

新單字

- الْغَدَاءُ 午餐
- جَائِعُونَ 肚子餓的（複）
- قَرِيبًا 馬上、立刻
- مَأْكُولَاتٌ 料理、食物
- تَطْبُخُ 烹飪、做菜（現在式第三人稱陰性單數）
- أَتَذَوَّقُ 嚐（現在式第一人稱單數）
- فَوْرًا 立刻

新表現

- لَمْ نَأْكُلْ بَعْدُ 我們還沒有吃
- اِجْلِسُوا 坐下吧（第二人稱陽性複數命令式）

對話 Tip

第四式動詞 يُعْجِبُ 是現在式第三人稱陽性單數動詞。它原本的意思是「～讓～很滿意」，也可以解釋為「～很喜歡～、～對～很滿意」。例如 يُعْجِبُنِي هَذَا الْكِتَابُ 便可直譯為「這本書讓我很滿意」，也就是「我很喜歡這本書」的意思。這裡的主詞是 هَذَا الْكِتَابُ 「這本書」，所以動詞會變成現在式第三人稱陽性單數。

對話 2 الحوار2

054.MP3

تَبْدُو هَذِهِ الأَطْبَاق لَذِيذَةً جِدًّا.
اِنْتَظِرِي قَلِيلًا.

宥真　謝謝妳的邀請。
瑪哈　別客氣，晚餐已經準備好了。
宥真　哇，食物看起來好好吃。
瑪哈　稍等一下，拉妮亞還沒到呢。
宥真　好的。不過我口好渴。
瑪哈　喝餐桌上的水吧。

يُوجِينْ	شُكْرًا عَلَى دَعْوَتِكِ.
مَهَا	عَفْوًا. اَلْعَشَاءُ جَاهِزٌ.
يُوجِينْ	مَا شَاءَ اللهُ، تَبْدُو هَذِهِ الأَطْبَاقُ لَذِيذَةً جِدًّا.
مَهَا	اِنْتَظِرِي قَلِيلًا. لَمْ تَصِلْ رَانِيَا بَعْدُ.
يُوجِينْ	حَسَنًا. عَلَى كُلٍّ، أَنَا عَطْشَانَةٌ.
مَهَا	اِشْرَبِي الْمَاءَ الْمَوْجُودَ عَلَى الْمَائِدَةِ.

新單字

- **اَلْعَشَاءُ** 晚餐
- **جَاهِزٌ** 準備好的
- **أَطْبَاقٌ** 盤子、料理（複）
- **لَذِيذٌ** 好吃的
- **عَطْشَانُ** 口渴的
- **مَوْجُودٌ** 在場的、在～的
- **مَائِدَةٌ** 餐桌

新表現

- **شُكْرًا عَلَى دَعْوَتِكِ** 謝謝你的邀請
- **اِنْتَظِرِي** 等一下（陰）
- **لَمْ تَصِلْ بَعْدُ** 她還沒有到

對話 Tip

يَبْدُو 是「看起來～」的意思，是對話中相當實用的表現，也可以用來表達「好像會～」。這種情況下，主詞必須是第三人稱陽性，可以用 يَبْدُو الْيَوْمَ مُمْطِرًا「今天好像會下雨。」這樣的方式表現。

補充單字   المفردات الإضافية

食物相關表現

● 食物

لَحْمٌ	لَحْمُ الْبَقَرِ	لَحْمُ الدَّجَاجِ	لَحْمُ الْخَرُوفِ	سَمَكٌ
肉	牛肉	雞肉	羊肉	魚

حِسَاءٌ	أَرْزٌ	فُولٌ	سَلَطَةٌ
湯	飯	豆子	沙拉

بَيْضٌ	جُبْنٌ	خُبْزٌ	حَلِيبٌ
蛋	起司	麵包	牛奶

● 烹飪狀態

مَشْوِيٌّ	مَقْلِيٌّ	نَيٌّ
烤的	炸的	生的

味道相關表現

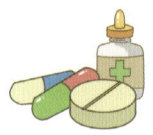

لَذِيذٌ	مُرٌّ	مَالِحٌ	حَارٌّ	سَاخِنٌ
好吃的	苦的	鹹的	辣的	燙的

實用表現

التعبيرات المفيدة

055.MP3

在餐廳裡

هَا هِيَ قَائِمَةُ الطَّعَامِ.

قَائِمَةُ الطَّعَامِ، مِنْ فَضْلِكِ.

A 麻煩給我菜單。
B 在這裡。

عِنْدَنَا الْيَوْمَ لَحْمُ الْخَرُوفِ الْمَشْوِيُّ مَعَ الْخُبْزِ وَسَلَطَةٍ.

مَاذَا عِنْدَكِ الْيَوْمَ؟

A 今天有什麼菜？
B 我們今天有烤羊肉、麵包和沙拉。

> **參考**
> مَاذَا عِنْدَكِ؟ 依狀況不同會有各種不一樣的意思。在診間裡由醫生口中說出來的話，就是「哪裡不舒服」的意思，如例句一般在餐廳時，則可以解釋為「今天有什麼菜？」、「今天的菜是什麼」。

أُرِيدُ لَحْمَ الدَّجَاجِ وَسَلَطَةً.

أَعْطِينِي الْفَلَافِلَ وَالْأَرْزَ.

A 請給我油炸鷹嘴豆餅和飯。
B 我要雞肉與沙拉。

أَعْطِينِي عَصِيرَ الْبُرْتُقَالِ.

وَالْمَشْرُوبَاتُ؟

A 那麼飲料呢？
B 請給我柳橙汁。

▶ عَصِيرٌ 果汁

第12課 **139**

補充單字

التدريبات

文法

1 請從下列句子中，選出正確的命令式變化。

> تَكْتُبُ اللُّغَةَ الْكُورِيَّةَ عَلَى الدَّفْتَرِ. 你正在筆記本上寫韓語。

① لَمْ تَكْتُبْ اللُّغَةَ الْكُورِيَّةَ عَلَى الدَّفْتَرِ. ② اُكْتُبْ اللُّغَةَ الْكُورِيَّةَ عَلَى الدَّفْتَرِ.

③ كَتَبَتْ اللُّغَةَ الْكُورِيَّةَ عَلَى الدَّفْتَرِ. ④ اُكْتُبِي اللُّغَةَ الْكُورِيَّةَ عَلَى الدَّفْتَرِ.

2 請把下列句子改成否定句。

(1) شَاهَدَ هَذَا الْبِنَاءَ فِي يَوْمِ الْجُمْعَةِ. ← ______________________

(2) أَكَلْنَا لَحْمَ الدَّجَاجِ. ← ______________________

(3) ذَهَبْتَ إِلَى السِّينِمَا أَمْسِ. ← ______________________

聽力

● 請仔細聆聽MP3中宥真與瑪哈的對話，並回答問題。 056.MP3

(1) 這段對話是在哪裡進行的？

① فِي الْمَكْتَبَةِ ③ فِي الْمَلْعَبِ

② فِي الطَّرِيقِ ④ فِي الْمَطْعَمِ

(2) 請找出宥真吃的東西和瑪哈選的食物之正確組合。

	①	②	③	④
宥真	烤雞肉	炸鷹嘴豆餅與沙拉	烤雞肉	炸鷹嘴豆餅與沙拉
瑪哈	烤羊肉	烤雞肉	炸鷹嘴豆餅與沙拉	烤羊肉與沙拉

閱讀

● 請閱讀下方法立德與亞伯拉罕的訊息內容，並回答問題。

فَرِيدٌ

أَنَا مَعَ حَسَن وَمِينْ هُو فِي الْمَكْتَبَةِ
الْآنَ. لِمَاذَا لَمْ تَصِلْ إِلَى هُنَا بَعْدُ؟

إِبْرَاهِيمُ

سَأَصِلُ إِلَيْهِ بَعْدَ عَشَرِ
دَقَائِقَ. هَلْ تَنَاوَلْتُمُ الْغَدَاءَ؟

فَرِيدٌ

لَمْ نَأْكُلْهُ بَعْدُ. هَيَّا نَأْكُلْهُ فِي
الْمَطْعَمِ التُّرْكِيِّ أَمَامَ الْجَامِعَةِ.

إِبْرَاهِيمُ

فِكْرَةٌ جَيِّدَةٌ.

(1) 法立德現在在哪裡？

① 圖書館　② 家　③ 購物中心　④ 學校教室

(2) 請選出上方文章的正確說明。

① 法立德與珉豪在餐廳吃飯。

② 亞伯拉罕不喜歡土耳其餐廳。

③ 法立德和朋友們打算在土耳其餐廳吃午餐。

④ 法立德想招待亞伯拉罕和朋友們來家裡。

▶ اَلتُّرْكِيُّ 土耳其式的

文化 Q&A

الثقافة

Q حلال 「清真」食品是什麼呢？

A حلال 是阿拉伯語「合法」的意思，指符合伊斯蘭教法Sharia的食品。水果、蔬菜、穀類等所有植物性飲食，以及以阿拉（真主）之名宰殺的肉類（主要為羊肉、雞肉、牛肉等）、魚類、貝類等所有海鮮，這些穆斯林能夠合法食用的產品總稱，便是「清真」食品。肉類的清真程序就是盡量對動物遵行禮法，在宰殺時減輕其痛苦。

近年來，清真食品越來越受關注的原因在於穆斯林有16億人口，佔全球25%，加上清真認證的食品都是經過繁複程序考驗的，越來越多人認知到它的安全保障，全世界喜愛清真食品的非穆斯林也日漸增加。在韓國，購買清真肉品的消費者當中，一般人比穆斯林還要多，光看這個統計結果，就不難感受到清真食物所受到的高度關注。

西元2010年，全世界清真產業規模在食品類部門為一兆四千億美元（67%），製藥為5,060億美元（22%），化妝品則為2,300億美元（10%）。各主要跨國連鎖企業也隨著趨勢走向，爭相取得清真認證，殺進全球市場，以土耳其、馬來西亞為首，除了伊斯蘭國家外，美國、英國、法國、澳洲、加拿大、中國、日本等國家也正為了進入清真產業而快馬加鞭地加強研究。

以韓國熱門商品巧克力派（好麗友）來說，由於含豬肉成分的明膠在伊斯蘭教是不合法的，所以目前已經捨棄該成分，改用海藻類的洋菜來製作巧克力派，並取得了清真認證。除此之外，也有少數食品企業在取得清真認證後，積極搶攻伊斯蘭市場。而經清真認證之成分所製作的化妝品與藥品等，在穆斯林界的人氣也急速升高，可見清真產業的發展潛力是無窮無盡的。

اَلدَّرْسُ الثَّالِثُ عَشَرَ

13

أُفَضِّلُ الْبُرْتُقَالَ عَلَى التُّفَّاحِ

比起蘋果，我更喜歡橘子。

- 條件句
- 雙格名詞
- 詢問時間的疑問詞 مَتَى
- 偏愛 أُفَضِّلُ

主要句型與文法

الجمل الرئيسية & القواعد

> شُكْرًا. مَتَى سَنَلْتَقِي؟
> 謝謝，我們什麼時候見？

> إِذَا أَرَدْتِ، فَسَوْفَ أَصْحَبُكِ إِلَى السُّوقِ.
> 如果妳要，我會陪妳一起去市場。

● 條件句

欲表達「如果～，會～」時，使用 ~إِذَا，並在主要子句中加上有「會～」意思的 فَ。

動詞＋主要子句 فَ、過去式動詞＋從屬子句 إِذَا

> **注意**
> إِذَا 後方雖然連接的是過去式動詞，但指的並不是完成的意思。فَ 後方則依狀況不同，有可能是過去式動詞，也有可能是現在式動詞。

如果你早點到，就會見到他。
إِذَا وَصَلْتَ مُبَكِّرًا، فَقَابَلْتَهُ.

對方為女性時，若要表達「如果妳想要」的意思，便使用加了 إِذَا أَرَدْتِ 的 فَ 做為謂語。後方可以連接名詞，也可以連接動詞，依狀況不同使用過去式或現在式。未來式則可以在 سَـ 或 سَوْفَ 後方使用現在式動詞。

如果妳想要，我就做阿拉伯料理給妳。
إِذَا أَرَدْتِ، فَأَطْبُخُ لَكِ طَعَامًا عَرَبِيًّا.

你如果去韓國旅行的話，就會找到王宮。
إِذَا سَافَرْتَ إِلَى كُورِيَا، فَسَوْفَ تَجِدُ الْقُصُورَ الْمَلَكِيَّةَ.

● 雙格名詞

阿拉伯語名詞通常有三格（主格、所有格、受格）。但有部分名詞只有兩格的母音，這就稱為「雙格名詞」。主格為母音 ُ、所有格與受格則皆為母音 َ。女性名字與國家名都是雙格名詞。

	都市名	國家名	女性名字	名詞的複數型為雙格時
意思	大馬士革	埃及	卡麗瑪	分鐘（時間）的複數型
主格 (ُ)	دِمَشْقُ	مِصْرُ	كَرِيمَةُ	دَقَائِقُ
所有格／受格 (َ)	دِمَشْقَ	مِصْرَ	كَرِيمَةَ	دَقَائِقَ

> **注意**
> 雙格名詞的格母音不會變成「Tanween」，也就是不會變成 ٌ 或 ً。

مَتَى نَأْكُلُ الْغَدَاءَ؟
我們什麼時候吃午餐呢？
بَعْدَ عَشْرِ دَقَائِقَ.
10分鐘後。

詢問時間的疑問詞 مَتَى

مَتَى 意指「什麼時候」，是詢問時間的疑問詞。它與其他疑問詞一樣，皆置於句子的最開頭處，只要在句尾加上問號即可。另外，與表「到～」的介詞 إِلَى 一起使用時，就會變成「到什麼時候」的表現。

مَتَى نُشَاهِدُ الْفِيلْمَ "سُكَّرُ بَنَاتٍ"؟ 我們什麼時候去看電影「焦糖人生」呢？

إِلَى مَتَى يَسْقُطُ الثَّلْجُ؟ 雪會下到什麼時候呢？

偏愛 يُفَضِّلُ

欲表達「偏愛～、比較喜歡～」時，使用 يُفَضِّلُ 動詞。動詞變化如下。

	第一人稱	第二人稱陰性	第二人稱陽性	第三人稱陰性	第三人稱陽性
單數	أُفَضِّلُ	تُفَضِّلِينَ	تُفَضِّلُ	تُفَضِّلُ	يُفَضِّلُ
複數	نُفَضِّلُ	تُفَضِّلْنَ	تُفَضِّلُونَ	يُفَضِّلْنَ	يُفَضِّلُونَ

مَاذَا تُفَضِّلُ بَيْنَ الْقِطَارِ وَالطَّائِرَةِ؟ 火車與飛機中你比較喜歡哪一個？

يُفَضِّلْنَ مُشَاهَدَةَ الْأَفْلَامِ. 她們比較喜歡看電影。

參考

若是想表達「比起～更偏愛～、比起～更喜歡～」時，可使用介詞 عَلَى 。

أُفَضِّلُ الْبُرْتُقَالَ عَلَى الْمَوْزِ.
比起香蕉，我更喜歡橘子。

對話 1 الحوار 1

057.MP3

مَتَى يُمْكِنُنِي أَنْ أَشْتَرِيهَا؟
إِذَا جِئْتِ صَبَاحَ غَدٍ، فَيُمْكِنُكِ أَنْ تَشْتَرِيهَا.

宥真 有新鮮的蔬菜嗎？
哈珊 妳想要什麼？
宥真 我需要番茄和洋蔥，還有馬鈴薯。
哈珊 很抱歉，已經沒有了。
宥真 什麼時候買得到呢？
哈珊 妳明天早上來的話就買得到了。

يُوجِينْ هَلْ عِنْدَكَ خُضَرٌ طَازِجَةٌ؟

حَسَنْ مَاذَا تُرِيدِينَ؟

يُوجِينْ أَحْتَاجُ إِلَى الطَّمَاطِمِ وَالْبَصَلِ وَالْبَطَاطَا.

حَسَنْ مَعَ الْأَسَفِ، لَمْ يَتَبَقَّى.

يُوجِينْ مَتَى يُمْكِنُنِي أَنْ أَشْتَرِيهَا؟

حَسَنْ إِذَا جِئْتِ فِي صَبَاحِ غَدٍ، فَيُمْكِنُكِ أَنْ تَشْتَرِيهَا.

新單字

- طَازِجٌ 新鮮的
- طَمَاطِمُ 番茄
- بَصَلٌ 洋蔥
- بَطَاطَا 馬鈴薯
- تَبْقَى 剩下（現在式第三人稱陰性單數）

新表現

- يُمْكِنُنِي أَنْ 我可以～
- إِذَا جِئْتِ 妳來的話

對話 Tip

有「很可惜、很遺憾」意義的 مَعَ الْأَسَفِ 是對某件事或對方的話感到遺憾或抱歉時使用的表現。

對話 2 الحوار2

058.MP3

مَاذَا تُفَضِّلِينَ بَيْنَ الْأُوتُوبِيس وَالتَّاكْسِي؟
أُفَضِّلُ الْأُوتُوبِيس عَلَى التَّاكْسِي.

宥真　妳要去哪裡？

拉妮亞　市場。我打算買點蔬菜水果。

宥真　我陪妳一起去市場。

拉妮亞　好，巴士跟計程車之中妳喜歡哪一個？

宥真　比起計程車，我更喜歡巴士。

يُوجِين　إِلَى أَيْنَ تَذْهَبِينَ؟

رَانِيَا　إِلَى السُّوقِ. سَأَشْتَرِي بَعْضَ الْخُضَرِ وَالْفَوَاكِهِ.

يُوجِين　سَوْفَ أَصْحَبُكِ إِلَى السُّوقِ.

رَانِيَا　حَسَنًا. مَاذَا تُفَضِّلِينَ بَيْنَ الْأُوتُوبِيس وَالتَّاكْسِي؟

يُوجِين　أُفَضِّلُ الْأُوتُوبِيس عَلَى التَّاكْسِي.

新單字

- سُوقٌ 市場（陰）
- أَشْتَرِي 買（現在式第一人稱單數）
- خُضَرٌ 蔬菜（複）
- فَوَاكِهُ 水果（複）
- أَصْحَبُ 同行（現在式第一人稱單數）

新表現

- بَعْضٌ 部分、幾個

對話 Tip

阿拉伯語中有許多像 أُوتُوبِيس「巴士」或 تَاكْسِي「計程車」一樣挪用自外來語的單字。通常外來語的字尾母音都是 ـْ。بَعْضٌ 後方則連接確指複數名詞。

範例

بَعْضُ الْبُيُوتِ　幾棟房子

بَعْضُ الْكُتُبِ　幾本書

補充單字　　المفردات الإضافية

蔬菜類

بَطَاطَا	خِيَارٌ	جَزَرٌ	قَرْعٌ
馬鈴薯	黃瓜	胡蘿蔔	南瓜

زَيْتُونٌ	بَصَلٌ أَخْضَرُ	خَسٌّ
橄欖	青蔥	生菜

水果類

بُرْتُقَالٌ	مَوْزٌ	خُوخٌ	عِنَبٌ	فَرَاوْلَةٌ
橘子	香蕉	水蜜桃	葡萄	草莓

كَرَزٌ	مِشْمِشٌ	بَطِيخٌ	تُفَّاحٌ
櫻桃	杏桃	西瓜	蘋果

其他食物類

مَلْفُوفٌ	فِجْلٌ	لَبَنٌ	ذُرَّةٌ
高麗菜	白蘿蔔	優格	玉米

عَسَلٌ	مِلْحٌ	سُكَّرٌ
蜂蜜	鹽	糖

實用表現 التعبيرات المفيدة

059.MP3

購物時的必備表現

● 詢問價錢

بِكَمْ هَذَا؟
بِعِشْرِينَ دِينَارًا.

A　這個多少錢？
B　20第納爾。

A的其他表現

一共多少錢？　بِكَمْ الْكُلُّ؟

B的其他表現

25里亞爾。　بِخَمْسَةٍ وَعِشْرِينَ رِيَالًا.

● 議價

اَلسِّعْرُ غَالٍ.
أُرِيدُ تَخْفِيضًا قَلِيلًا.
غَيْرُ مُمْكِنٍ.

A　價錢太貴了。請算便宜一點吧。
B　不可以。

▶ سِعْرٌ 價錢 ｜ غَالٍ 昂貴的 ｜
تَخْفِيضٌ 折價 ｜ غَيْرُ مُمْكِنٍ 不可以的

● 索取物品

هَلْ عِنْدَكِ لَوْنٌ آخَرُ؟
لَحْظَةٌ.

A　有其他顏色嗎？
B　稍等。

B的其他表現

稍等。　دَقِيقَةٌ وَاحِدَةٌ.

請稍等一下。　اِنْتَظِرْ قَلِيلًا.

補充單字

التدريبات

文法

1 請將下列動詞改成適合主詞的型態。

(1) هَلْ _____ هَذَا الْحِذَاءَ؟ (يُفَضِّلُ، أَنْتِ)
妳喜歡這雙鞋嗎？

(2) أُرِيدُ أَنْ _____ السَّيَّارَةَ الْبَيْضَاءَ. (يَشْتَرِي، أَنَا)
我想買白色車子。

(3) _____ التُّفَّاحَ وَالْبُرْتُقَالَ مِنْ فَضْلِكَ. (يُعْطِي، أَنَا)
請給我蘋果和橘子。

▶ يُعْطِي 給（現在式第三人稱陽性單數） | حِذَاءٌ 鞋子 أَحْذِيَةٌ 鞋子（複）

2 請參考圖片，並從〈範例〉中選出適合填入空格的單字。

| 範例 | ① حَقِيبَةٌ | ② زَيْتُونٌ | ③ عِنَبٌ | ④ فَرَاوْلَةٌ |

(1) هَلْ عِنْدَكَ _____ ؟   (2) يُعْجِبُنِي هَذَا _____ .   (3) أُفَضِّلُ _____ .

3 請從A部分中找出適合填入B部分空格的疑問詞，並連結起來。

　　　　　B　　　　　　　　　　　　A

① _____ تُرِيدُ أَنْ تَأْكُلَ لِلْعَشَاءِ؟　　　(1) مَاذَا
晚餐想吃什麼？

② _____ سَيَكُونُ الْجَوُّ غَدًا؟　　　(2) مَتَى
明天天氣怎麼樣？

③ إِلَى _____ يَسْقُطُ الثَّلْجُ؟　　　(3) كَيْفَ
雪會下到什麼時候呢？

聽力

● 請聽MP3，並回答問題。　060.MP3

(1) مَاذَا تُرِيدُ أَنْ تَشْتَرِيَ يُوجِينْ؟

① اَلْفَوَاكِهُ　② اَلْمَلَابِسُ　③ اَلْخُضَرُ

(2) مَاذَا اِشْتَرَتْ يُوجِينْ؟

① اَلْفَرَاوُلَةُ　② اَلْحِذَاءُ　③ اَلْحَقِيبَةُ

閱讀

● 請閱讀下方便條，並回答問題。

تَنْزِيلَاتٌ

مِنْ 25% إِلَى 60%

60% لِلْهَوَاتِفِ الذَّكِيَّةِ الْقَدِيمَةِ

25% لِلْهَوَاتِفِ الذَّكِيَّةِ الْحَدِيثَةِ

إِذَا اِشْتَرَيْتَ فِي مَحَلِّنَا، فَسَوْفَ نُعْطِيكَ حَقِيبَةً أَنِيقَةً لِلْبَنَاتِ

(1) 這是與什麼相關的廣告？

② مَحَلٌّ لِلْهَوَاتِفِ الذَّكِيَّةِ　① مَحَلٌّ لِلْمَلَابِسِ

④ مَحَلٌّ لِلْفَوَاكِهِ وَالْخُضَرِ　③ مَحَلٌّ لِلْحَقَائِبِ

(2) 請選出與廣告內容一致的敘述。

① 新商品不折扣。
② 折扣率最多50%。
③ 購買商品即可獲得包包。
④ 來店的每位顧客皆贈送女用包。

參考：表達「服裝店」時，可以使用介詞 لِ，說 مَحَلٌّ لِلْمَلَابِسِ，也可以說 مَحَلُّ الْمَلَابِسِ。

▶ قَدِيمٌ 舊的 ｜ تَنْزِيلَاتٌ 打折 ｜ بَنَاتٌ 女性（複）بِنْتٌ 的複數 ｜ حَدِيثٌ 新穎的 ｜ مَحَلٌّ 店

第13課　**151**

文化Q&A

Q 阿拉伯為什麼不吃豬肉呢？

A 伊斯蘭教允許食用其他各種動物，為什麼唯獨禁止食用豬肉呢？答案可以在可蘭經裡頭找到。可蘭經集阿拉（真主）的啟示於大成，在第二章第172～173節中出現了下列文句。

「信徒們，須在阿拉（真主）賜予你們的糧食中，攝取好的，並感謝祂，惟崇拜祂。不要吃死物、血液與豬肉。但若非出自故意，因不可抗力之狀況而吃則不是罪惡。因為阿拉（真主）是真正充滿寬容與慈悲的。」（可蘭經第二章第172～173節）

可蘭經第五章第3節中也對不能吃的動物有更具體的說明。包括沒有以阿拉（真主）之名捕捉的動物、被絞死的動物、被擊倒的動物、被砸死的動物、打鬥而死的動物、其他野生動物吃剩的肉、祭拜偶像用過的肉、捉來當成標靶的動物等。

先知穆罕默德在聖訓中也定下了規則，提到不能吃有尖銳犬齒或毒刺的動物與有鋒利腳趾甲的猛獸，以及禿鷲、游隼、蒼鷹、黑鳶等鳥類。雖然限制人類只能食用羊、牛、山羊、駱駝等草食動物，但即便是這些可以食用的動物，沒有以阿拉（真主）之名祈禱過再捕捉的話，還是不能吃的。

此外，可蘭經允許從海洋中捕捉食物，先知穆罕默德也有規定，海洋生物不論在哪裡，不論是生是死，亦不論是不是穆斯林所捕捉的，全都可以正正當當地吃。只不過，他們不太吃軟體動物、沒有鱗片的魚、甲殼類等，這並不是因為宗教的戒律，而是因為遊牧民族社會的文化上，對這些生物是有嫌惡感的。

但是，任何地方都沒有提到過禁止食用豬肉的理由。針對這點，伊斯蘭神學家與學者們提出了各種不同的意見。豬是世界上最骯髒的動物之一，豬肉絛蟲等寄生蟲可能會造成感染，過多的脂肪亦可能導致高血壓與心臟疾病。而豬不同於其他動物，牠的乳汁、毛皮、骨頭等部位，對人類都沒有用處，再加上牠也走不遠，並不適合遊牧生活。不過，以上說法都沒有確實的根據。

اَلدَّرْسُ الرَّابِعُ عَشَرَ

14

مَا هُوَ الْيَوْمُ مِنْ الْأُسْبُوعِ؟

今天星期幾？

- 詢問星期的疑問句
- مِنَ الْأَفْضَلِ أَنْ ～比較好
- لَنْ 未來時態否定的
- لِمَاذَا 詢問理由的疑問詞
- 半母音動詞的命令式

主要句型與文法

الجمل الرئيسية & القواعد

> مَا هُوَ الْيَوْمُ مِنْ الْأُسْبُوعِ؟
> 今天星期幾？

> الْيَوْمُ هُوَ يَوْمُ السَّبْتِ.
> 今天是星期六。

● **詢問星期的疑問句**

詢問「什麼」的疑問詞 مَا 與有「從～」或「～中的」意義的介詞 مِنْ 一起使用，便可以詢問星期幾了。加上指「星期」的 أُسْبُوعُ，變成 مِنْ الْأُسْبُوعِ 之後，說 مَا هُوَ الْيَوْمُ مِنْ الْأُسْبُوعِ؟，即可以表達「今天是星期幾？」的意思。

A مَا هُوَ الْيَوْمُ مِنْ الْأُسْبُوعِ؟　今天星期幾？

B الْيَوْمُ هُوَ يَوْمُ السَّبْتِ.　今天是星期六。

● **مِنْ الْأَفْضَلِ أَنْ ～比較好**

مِنْ الْأَفْضَلِ 是「～會比較好」的勸誘表現。أَنْ 後方連接未完成動詞，動詞最後一個子音的母音會變成 َ 的「受格型態」。

مِنْ الْأَفْضَلِ أَنْ تُغَادِرَ الْآنَ.　你現在離開會比較好。

مِنْ الْأَفْضَلِ أَنْ تَرْكَبِي الْأُوتُوبِيس.　妳搭巴士應該會比較好。

> **參考**
> 第二人稱陰性型的 ن 會脫落。

● **未來時態否定的 لَنْ**

現在式動詞前若連接否定詞 لَنْ，就會成為未來時態的否定句。لَنْ 後方動詞為受格型態，故最後子音發音 َ。

لَنْ يَرْجِعَ إِلَى بَيْتِهِ الْيَوْمَ.　他今天不會回自己家。

لَنْ آكُلَ الْعَشَاءَ الْيَوْمَ.　我今天不會吃晚餐。

> بِسَبَبِ الزِّحَامِ عَلَى الطُّرُقِ.
> 因為路上塞車。

> لِمَاذَا تَأَخَّرْتِ؟
> 妳為什麼遲到？

● **詢問理由的疑問詞 لِمَاذَا**

لِمَاذَا 是詢問理由的疑問詞，與其他疑問詞一樣，皆置於句子的最開頭處。回答時可以用 سَبَب 與 بِ 合併而成的 بِسَبَبِ 「原因是～」，或是有「因為～」意義的 لِأَنَّ 來建構句子。

بِسَبَبِ 原因是～	最後的母音為所有格的名詞或所有格代名詞 ＋ بِسَبَبِ
	原因是嚴寒　بِسَبَبِ الْبَرْدِ الشَّدِيدِ
لِأَنَّ 因為～	受格的人稱代名詞、名詞或指示代名詞 ＋ لِأَنَّ
	因為咖啡很苦。　لِأَنَّ الْقَهْوَةَ مُرَّةٌ.

● **半母音動詞的命令式**

動詞的字根中有時會包括 ي、و、ا 等半母音，依這些半母音在動詞中出現的位置而分為「首柔動詞」、「中柔動詞」、「尾柔動詞」等種類。在建構命令式時，則省略半母音。

意義	第二人稱陰性單數命令式		第二人稱陽性單數命令式	
吃（首柔動詞）	تَأْكُلِينَ	كُلِي	تَأْكُلُ	كُلْ
造訪（中柔動詞）	تَزُورِينَ	زُورِي	تَزُورُ	زُرْ
走路（尾柔動詞）	تَمْشِينَ	اِمْشِي	تَمْشِي	اِمْشِ

A: كُلْ أَكْثَرَ. 再吃點吧。
B: لَا، كِفَايَةٌ. 不用了，很夠了。

參考
將動詞 قَالَ「說話」變化為命令式時，可以使用 قُلْ，但在陰性型中省略的字根 و 會存在，所以 قَالَ 的命令式會變成 قُولِي (قول)。

第14課　155

對話 ❶　الحوار1

> كَيْفَ أَذْهَبُ إِلَى الْمَتْحَفِ الْوَطَنِيِّ الْمِصْرِيِّ؟
>
> مِنْ الْأَفْضَلِ أَنْ تَرْكَبَ الْأُوتُوبِيس.

珉豪　　　埃及國立博物館要怎麼去？
穆罕默德　你搭巴士去比較好。但今天博物館沒開。
珉豪　　　今天是星期幾？
穆罕默德　今天是星期二啊。

مِينْ هُو　كَيْفَ أَذْهَبُ إِلَى الْمَتْحَفِ الْوَطَنِيِّ الْمِصْرِيِّ؟

مُحَمَّدٌ　مِنْ الْأَفْضَلِ أَنْ تَرْكَبَ الْأُوتُوبِيس. عَلَى كُلٍّ، لَا يَفْتَحُ الْمَتْحَفُ بَابَهُ الْيَوْمَ.

مِينْ هُو　مَا هُوَ الْيَوْمُ مِنْ الْأُسْبُوعِ؟

مُحَمَّدٌ　الْيَوْمُ هُوَ يَوْمُ الثُّلَاثَاءِ.

新單字

- **تَرْكَبُ**　搭乘（現在式第二人稱陽性單數）
- **يَفْتَحُ**　開（現在式第三人稱陽性單數）
- **بَابٌ**　門
- **أُسْبُوعٌ**　星期、一週
- **الثُّلَاثَاءُ**　星期二

新表現

- **كَيْفَ أَذْهَبُ؟**　我該…怎麼去？
- **الْمَتْحَفُ الْوَطَنِيُّ الْمِصْرِيُّ**　埃及國立博物館
- **مَا هُوَ الْيَوْمُ مِنْ الْأُسْبُوعِ؟**　今天是星期幾？

對話 Tip

عَلَى كُلٍّ 是在對話中轉移話題，或改變主題時常使用的表現。可解釋為「總之」、「反正」、「但是」。類似的表現還有 عَلَى أَيِّ حَالٍ。

對話 2

الحوار2

لِمَاذَا لَمْ تَصِلِي يَا يُوجِينْ؟
آسِفَةٌ، تَأَخَّرْتُ بِسَبَبِ الزِّحَامِ عَلَى الطَّرِيقِ.

瑪哈　宥真，妳怎麼還沒到？

宥真　對不起，我因為路上交通堵塞遲到了。但是，我下了巴士以後要怎麼過去？

瑪哈　稍微往前走一下。然後妳就可以在銀行旁邊找到電影院了。

宥真　好的，我不會遲到太久的。

مَها　لِمَاذَا لَمْ تَصِلِي يَا يُوجِينْ؟

يُوجِينْ　آسِفَةٌ. تَأَخَّرْتُ بِسَبَبِ الزِّحَامِ عَلَى الطَّرِيقِ. عَلَى كُلٍّ، كَيْفَ أَذْهَبُ إِلَى هُنَاكَ بَعْدَ نُزُولِي مِنَ الْأُوتُوبِيس؟

مَها　اِمْشِي إِلَى الْأَمَامِ قَلِيلًا. فَسَتَجِدِينَ دَارَ السِّينِمَا، بِجَانِبِ الْبَنْكِ.

يُوجِينْ　حَسَنًا، لَنْ أَتَأَخَّرَ كَثِيرًا.

新單字

- زِحَامٌ 交通堵塞
- نُزُولٌ 下來
- سَتَجِدِينَ 會發現（未來第二人稱陰性單數）
- دَارُ السِّينِمَا 電影院、劇場

新表現

- لِمَاذَا لَمْ تَصِلِي؟ 妳怎麼還沒到？
- عَلَى الطَّرِيقِ 路上
- حَسَنًا 好、知道了
- لَنْ أَتَأَخَّرَ 我不會遲到的

對話 Tip

لَنْ أَتَأَخَّرَ كَثِيرًا 除了有「不會晚太多」的意思，還能表達「會晚一點」，此時不說 لَنْ أَتَأَخَّرَ كَثِيرًا，改說 سَأَتَأَخَّرُ قَلِيلًا。

補充單字

المفردات الإضافية

交通相關單字

مِتْرُو	حَافِلَةٌ	مَحَطَّةٌ	سَيَّارَةٌ
地下鐵	巴士	巴士站	小客車

قِطَارٌ	دَرَّاجَةٌ	دَرَّاجَةٌ نَارِيَّةٌ	طَائِرَةٌ
火車	腳踏車	機車	飛機

سَفِينَةٌ	تَاكْسِي	إِشَارَاتُ الْمُرُورِ	مَمَرٌّ
船	計程車	紅綠燈	人行道

方位・方向

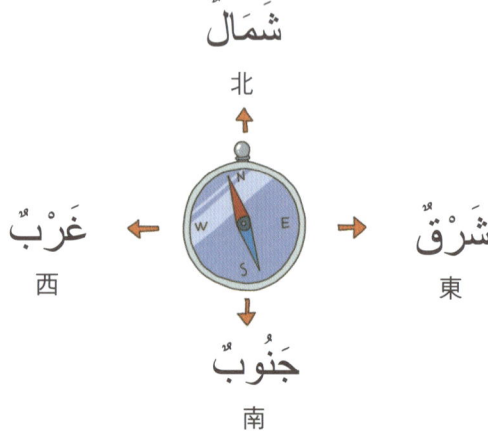

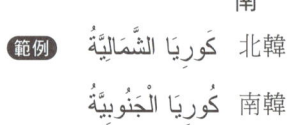

شَمَالٌ
北

غَرْبٌ
西

شَرْقٌ
東

جَنُوبٌ
南

範例　كُورِيَا الشَّمَالِيَّةُ　北韓
　　　كُورِيَا الْجَنُوبِيَّةُ　南韓

إِلَى الْأَمَامِ	إِلَى الْوَرَاءِ
往前	往後

إِلَى الْيَسَارِ	إِلَى الْيَمِينِ
往左	往右

實用表現   التعبيرات المفيدة

在圖書館借書

أُرِيدُ أَنْ أَبْحَثَ عَنْ كُتُبٍ لِنَجِيب مَحْفُوظ.

اِذْهَبْ إِلَى قِسْمِ الرِّوَايَاتِ فِي الدَّوْرِ الثَّالِثِ.

A 我想找納吉布·馬哈福茲的書。
B 請去三樓的小説區。

> **參考**
> نَجِيبٌ مَحْفُوظ
> 西元1988年獲頒諾貝爾文學獎的埃及文豪

هَلْ يُمْكِنُ أَنْ أَسْتَعِيرَ الْكُتُبَ؟

نَعَمْ، تَحْتَاجُ إِلَى بِطَاقَةِ الطَّالِبِ.

A 我可以借書嗎？
B 可以，你需要學生證。

▶ بِطَاقَةُ الطَّالِبِ 學生證
  أَسْتَعِيرُ 租借（現在式第一人稱單數）

لَيْسَ عِنْدِي الْآنَ.

لَا بَأْسَ. اُكْتُبْ اِسْمَكَ وَرَقْمَ الطَّالِبِ هُنَا.

A 我現在沒有。
B 沒關係。請在這裡寫下你的名字與學號。

> **參考**
> لَا بَأْسَ 是「沒關係」的意思。也可以用來當做詢問表演或天氣「怎麼樣？」時的回答，此時的意思會變成「還不錯。」。

第14課 159

補充單字
التدريبات

文法

1 請將括號內的動詞改成命令式。

(1) إِذَا أَرَدْتَ أَنْ تَشْتَرِيَ الْخُضَرَ الطَّازِجَةَ، ______ السُّوقَ غَدًا. (يَزُورُ)

(2) ______ كَثِيرًا مِنَ الْفَوَاكِهِ الْمُنَوَّعَةِ لِصِحَّتِكَ. (يَأْكُلُ)

(3) ______ إِلَى الْأَمَامِ قَلِيلًا، ثُمَّ إِلَى الْيَمِينِ. (يَمْشِي)

▶ صِحَّةٌ 健康 ｜ مُنَوَّعَةٌ 各種

2 請在〈範例〉中找出適合填入空格的單字。

範例 ① لِأَنَّهُ ② بِسَبَبِ

هَلْ زُرْتَ الْمَتْحَفَ الْوَطَنِيَّ الْمِصْرِيَّ أَمْسِ؟

لَا. (1) لَمْ يُفْتَحْ بَابُهُ أَمْسِ.

هَلْ سَتَزُورُهُ غَدًا؟

لَا، (2) دَرْسِي الْخَاصِ غَدًا.

3 請參考以下標示牌，並在空格中填入適合的單字。

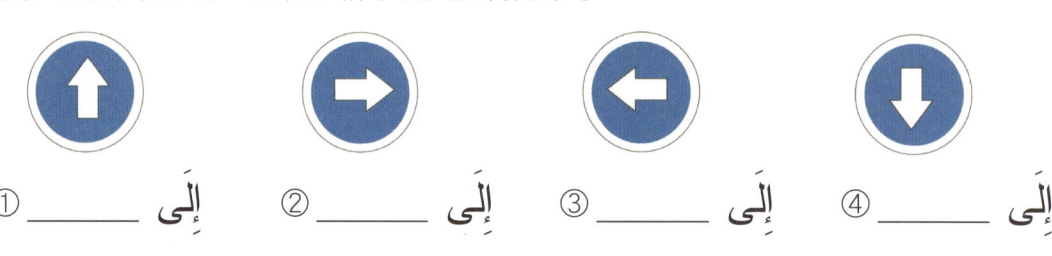

① ______ إِلَى　② ______ إِلَى　③ ______ إِلَى　④ ______ إِلَى

聽力

● 請聽MP3，並回答問題。

(1) 今天是星期幾？

① يَوْمُ الْخَمِيسِ ② يَوْمُ الْجُمْعَةِ ③ يَوْمُ الْأَرْبِعَاءِ ④ يَوْمُ السَّبْتِ

(2) 穆罕默德想和珉豪一起看的東西是什麼？

① فِيلْمٌ عَرَبِيٌّ ② مُبَارَاةُ كُرَةِ الْقَدَمِ ③ عَرْضٌ غِنَائِيٌّ ④ مَسْرَحِيَّةٌ

閱讀

● 宥真留下了與約定相關的訊息。請閱讀，並回答問題。

> مَرْحَبًا. هَذِهِ هِيَ يُوجِين.
> أَنَا الْآنَ عَلَى الْأُوتُوبِيس.
> مَوْعِدُنَا السَّاعَةُ الْخَامِسَةُ وَالنِّصْفُ، أَلَيْسَ كَذَلِكَ؟
> لَكِنَّ الطَّرِيقَ مُزْدَحِمٌ جِدًّا بِالسَّيَّارَاتِ.
> سَأَنْزِلُ مِنَ الْأُوتُوبِيس ثُمَّ سَأَرْكَبُ الْمِتْرُو.
> سَأَصِلُ إِلَيْكِ فِي السَّاعَةِ السَّادِسَةِ إِلَّا رُبْعًا.

(1) 宥真預計到達約定場所的時間是幾點？
① 6點30分　　② 5點30分　　③ 5點45分　　④ 6點15分

(2) 宥真最後使用的交通工具是什麼？

① الْمِتْرُو ② الْأُوتُوبِيس ③ السَّيَّارَةُ ④ الْقِطَارُ

▶ مَوْعِدٌ 約定 ｜ طَرِيقٌ 路 ｜ مُزْدَحِمٌ 擁擠的、堵塞的

第14課 **161**

文化 Q&A

الثقافة

Q 阿拉伯人最喜歡的運動是什麼呢？

A 阿拉伯人真的很熱愛足球。據說阿拉伯世界中最早接觸足球的國家是埃及。西元1883年英國統治埃及時，埃及人在軍營中看見英國士兵們進行足球比賽後，足球運動便開始為阿拉伯世界所知。那麼馬上來了解一下最具代表性的阿拉伯足球隊伍吧！

(1) 埃及

埃及足球國家代表隊以「法老軍團」著名，他們是非洲大陸最有名的隊伍，曾分別在西元1957年、西元1959年、西元1986年、西元1998年、西元2006年、西元2010年等七屆的非洲國家盃中獲得冠軍。埃及足球國家代表隊在世足賽中的最高名次為第九名，也是進入過世足賽前十名的兩個非洲隊伍之一。他們雖然實力強大，在世界盃卻僅止步於第二輪，即便如此，他們仍是第一支參加世界盃的中東隊伍。埃及知名的職業足球隊是「阿赫利」與改名為「扎馬萊克」的「開羅」隊，「阿赫利」成立於西元1907年，「扎馬萊克」則成立於西元1911年。

(2) 沙烏地阿拉伯

沙烏地阿拉伯的代表足球隊伍為「希拉爾」。希拉爾是隸屬於沙烏地職業足球賽的職業足球俱樂部，正式名稱為有「新月」意義的「希拉爾沙烏地足球俱樂部（Al-Hilal Saudi Football Club）」。成立於西元1957年的希拉爾是沙烏地職業足球隊中獲得最多冠軍獎盃的明星球團。他們在西元1976年沙烏地職業足球賽開戰的首季即獲得了冠軍，直到2009-2010賽季為止，共拿下了12次冠軍，創下了奪冠次數的最高記錄。在AFC（亞洲足球聯盟）冠軍聯賽中奪冠兩次、亞洲超級盃兩次、阿拉伯冠軍盃兩次、阿拉伯盃賽冠軍盃一次、海灣球會冠軍盃兩次等，創下了50餘次公開賽冠軍的紀錄。

(3) 卡達

歷基韋亞體育會為卡達的足球俱樂部，主場為杜哈的卡達競技體育場。它是卡達球團中財政規模最大的一個隊伍。南泰熙選手目前在此隊擔任前鋒。

(4) 阿拉伯聯合大公國

艾恩足球俱樂部是阿拉伯聯合大公國艾因當地的職業足球俱樂部，成立於西元1968年。艾恩足球俱樂部是阿聯最優秀的球團，目前已在阿聯酋阿拉伯海灣聯賽拿下13次冠軍，為奪冠次數最多的紀錄保持者。同時艾因也是第一個在阿聯拿到三連霸（2001-02賽季～2003-04賽季）的球團。

اَلدَّرْسُ الْخَامِسُ عَشَرَ

15

أَلْعَبُ كُرَةَ الْقَدَمِ كُلَّ يَوْمٍ

我每天踢足球。

- كُلُّ 與泛指單數名詞
- 主動名詞與被動名詞
- 關係代名詞複數

主要句型與文法

الجمل الرئيسية & القواعد

> مَتَى تَلْعَبُ كُرَةَ الْقَدَمِ؟
> 你什麼時候踢足球？

> أَلْعَبُهَا كُلَّ يَوْمٍ.
> 我每天都踢。

● كُلّ 與泛指單數名詞

كُلّ 是「各、各自」，但也有「每」的意思。在表示「各、各自的」的意思時，做為名詞使用。像「每天」、「每週」一般當做副詞使用時，需置換成受格 ／َ ，後方也必須連接泛指單數名詞。此外，後方若連接複數名詞，也可以用來表達「全部」的意思。

كُلّ 與泛指單數名詞	各、各自的	كُلُّ طَالِبٍ 各學生	كُلُّ وَاحِدٍ 各人
		كُلُّ بَلَدٍ 各國	
	每	كُلَّ يَوْمٍ 每天	كُلَّ أُسْبُوعٍ 每週
		كُلَّ شَهْرٍ 每月	كُلَّ سَنَةٍ 每年
كُلّ 與複數名詞	全部	كُلُّ الطُّلَّابِ 全體學生	

● 主動名詞與被動名詞

主動名詞意指「做～的」或「做～的人」。從動詞衍生出來的主動名詞型態為陽性型 فَاعِل、陰性型 فَاعِلَة。此外，被動名詞則有「被～的（東西或人）」的意思。被動名詞的基本型態為 مَفْعُول（陽性型）與 مَفْعُولَة（陰性型）。

修飾名詞的主動名詞	他們是從歐洲來的人。	هُمْ قَادِمُونَ مِنْ أُورُوبَّا.
代替謂語的主動名詞	穆罕默德從什麼時候睡著的？	مُنْذُ مَتَى كَانَ مُحَمَّدٌ نَائِمًا؟
修飾名詞的被動名詞	我們大學有500年前寫好的書籍。	يُوجَدُ كِتَابٌ مَكْتُوبٌ قَبْلَ خَمْسِمَائَةِ سَنَةٍ فِي جَامِعَتِي.
代替謂語的被動名詞	這本書是50年前寫好的。	هَذَا الْكِتَابُ مَكْتُوبٌ قَبْلَ خَمْسِينَ سَنَةً.

أَهْلًا وَسَهْلًا.
歡迎光臨。

أُقَدِّمُكِ الصَّدِيقَاتِ الْكُورِيَّاتِ اللَّوَاتِي قَابَلْتُهُنَّ فِي كُورِيَا.
我來介紹一下我在韓國認識的韓國朋友們。

● **關係代名詞複數**

關係代名詞複數和單數一樣分為陽性型與陰性型，關係代名詞的形態依先行詞是人、事物，或是陽性、陰性等而有所不同。

先行詞的種類	關係代名詞	例句
泛指名詞	省略	وَجَدْتُ حَقِيبَةً أُرِيدُ شِرَائَهَا. 我找到我想買的包包了。
陽性單數名詞	الَّذِي	أُرِيدُ أَنْ أُقَابِلَ النَّجْمَ الَّذِي رَأَيْتُهُ فِي التِّلْفِزِيُون. 我想遇到在電視上看過的明星。
陰性單數名詞	الَّتِي	مَا اِسْمُ الْحَدِيقَةِ الَّتِي زُرْنَاهَا أَمْسِ؟ 我們昨天去的公園叫什麼名字？
陽性複數名詞	الَّذِينَ	هَيَّا نَأْكُلِ الْغَدَاءَ مَعَ اللَّاعِبِينَ الَّذِينَ لَعِبُوا كُرَةَ الْقَدَمِ مَعَنَا. 我們和一起踢過足球的選手吃午餐吧。
陰性複數名詞	اللَّوَاتِي	قَابَلْتُ الطَّالِبَاتِ السُّعُودِيَّاتِ اللَّوَاتِي يُحْبِبْنَ الدُّرَاما الْكُورِيَّةَ. 我跟喜歡韓劇的沙烏地女學生們見面了。
事物複數名詞	الَّتِي	هَلْ تَتَذَكَّرُ الْأَفْلَامَ الْعَرَبِيَّةَ الَّتِي شَاهَدْنَاهَا مَعًا؟ 你還記得我們一起看過的那些阿拉伯電影嗎？

第15課 **165**

對話 1

الحوار 1

065.MP3

> جَرَّبْتَ كُلَّ الْأَحْذِيَةِ الْمَوْجُودَةِ هُنَاكَ.

> لَا يُعْجِبُنِي لَوْنُهُ.

宥真	妳還記得我們昨天一起去過的那家店嗎？我在那邊買了鞋子。
瑪哈	對啊。妳買了一雙時尚的黑鞋子嘛。
宥真	但是顏色我不滿意。
瑪哈	真的嗎？妳把那裡的鞋子全都試穿過才選的耶。

يُوجِين: هَل تَتَذَكَّرِينَ الْمَحَلَّ الَّذِي زُرْنَاهُ مَعًا أَمْسِ؟ اِشْتَرَيْتُ حِذَاءً هُنَاكَ.

مَهَا: صَحِيحٌ. اِشْتَرَيْتِ الْحِذَاءَ الْأَنِيقَ الْأَسْوَدَ.

يُوجِين: لَا يُعْجِبُنِي لَوْنُهُ.

مَهَا: حَقًّا؟ اِخْتَرْتِهِ بَعْدَ أَنْ جَرَّبْتِ كُلَّ الْأَحْذِيَةِ الْمَوْجُودَةِ هُنَاكَ.

新單字

تَتَذَكَّرِينَ	記得（現在式第二人稱陰性單數）
أَنِيقٌ	時尚的、優雅的
أَسْوَدُ	黑色的、黑色
لَوْنٌ	顏色
اِخْتَرْتِ	選（過去式第二人稱陰性單數）
جَرَّبْتِ	嘗試、體驗（過去式第二人稱陰性單數）

新表現

صَحِيحٌ	對
لَا يُعْجِبُنِي	那個我不滿意
حَقًّا؟	真的嗎？是嗎？

對話 Tip　كُلُّ الْأَحْذِيَةِ 裡的 كُلُّ 遇到確定複數名詞後，就會變成「全部」的意思。由於أَحْذِيَة 是 حِذَاءٌ 「鞋子」的複數，所以這句話是「所有鞋子」的意思。

對話 2 الحوار2

> تَسْتَطِيعِينَ شِرَاءَ الْمَلَابِسِ الْجَمِيلَةِ وَالْمَصْنُوعَةِ فِي كُورِيَا.

> سَأُسَافِرُ إِلَى كُورِيَا هَذَا الشِّتَاءِ.

瑪哈	今年冬天我打算去韓國旅行。
拉妮亞	為什麼要去？
瑪哈	我要去見去年在這裡認識的韓國朋友們。還要去市場購物。
拉妮亞	那妳就可以買韓國製的漂亮衣服了呢。

مَهَا: سَأُسَافِرُ إِلَى كُورِيَا هَذَا الشِّتَاءَ.

رَانِيَا: لِمَاذَا تُسَافِرِينَ؟

مَهَا: لِأُقَابِلَ الصَّدِيقَاتِ الْكُورِيَّاتِ اللَّوَاتِي قَابَلْتُهُنَّ هُنَا فِي الْعَامِ الْمَاضِي. كَمَا سَأَتَسَوَّقُ فِي الْأَسْوَاقِ.

رَانِيَا: تَسْتَطِيعِينَ شِرَاءَ الْمَلَابِسِ الْجَمِيلَةِ وَالْمَصْنُوعَةِ فِي كُورِيَا.

新單字

عَامٌ	年
أَتَسَوَّقُ	購物（現在式第一人稱單數）
أَسْوَاقٌ	市場（複）
تَسْتَطِيعِينَ	可以（現在式第二人稱陰性單數）
مَلَابِسُ	衣服（複）
مَصْنُوعَةٌ	製作的、生產的（陰）

新表現

اَلصَّدِيقَاتُ الْكُورِيَّاتُ اللَّوَاتِي قَابَلْتُهُنَّ	我認識的韓國朋友們（陰）
كَمَا	還
الْمَصْنُوعَةُ فِي كُورِيَا	韓國製的

被動名詞

مَوْجُودٌ (مَوْجُودَةٌ)	在、存在的
مَشْهُورٌ (مَشْهُورَةٌ)	有名的
مَعْرُوفٌ (مَعْرُوفَةٌ)	知名的
مَسْرُورٌ (مَسْرُورَةٌ)	開心的
مَشْغُولٌ (مَشْغُولَةٌ)	忙碌的
مَوْلُودٌ (مَوْلُودَةٌ)	誕生的

對話 Tip：「لِأُقَابِلَ」是「我為了見～」的意思，「為了做～」的介詞「لِـ」與「أُقَابِلُ」「我遇見」結合後，因介詞影響動詞最後一個子音的格要變成受格音，從主格 ُ 改成受格 َ 。

第15課 **167**

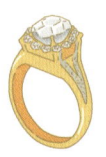

補充單字

المفردات الإضافية

服飾

بَدْلَةٌ

西裝

تَنُّورَةٌ

裙子

قَمِيصٌ

襯衫

تِيشَرَاتٌ

T恤

مِعْطَفٌ

外套

جَاكِيتٌ

夾克

سِرْوَالٌ | بَنْطَلُونٌ

褲子

حِذَاءٌ رِيَاضِيٌّ

運動鞋

حِذَاءٌ

鞋子

飾品

خَاتِمٌ

戒指

قِلَادَةٌ

項鍊

حَلْقَةٌ

耳環

ذَهَبٌ

金

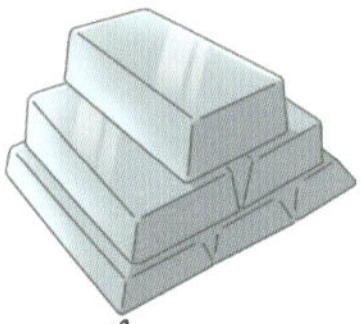

فِضَّةٌ

銀

مَاسٌ

鑽石

實用表現

التعبيرات المفيدة

購物實用表現

A 您需要什麼？
B 請給我看看新商品。

أَرِنِي مُنْتَجَاتٍ حَدِيثَةً.
مَاذَا تُرِيدُ؟

B的其他表現

新商品什麼時候到貨？ مَتَى يَصِلُ مُنْتَجٌ حَدِيثٌ؟

有其他顏色嗎？ هَلْ يُوجَدُ لَوْنٌ آخَرُ؟

有其他顏色嗎？ هَلْ عِنْدَكَ لَوْنٌ آخَرُ؟

▶ مُنْتَج 商品、產品 ｜ مُنْتَجَاتٌ 產品、商品（複）
｜ أَرِنِي 請給我看看（命令式第二人稱陽性單數）
｜ آخَرُ 其他

هَلْ يُمْكِنُنِي أَنْ أُجَرِّبَ هَذَا؟
طَبْعًا، جَرِّبِيهِ.

A 這個可以試穿看看嗎？
B 當然，請試穿。

A 這件衣服適合您嗎？
B 尺寸不適合我。

لَا يُنَاسِبُنِي هَذَا الْمَقَاسُ.
هَلْ هَذَا مُنَاسِبٌ لَكِ؟

B的其他表現

هَلْ عِنْدَكَ أَكْبَرُ مِنْ هَذَا؟
有更大一點的嗎？

هَلْ عِنْدَكَ أَصْغَرُ مِنْ هَذَا؟
有更小一點的嗎？

▶ مَقَاس 尺寸 ｜ يُنَاسِبُ 適合（現在式第三人稱陽性單數）｜ يُنَاسِبُنِي 那個很適合我

第15課 **169**

補充單字　　التدريبات

文法

1 請從〈範例〉中選出適合的關係代名詞。

範例　　① اللَّوَاتِي　　② الَّذِينَ　　③ الَّتِي　　④ الَّذِي

(1) أُرِيدُ أَنْ أُقَابِلَ الْمُمَثِّلِينَ ＿＿＿＿ ظَهَرُوا فِي الدُّرَاما الْكُورِيَّةِ.

(2) هَلْ تَتَذَكَّرُ اِسْمَ الْمَحَلِّ ＿＿＿＿ اِشْتَرَيْنَا الْأَحْذِيَةَ فِيهِ؟

(3) هَلْ سَتُجَرِّبِينَ جَمِيعَ الْمَلَابِسِ ＿＿＿＿ اِخْتَرْتِهَا؟

(4) مَتَى تَرْجِعُ اللَّاعِبَاتُ الْكُورِيَّاتُ ＿＿＿＿ حَصَلْنَ عَلَى الْمِيدَالِيَاتِ؟

2 請將A的圖片與B的說明做正確的連結。

　　　　B　　　　　　　　　　　　　A

①　•　　　•　(1) مَمْنُوعُ التَّصْوِيرِ

②　•　　　•　(2) مَمْنُوعُ الْهَاتِفِ

③　•　　　•　(3) مَمْنُوعُ الدُّخُولِ

④　•　　　•　(4) مَمْنُوعُ التَّدْخِينِ

3 請將下列括號中的中文置換成阿拉伯語的被動名詞。

(1) اَلتَّدْخِينُ (禁止的) فِي هَذَا الْبِنَاءِ.　←　＿＿＿＿＿＿

(2) هَلْ أَنْتَ (忙碌的) مَسَاءَ الْيَوْمِ؟　←　＿＿＿＿＿＿

(3) هَلْ أَيُّ طَالِبٍ أَجْنَبِيٍّ (存在的) فِي جَامِعَتِكِ؟　←　＿＿＿＿＿＿

(4) أَنَا (誕生的) فِي عَامِ 1990.　←　＿＿＿＿＿＿

聽力

● 請聽MP3，並回答問題。 068.MP3

(1) 穆罕默德去的地方是哪裡？
① 手機賣場　　② 電腦賣場　　③ 服裝賣場　　④ 書店

(2) 請選出與對話內容一致的句子。

① لَمْ تَصِلْ الْمُنْتَجَاتُ الْجَدِيدَةُ بَعْدُ.

② يَنْوِي مُحَمَّدٌ شِرَاءَ هَاتِفٍ ذَكِيٍّ جَدِيدٍ.

③ يُرِيدُ مُحَمَّدٌ زِيَارَةَ الْمَحَلِّ فِي الْمَرَّةِ الْقَادِمَةِ.

④ لَمْ يَشْتَرِ مُحَمَّدٌ هَاتِفًا ذَكِيًّا لِأَنَّهُ لَمْ يُعْجِبْهُ.

▶ يَنْوِي 打算、試圖（未完成第三人稱陽性單數）

閱讀

● 請閱讀下方文章並回答問題。

بَعْدَ وُصُولِ رَانِيَا إِلَى مَدِينَةِ سِيُول، زَارَتْ الْقُصُورَ الْمَلَكِيَّةَ الْمَوْجُودَةَ وَسْطَ الْمَدِينَةِ. ثُمَّ ذَهَبَتْ إِلَى بَعْضِ الْأَمَاكِنِ الَّتِي ظَهَرَتْ فِي الدُّرَاما الْكُورِيَّةِ. بَعْدَ ذَلِكَ، قَابَلَتْ رَانِيَا الطَّالِبَاتِ الْكُورِيَّاتِ اللَّوَاتِي قَابَلْتَهُنَّ فِي مِصْرَ فِي الْعَامِ الْمَاضِي.

(1) 請排列拉妮亞抵達首爾後的正確行程順序。

① قَابَلَتْ الطَّالِبَاتِ الْكُورِيَّاتِ اللَّوَاتِي قَابَلْتَهُنَّ فِي مِصْرَ. (　　)

② زَارَتْ الْقُصُورَ الْمَلَكِيَّةَ الْمَوْجُودَةَ وَسْطَ الْمَدِينَةِ. (　　)

③ ذَهَبَتْ إِلَى الْأَمَاكِنِ الَّتِي ظَهَرَتْ فِي الدُّرَاما الْكُورِيَّةِ. (　　)

(2) 請選出拉妮亞沒有去過的兩個地方。
① 市場　　② 王宮　　③ 公園　　④ 電視劇裡出現的場所

▶ قُصُورٌ مَلَكِيَّةٌ 王宮（複）

第15課 **171**

文化 Q&A

الثقافة

Q 在阿拉伯地區有哪些事情不能做?

A 到阿拉伯地區旅行或出差時,會遇到許多令人啼笑皆非或不知所措的事情。不過那只是因為我們彼此在文化與禮節上都有所不同,先搞清楚有哪些事情不能做,狀況就會有改善許多的。

1. **不可過度暴露**。大多數的阿拉伯人無法容忍過度暴露的服裝。尤其是沙烏地阿拉伯等海灣地區的阿拉伯國家,進口的外國報紙上若是刊登了嚴重暴露的照片,便要塗黑才能夠販賣。但要是超過了能塗黑的尺度,甚至有可能會取消當天報紙的銷售與流通。此外,肥皂或化妝品的外包裝也是不允許登載露肩女性的照片的。

2. **不可攜帶犬類**。大多數的阿拉伯人將狗視為不潔的動物,看到狗會有種不適感。因此,阿拉伯人的車內或應酬場合都不會讓狗進入。不過,薩路基獵犬這種狗卻非常受穆斯林喜愛,甚至還在可蘭經中出現過。此外,在外頭是有可能看到野狗的,牠們通常體型龐大且具有強烈攻擊性,請務必小心。

3. **不可擅自拍照**。除了部分觀光景點之外,大部分的阿拉伯人非常不喜歡擅自拍照的行為。尤其拍攝阿拉伯女性在他們眼中更是極度失禮的行為,請一定要避免。最重要的是,拍攝軍事設施或王宮有可能會被逮捕,須格外注意。

4. **不可露出腳底**。阿拉伯人對腳底露出感到不適的確切理由已不可考。有一種說法是,赤腳走在沙漠上腳會弄髒,卻又沒有水可以洗,所以自古以來他們就很避諱露出腳底。因此,在阿拉伯地區,翹著腳坐也會被視為沒有禮貌的行為。尤其是將上方那隻腿的腳底向著他人時,會讓對方覺得被責罵、羞辱,甚至是受到威脅,這點請務必小心。

5. **不可用手指叫人**。大部分的阿拉伯地區都認為揮動手指叫人是和罵髒話一樣無禮的行動。

اَلدَّرْسُ السَّادِسُ عَشَرَ
16

أَسْتَمِعُ إِلَى الْأَغَانِي الْكُورِيَّةِ

我在聽 K-POP。

- يَسْتَمِعُ 動詞變化
- كَثِيرٌ مِنْ 大量的
- يَشْتَهِرُ 因～而著名
- أَعْجَبَ 喜歡
- بَدَأَ 開始做～

主要句型與文法

الجمل الرئيسية & القواعد

يَسْتَمِعُ إِلَى الأَغَانِي الْكُورِيَّةِ.

他在聽K-POP。

إِلَى مَاذَا يَسْتَمِعُ مُحَمَّدٌ الْآنَ؟

穆罕默德現在在聽什麼呢？

● يَسْتَمِعُ 動詞變化

يَسْتَمِعُ 動詞為第八式動詞，與介詞 إِلَى 一起使用，意指「聆聽」。動詞變化如下。

人稱	複數		單數	
	陰性	陽性	陰性	陽性
第三人稱	يَسْتَمِعْنَ	يَسْتَمِعُونَ	تَسْتَمِعُ	يَسْتَمِعُ
第二人稱	تَسْتَمِعْنَ	تَسْتَمِعُونَ	تَسْتَمِعِينَ	تَسْتَمِعُ
第一人稱	نَسْتَمِعُ		أَسْتَمِعُ	

此動詞的原形 يَسْمَعُ 為「聽」，第一式與第八式字根相同。兩者基本意義雖然都是「聽」，但第一式與第八式時的意義是有差異的。第一式 يَسْمَعُ 是「（就這麼）聽到」，指的是自然地聽到現在所聽的東西。第八式 يَسْتَمِعُ 則是「（刻意地）聽」，是聆聽課程或歌曲的意思。

第八式： يَسْتَمِعُ إِلَى الأَغَانِي الْكُورِيَّةِ.（他）在聽K-POP。

第一式： أَسْمَعُ صَوْتًا غَرِيبًا.（我）聽到怪聲音。

● كَثِيرٌ مِنْ 大量的

كَثِيرٌ مِنْ 是「大量的」的意思，介詞 مِنْ 後方連接確定複數名詞。

يَعْمَلُ كَثِيرٌ مِنْ الشَّرِكَاتِ فِي مَدِينَةِ دُبَيِّ. 有許多公司在杜拜營運。

يُوجَدُ كَثِيرٌ مِنْ الْمَلَابِسِ الأَنِيقَةِ فِي الْمَحَلِّ. 那家店有許多時尚的衣服。

بِمَاذَا تَشْتَهِرُ قَنَاةُ الْجَزِيرَةِ؟
半島電視台是因什麼而著名的？
تَشْتَهِرُ بِنَقْلِ أَحْدَثِ الْأَخْبَارِ الْعَالَمِيَّةِ.
因為播放最新世界新聞而著名的。

因～而著名 يَشْتَهِرُ

يَشْتَهِرُ 意指「有名」，是第八式動詞。表達「因～而著名」時，須和介詞 بِـ 一起使用。

يَشْتَهِرُ حَسَنٌ بِكِتَابَةِ الْقِصَصِ الْقَصِيرَةِ.

哈珊以撰寫短篇故事而著名。

A بِمَاذَا يَشْتَهِرُ هَذَا الْمَقْهَى؟

這家咖啡廳有名的是什麼？

B يَشْتَهِرُ هَذَا الْمَقْهَى بِالْقَهْوَةِ الْيَمَنِيَّةِ.

這家咖啡廳以葉門咖啡著名。

> **參考**
>
> 除動詞以外，亦可以用被動名詞表達相同的意義。
>
> تَشْتَهِرُ مِصْرُ بِالْأَهْرَامِ وَأَبِي الْهَوْلِ.
>
> = مِصْرُ مَشْهُورَةٌ بِالْأَهْرَامِ وَأَبِي الْهَوْلِ.
>
> 埃及以金字塔和人面獅身像著名。

喜歡 أَعْجَبَ

前面所學過的 يُعْجِبُ「喜歡～」的過去式便是 أَعْجَبَ，它是第四式動詞。在對話中最常用到的是第三人稱陽性與陰性。

أَعْجَبَتْنِي أَحْدَثُ الْأَجْهِزَةِ الْإِذَاعِيَّةِ.

我喜歡這些最新型播放器。

A هَلْ أَعْجَبَكَ السَّفَرُ إِلَى مِصْرَ؟

埃及旅行還滿意嗎？

B لَمْ يُعْجِبْنِي الْفُنْدُقُ لِأَنَّهُ بَعِيدٌ عَنْ وَسَطِ الْمَدِينَةِ.

我不喜歡這飯店，因為它離市中心很遠。

開始做～ بَدَأَ

動詞 بَدَأَ「開始」與現在式動詞一起使用時，便能表達「開始做～」的意思。

بَدَأَ يَسْتَمِعُ إِلَى الْأَغَانِي الْكُورِيَّةِ.

他開始聽K-POP了。

بَدَأَتْ رَانِيَا تُحِبُّ كُورِيَا مُنْذُ سَنَةٍ.

拉妮亞一年前就開始喜歡韓國了。

對話 1 — الحوار 1

> تَسْتَمِعُ إِلَى الْأَخْبَارِ الَّتِي تَنْقُلُهَا قَنَاةُ الْجَزِيرَةِ.
>
> إِلَى مَاذَا تَسْتَمِعُ مَهَا الْآنَ؟

宥真	瑪哈現在在聽什麼呢？
亞伯拉罕	她在聽半島電視台播放的新聞。半島電視台是以傳達即時報導而知名的。
宥真	你之前有去過半島電視台總公司嗎？
亞伯拉罕	有，我很喜歡他們的最新播放設備。有許多媒體人在那裡工作。

يُوجِينْ: إِلَى مَاذَا تَسْتَمِعُ مَهَا الْآنَ؟

إِبْرَاهِيمْ: تَسْتَمِعُ إِلَى الْأَخْبَارِ الَّتِي تَنْقُلُهَا قَنَاةُ الْجَزِيرَةِ.

تَشْتَهِرُ الْجَزِيرَةُ بِنَقْلِ الْأَخْبَارِ الْحَدِيثَةِ.

يُوجِينْ: هَلْ زُرْتَ مَقَرَّ قَنَاةِ الْجَزِيرَةِ مِنْ قَبْلٍ؟

إِبْرَاهِيمْ: نَعَمْ، أَعْجَبَتْنِي أَحْدَثُ الْأَجْهِزَةِ الْإِذَاعِيَّةِ.

وَيَعْمَلُ كَثِيرٌ مِنَ الْإِعْلَامِيِينَ فِيهَا.

新單字

أَخْبَارٌ	報導、消息（複）
تَنْقُلُ	傳達（現在式第三人稱陰性單數）
نَقْلٌ	傳達
مَقَرٌّ	總公司、本部

新表現

قَنَاةُ الْجَزِيرَةِ	半島電視台
مِنْ قَبْلٍ	之前
كَثِيرٌ مِنَ الْإِعْلَامِيِينَ	許多媒體人

對話 Tip

أَحْدَثُ الْأَجْهِزَةِ الْإِذَاعِيَّةِ 是「最新播放設備」。أَحْدَثُ 為比較級型態，後方連接確指複數名詞後，便成為「最～的」的意思。حَدِيثٌ 意指「新穎的、現代的、最新的」，說 أَحْدَثُ 時就會變成最高級的「最新的」。

對話 2
الحوار2

> مُنْذُ أَنْ تَعَرَّفْتُ عَلَيْهَا عَلَى الْإِنْتَرْنت قَبْلَ سَنَةٍ.

> مُنْذُ مَتَى بَدَأْتِ تُحِبِّينَ الْأَغَانِي الْكُورِيَّةَ؟

拉妮亞	我每天都聽 K-POP。
珉豪	妳從什麼時候開始喜歡 K-POP 的？
拉妮亞	一年前在網路上得知時就開始喜歡了。
珉豪	妳是因為這個開始學韓語的嗎？
拉妮亞	是的，我想用韓語唱歌。
珉豪	希望妳成功。

رَانِيَا　أَسْتَمِعُ إِلَى الْأَغَانِي الْكُورِيَّةِ كُلَّ يَوْمٍ.

مِينْ هُو　مُنْذُ مَتَى بَدَأْتِ تُحِبِّينَ الْأَغَانِي الْكُورِيَّةَ؟

رَانِيَا　بَدَأْتُ أُحِبُّهَا مُنْذُ أَنْ تَعَرَّفْتُ عَلَيْهَا عَلَى الْإِنْتَرْنت قَبْلَ سَنَةٍ.

مِينْ هُو　لِذَلِكَ هَلْ تَدْرُسِينَ اللُّغَةَ الْكُورِيَّةَ؟

رَانِيَا　نَعَمْ، أُرِيدُ أَنْ أُغَنِّي بِاللُّغَةِ الْكُورِيَّةِ.

مِينْ هُو　أَتَمَنَّى لَكِ النَّجَاحَ.

新單字

أَسْتَمِعُ	聆聽（現在式第一人稱單數）
أَغَانٍ	歌曲（複）
تَعَرَّفْتُ عَلَى	得知（過去式第一人稱單數）
لِذَلِكَ	因此
أُغَنِّي	唱歌（現在式第一人稱單數）
نَجَاحٌ	成功

新表現

كُلَّ يَوْمٍ	每天
مُنْذُ مَتَى؟	什麼時候開始
عَلَى الْإِنْتَرْنت	在網路上
لِذَلِكَ	所以、因此

對話 Tip　أَتَمَنَّى لَكِ النَّجَاحَ 是祝福女性成功的表現，意指「希望妳成功」。此外，祈求幸運的理想表現為 أَتَمَنَّى حَظًّا سَعِيدًا，在這裡 حَظٌّ 為「幸運」的意思。

第16課　177

補充單字

المفردات الإضافية

廣播電視、通訊、媒體相關用語

مُرَاسِلٌ

特派員

صَحَفِيٌّ

記者

إِذَاعِيٌّ

廣電從業者

إِعْلَامِيٌّ

媒體人

مُذِيعَةٌ

主播、主持人

مُصَوِّرٌ

攝影師

اَلْإِنْتَرْنِت

網路

رِسَالَةٌ

信件

بَرِيدٌ إِلِكْتُرُونِيٌّ

電子郵件

قَمَرٌ صِنَاعِيٌّ

衛星

قَنَاةٌ

頻道

جَرِيدَةٌ | صَحِيفَةٌ

報紙

مَجَلَّةٌ

雜誌

خَبَرٌ

報導、消息

相關動詞

يُغَطِّي 採訪	記者採訪報導。	يُغَطِّي صَحَفِيٌّ خَبَرًا.
يَنْقُلُ 傳達	主播傳達消息。	يَنْقُلُ مُذِيعٌ خَبَرًا.
يُفِيدُ 報導	特派員報導新聞。	يُفِيدُ مُرَاسِلٌ خَبَرًا.
يَبُثُّ 播放	該頻道透過網路播放。	تَبُثُّ الْقَنَاةُ عَبْرَ الْإِنْتَرْنِت.

實用表現 — التعبيرات المفيدة

節日問候

● 齋戒月的節日問候

「رَمَضَانُ كَرِيمٌ.」
「كُلُّ عَامٍ وَأَنْتُمْ بِخَيْرٍ.」

A 偉哉齋戒月。
B 祝年年納福。

A與B的其他表現

福滿齋戒月。　رَمَضَانُ مُبَارَكٌ.
祝年年順利。　كُلُّ عَامٍ وَأَنْتُمْ طَيِّبُونَ.

▶ كَرِيمٌ 高貴的、慷慨的 ｜ مُبَارَكٌ 被祝福的

● 開齋節的節日問候

「كُلُّ عَامٍ وَأَنْتُمْ بِخَيْرٍ.」
「عِيدٌ سَعِيدٌ.」

A 節慶快樂。
B 祝年年納福。

● 宰牲節（古爾邦節的節日問候）

「كُلُّ عَامٍ وَأَنْتُمْ بِخَيْرٍ.」
「عِيدٌ سَعِيدٌ.」

A 節慶快樂。
B 祝年年納福。

參考

阿拉伯主要節日

(1) شَهْرُ رَمَضَانَ　齋戒月
(2) عِيدُ الْفِطْرِ　開齋節：從斷食的最後一天（意指「結束斷食」）開始。
(3) عِيدُ الْأَضْحَى　宰牲節（古爾邦節）：伊斯蘭重要的節日，又稱忠孝節。在伊斯蘭曆12月份、朝聖期間的第10天，宰牲節便開始。

第16課　179

補充單字　التدريبات

文法

1 請依〈範例〉的形式，將括號內的單字做正確的置換。

範例　يَعْمَلُ كَثِيرٌ مِنْ (شَرِكَةٌ) فِي مَدِينَةِ دُبَيّ. ← يَعْمَلُ كَثِيرٌ مِنَ الشَّرِكَاتِ فِي مَدِينَةِ دُبَيّ.

(1) أَكَلْتُ كَثِيرًا مِنْ (طَعَامٌ) مَعَ أَصْدِقَائِي فِي مَطْعَمٍ عَرَبِيٍّ. ← ＿＿＿＿

(2) عَادَةً يَأْكُلُ كَثِيرٌ مِنْ (كُورِيٌّ) ثَلَاثَ وَجَبَاتٍ فِي الْيَوْمِ. ← ＿＿＿＿

(3) يُوجَدُ كَثِيرٌ مِنْ (مَكَانٌ) السِّيَاحِيَّةِ الْمَشْهُورَةِ فِي الْأُرْدُنِّ. ← ＿＿＿＿

(4) يَدْرُسُ كَثِيرٌ مِنْ (طَالِبٌ) بِاجْتِهَادٍ. ← ＿＿＿＿

▶ عَادَةً 通常 | وَجَبَاتٌ 餐點（複數） | بِاجْتِهَادٍ 勤勉地、認真地

2 請依括號中的人稱更改 يَسْتَمِعُ 動詞。

(1) مُنْذُ مَتَى بَدَأْتَ (　　　) إِلَى الْمُوسِيقَى الْكْلَاسِيكِيَّةِ؟ (أَنْتَ)

(2) هَلْ (　　　) إِلَى أَخْبَارِ الْيَوْمِ عَلَى مَوْقِعِ قَنَاةِ الْجَزِيرَةِ؟ (أَنْتِ)

(3) هَلْ يَسْتَمِعُ كَثِيرٌ مِنَ الطَّالِبَاتِ الْمِصْرِيَّاتِ إِلَى الْأَغَانِي الْكُورِيَّةِ؟
نَعَمْ، (　　　) إِلَيْهَا كُلَّ يَوْمٍ. (هُنَّ)

(4) هَيَّا (　　　) إِلَى كَلِمَةِ رَئِيسِ الطُّلَّابِ. (نَحْنُ)

▶ مُوسِيقَى 音樂 | كْلَاسِيكِيَّةٌ 古典的 | مَوْقِعٌ 位置、網址 | رَئِيسُ الطُّلَّابِ 學生會長

3 請閱讀下方文句，並選出依時態與人稱正確更動過的 أَعْجَبَ 動詞與後綴型代名詞。

زَارَتْ رَانِيَا مَحَلَّ الْمَلَابِسِ. (أَعْجَبَ) التَّنُّورَةُ الْحَمْرَاءُ. لَكِنَّهَا صَغِيرَةٌ لَهَا فِي الْمَقَاسِ. أَحْضَرَتْ الْمُوَظَّفَةُ التَّنُّورَةَ السَّوْدَاءَ، لَكِنَّهَا لَمْ (أَعْجَبَ).

① أَعْجَبَهَا – يُعْجِبُهَا　② أَعْجَبَتْهَا – تُعْجِبُهَا

③ أَعْجَبَتْهُ – تُعْجِبُهُ　④ أَعْجَبَتْنِي – تُعْجِبُنِي

聽力

● 請聽MP3中珉豪與薩米勒的對話，並回答問題。 072.MP3

(1) 為了提昇珉豪的阿拉伯語能力，薩米勒建議他使用什麼方式呢？

____

(2) 薩米勒建議去哪裡增進會話能力呢？

① 開羅電影節　② 開羅美食節　③ 開羅觀光展　④ 開羅美術展

閱讀

● 請閱讀下方文章，並回答問題。

تُرِيدُ رَانِيَا أَنْ تُحَسِّنَ قُدْرَتَهَا عَلَى اللُّغَةِ الْكُورِيَّةِ.

تَسْتَمِعُ إِلَى الْأَغَانِي الْكُورِيَّةِ عَلَى الْإِنْتَرْنِت.

وَتُشَاهِدُ الدُّرَامَا الْكُورِيَّةَ.

تَتَبَادَلُ رَانِيَا الرَّسَائِلَ مَعَ الصَّدِيقَاتِ الْكُورِيَّاتِ بِالْبَرِيدِ الْإِلْكْتُرُونِيِّ.

وَتَقْرَأُ الْأَخْبَارَ الْيَوْمِيَّةَ فِي الصَّحِيفَةِ.

(1) 請根據本文，選出拉妮亞沒有為了增進韓語能力做的事。

① 看韓劇。

② 在報紙上看新聞。

③ 和朋友見面閒聊。

④ 在網路上聽 K-POP。

⑤ 與朋友通電子郵件。

▶ قُدْرَةٌ عَلَى ～的能力 ｜ تَتَبَادَلُ 分享、交流（現在式第三人稱陰性單數） ｜ رَسَائِلُ 信件（複） ｜ أَخْبَارٌ يَوْمِيَّةٌ 每日新聞

文化 Q&A

الثقافة

Q 阿拉伯的代表媒體「半島電視台」是什麼樣的電視台呢？

A 一直以來，大部分與阿拉伯有關的新聞都是以歐美觀點報導出來的。但從伊拉克戰爭開始，除了西方媒體觀點以外，也開始有以阿拉伯人視角製作出來的新聞報導。其中最傑出的媒體就屬「半島電視台（Aljazeera）」了。Aljazeera是「島」或「半島」的意思，因卡達為半島國家而得名。也有人說它的意義在於卡達是阿拉伯地區封閉的媒體環境中，唯一實行言論自由的島。

半島電視台是英國BBC阿拉伯台廢止後，由曾任職於BBC阿拉伯台的記者與製作人為中心，在卡達國王—哈邁德・本・哈利法・阿勒薩尼的支持之下，於西元1996年11月1日成立的。半島電視台即便歷史不算長，卻敢於將一直被阿拉伯人視為禁忌之領導人的醜聞與腐敗，赤裸裸地攤在陽光下，又製播了各式各樣風格自由的脫口秀，在很短的時間之內就躍升為阿拉伯地區最受歡迎的頻道。

半島電視台的名字真正被全球，包括西方世界所知曉，是從9.11恐怖事件後，獨家播放了奧薩瑪・賓・拉登的演說錄影帶開始的。之後，他們以阿富汗戰爭為契機，採訪了蓋達組織；伊拉克戰爭時，播出了薩達姆・海珊等伊拉克領導人們的演說與聲明；還曾到疑似製造生化武器的工廠採訪，連民眾因美國導彈攻擊而瀕死的模樣都毫不篩選地播送。曾經偏向西方視角的中東問題，透過阿拉伯人的視線被報導出來的同時，也喚醒了阿拉伯人潛意識中的反美情緒。

目前半島電視台建構了紀錄片、運動、兒童節目、半島電視台新聞網等各種平台，已儼然成長為擁有全球3億觀眾的大型頻道。此外，他們還在西元2013年，接管了前美國副總統艾爾・高爾參與經營的「Current TV」，開始在美國播放「Aljazeera America」。

اَلدَّرْسُ السَّابِعُ عَشَرَ
17

اَلْخَطُّ مَشْغُولٌ مُنْذُ عَشْرِ دَقَائِقَ

從10分鐘前開始就在通話中。

- 衍生型之命令式
- عِنْدَمَا 當～的時候
- بِمُنَاسَبَةِ 藉著～
- 搭配介詞的動詞

主要句型與文法

الجمل الرئيسية & القواعد

أَرْسِلْ لِي بِطَاقَةً تَذْكَارِيَّةً. فَلَا تَنْسَى.
要寄紀念明信片給我。不要忘了。

بِكُلِّ التَّأْكِيدِ.
我一定會的。

● 衍生型之命令式

我們在14課曾經學過柔動詞的命令式。本課要介紹的是常用在命令式上的衍生型動詞。

	意義	現在式（第三人稱陽性單數）	命令式（陰性）	命令式（陽性）
第二式	介紹、提供	يُقَدِّمُ	قَدِّمِي	قَدِّمْ
第三式	觀賞	يُشَاهِدُ	شَاهِدِي	شَاهِدْ
第四式	寄送	يُرْسِلُ	أَرْسِلِي	أَرْسِلْ
第五式	學習、讀書	يَتَعَلَّمُ	تَعَلَّمِي	تَعَلَّمْ
第八式	等待	يَنْتَظِرُ	انْتَظِرِي	انْتَظِرْ

شَاهِدْ فِيلْمَ "مَلِكَةُ الثَّلْجِ" مَعَ الْأَصْدِقَاءِ.
去跟朋友們一起看電影「冰雪奇緣」吧。

參考 衍生型是動詞意義延伸後的動詞型態，有第二式至第十式。
請參考附錄 p.226

參考 مَلِكَةُ الثَّلْجِ 為雪之女王（在台灣上映時叫做「冰雪奇緣」，阿拉伯語則依原文題目翻譯為「雪之女王」。）

● 當～的時候 عِنْدَمَا

之前曾學過介詞 عِنْدَ 有「持有～」的意思。型態稍微改變後的 عِنْدَمَا 則用來表達「當～的時候」的意思。

動詞（過去式、現在式時態皆可）+ عِنْدَمَا
名詞、動名詞、代名詞 + عِنْدَ

當我看到妳的時候，妳正忙著煮飯。
عِنْدَمَا شَاهَدْتُكِ، كُنْتِ مَشْغُولَةً فِي الطَّبْخِ.

أُرِيدُ أَنْ أَدْعُوكَ لِلْعَشَاءِ غَدًا بِمُنَاسَبَةِ بَدْءِ شَهْرِ رَمَضَانَ.
藉著齋戒月開始的機會，
我想邀請你來明天的晚餐。
بِكُلِّ سُرُورٍ.
我很樂意。

藉著～ بِمُنَاسَبَةِ

بِمُنَاسَبَةِ 可用來表達「趁著～的機會」、「藉著～」、「～緣由」等意思。

藉著我生日的機會　بِمُنَاسَبَةِ عِيدِ مِيلَادِي　　有什麼事？　بِأَيَّةِ مُنَاسَبَةٍ؟

搭配介詞的動詞

有些動詞會習慣性與介詞一起使用。這樣的動詞建議與介詞一起記憶。

介詞	例句	
يَدْعُو لِـ 邀請～	我要邀請朋友們來我的生日派對。	سَأَدْعُو الْأَصْدِقَاءَ لِحَفْلَةِ عِيدِ مِيلَادِي.
يَسْتَمِعُ إِلَى 聆聽～	我在廣播上聽運動新聞。	أَسْتَمِعُ إِلَى الْأَخْبَارِ الرِّيَاضِيَّةِ فِي الرَّادِيُو.
يَتَّصِلُ بِـ 聯絡～	我要怎麼跟你聯絡？	كَيْفَ أَتَّصِلُ بِكَ؟
يَتَحَدَّثُ عَنْ 談談～	來談談韓國的國定節日吧！	هَيَّا نَتَحَدَّثْ عَنِ الْأَعْيَادِ الْوَطَنِيَّةِ الْكُورِيَّةِ.
يَتَعَلَّقُ بِـ 與～有關	今天的會議與在韓阿拉伯語教育有關。	يَتَعَلَّقُ اِجْتِمَاعُ الْيَوْمِ بِتَعْلِيمِ اللُّغَةِ الْعَرَبِيَّةِ فِي كُورِيَا.
فَازَ عَلَى 戰勝～	韓國隊戰勝了日本隊。	فَازَ الْفَرِيقُ الْكُورِيُّ عَلَى الْفَرِيقِ الْيَابَانِيِّ.

對話 1

الحوار 1

073.MP3

> اتَّصِلِي بِهَاتِفِكِ.
> أَضَعْتُ هَاتِفِي.

瑪哈	我打了好幾通電話妳都沒接。發生了什麼事？
宥真	我手機掉了。
瑪哈	妳放在哪了？
宥真	我可能是昨天吃晚餐的時候放在佩特拉餐廳了。
瑪哈	打過去看看。
宥真	從10分鐘前開始就在通話中。

مَها: اتَّصَلْتُ بِكِ هَاتِفِيًّا عِدَّةَ مَرَّاتٍ، لَكِنَّكِ لَمْ تَرُدِّي. مَاذَا بِكِ؟

يُوجِين: أَضَعْتُ هَاتِفِي.

مَها: أَيْنَ تَرَكْتِهِ؟

يُوجِين: رُبَّمَا تَرَكْتُهُ فِي مَطْعَمِ الْبَتْرَاءِ الَّذِي أَكَلْتُ الْعَشَاءَ فِيهِ أَمْسِ.

مَها: اتَّصِلِي بِهَاتِفِكِ.

يُوجِين: الْخَطُّ مَشْغُولٌ مُنْذُ عَشَرِ دَقَائِقَ.

新單字

- اتَّصَلْتُ 撥打、聯絡
  （過去式第一人稱單數）
- تَرُدِّي 回應
  （現在式祈使格第二人稱陰性單數）
- أَضَعْتُ 遺失、丟失
  （過去式第一人稱單數）
- تَرَكْتِ 丟下、離開
  （過去式第二人稱陰性單數）
- اتَّصِلِي 撥打看看
  （命令式第二人稱陰性）

新表現

- عِدَّةَ مَرَّاتٍ 好幾次
- مَاذَا بِكِ؟ 妳怎麼了？
- رُبَّمَا 可能
- الْخَطُّ مَشْغُولٌ 忙線的

對話 Tip

- اتَّصَلْتُ بِكِ هَاتِفِيًّا 意指「我打了電話給你」
- عَشَرِ دَقَائِقَ 是「10分鐘」，由於數字3～10後方連接的名詞必須是複數所有格，故「分鐘」要使用 دَقِيقَة 的複數 دَقَائِق，而 دَقَائِقَ 為雙格名詞，所以要用受格，而不是所有格。

對話 2 — الحوار2

> سَيَكُونُ يَوْمُ الْجُمْعَةِ عِيدَ مِيلَادِي.
>
> وَاللهِ؟ أَلْفُ مَبْرُوكِ!

拉妮亞　你有收到我剛才用手機傳給你的訊息嗎？
珉豪　　沒有，妳寫了什麼？
拉妮亞　我邀請你下星期五吃晚餐。
珉豪　　什麼原因啊？
拉妮亞　是我生日啊。
珉豪　　真的假的？祝福妳！

رَانِيَا　هَلْ قَرَأْتَ الرِّسَالَةَ الَّتِي أَرْسَلْتُهَا بِالْهَاتِفِ الْمَحْمُولِ قَبْلَ قَلِيلٍ؟

مِيْن هُو　لَا، مَاذَا كَتَبْتِ فِيهَا؟

رَانِيَا　أَدْعُوكَ لِلْعَشَاءِ فِي مَسَاءِ يَوْمِ الْجُمْعَةِ الْمُقْبِلِ.

مِيْن هُو　بِأَيَّةِ مُنَاسَبَةٍ؟

رَانِيَا　سَيَكُونُ يَوْمُ الْجُمْعَةِ عِيدَ مِيلَادِي.

مِيْن هُو　وَاللهِ؟ أَلْفُ مَبْرُوكٍ!

新單字

- **قَرَأْتَ**　讀、唸（過去式第二人稱陽性單數）
- **الرِّسَالَةُ**　信
- **أَرْسَلْتُ**　寄送（過去式第一人稱單數）
- **هَاتِفٌ مَحْمُولٌ**　手機
- **كَتَبْتِ**　寫（過去式第二人稱陰性單數）
- **أَدْعُو**　邀請（現在式第一人稱單數）
- **عَشَاءٌ**　晚餐
- **الْمُقْبِلُ**　下個

新表現

- **قَبْلَ قَلِيلٍ**　剛才
- **يَوْمُ الْجُمْعَةِ**　星期五
- **عِيدُ مِيلَادِي**　我生日
- **أَلْفُ مَبْرُوكٍ**　祝福滿滿（一千次祝福）

> **對話 Tip**　والله 是「真的」的意思，在敘述句或問句等各種狀況下，都能拿來表現驚訝或確認事實，用法非常多元。

第17課　187

補充單字 المفردات الإضافية

都市中看得到的建築物名稱

1	مَرْكَزُ اللُّغَاتِ	語言中心
2	جَامِعَةٌ	大學
3	مَبْنًى	建築物
4	إِدَارَةُ الْمَدِينَةِ	市政府
5	بَنْكٌ	銀行
6	مَخْبَزٌ	麵包店
7	مَقْهًى	咖啡廳
8	مَطْعَمٌ	餐廳
9	بُرْجٌ	塔
10	مَرْكَزٌ رِيَاضِيٌّ	健身中心
11	مَنْزِلٌ	住宅
12	شَقَّةٌ	公寓
13	وِكَالَةُ الْمُوبَايِلِ	手機行
14	وِكَالَةُ السِّيَاحَةِ	旅行社
15	مَطَارٌ	機場
16	مَحَطَّةُ الْقِطَارَاتِ	火車站
17	مَحَطَّةُ الْمِتْرُو	捷運站
18	مَوْقِفٌ	停車場
19	مُسْتَشْفًى	醫院
20	صَيْدَلِيَّةٌ	藥局
21	مَكْتَبُ الْبَرِيدِ	郵局
22	فُنْدُقٌ	飯店

實用表現 التعبيرات المفيدة

075.MP3

祝賀問候語與祈願表現

مَبْرُوكٌ!
بَارَكَ اللهُ فِيكَ.

A　恭喜！
B　謝謝。（願阿拉祝福你）

A的其他表現

祝福滿滿！（一千次祝福）　أَلْفُ مَبْرُوكٍ!

▶ بَارَكَ 祝福（過去式第三人稱陽性單數）

كُلُّ سَنَةٍ وَأَنْتِ بِخَيْرٍ.
شُكْرًا يَا مَامَا.

A　生日快樂。
B　謝謝媽媽。

A的其他表現

祝年年納福。　كُلُّ عَامٍ وَأَنْتِ بِخَيْرٍ.

祝年年納福。　كُلُّ سَنَةٍ وَأَنْتِ طَيِّبٌ.

عِيدٌ مُبَارَكٌ.
عِيدٌ سَعِيدٌ.

A　節日快樂。
B　節日納福。

參考

各種祈願表現
(1) رِحْلَةً سَعِيدَةً 旅行愉快
(2) بِالْهَنَاءِ وَالشِّفَاءِ 請享用，祝健康。

▶ هَنَاءٌ 舒適、健康 ｜ شِفَاءٌ 治療、恢復

補充單字　التدريبات

文法

1 請從〈範例〉中選出正確的介詞。

範例　① حَتَّى　② إِلَى　③ عَنْ

(1) هَيَّا نَتَحَدَّثْ ــــــ الْبُلْدَانِ الْعَرَبِيَّةِ.

(2) أَتَمَنَّى لَكَ وَقْتًا مُمْتِعًا ــــــ نَلْتَقِي مَرَّةً أُخْرَى.

(3) ــــــ مَتَى تُقِيمُ فِي الْأُرْدُنِّ؟

2 請選出B最適合回覆A的內容。

A سَيَكُونُ غَدًا عِيدَ مِيلَادِي.
B ــــــــــــــــــــــــ .

① أَلْفُ مَبْرُوكٍ.　② أَتَمَنَّى لَكَ وَقْتًا مُمْتِعًا.
③ رَمَضَانُ كَرِيمٌ.　④ رِحْلَةٌ سَعِيدَةٌ.

3 請從〈範例〉中找出適合填入空格的內容。

範例　① بِمُنَاسَبَةِ　② عِنْدَمَا　③ بِأَيَّةِ مُنَاسَبَةٍ　④ عِنْدَ

(1) ــــــ تَزُورُ مَنْزِلِي، سَأَطْبُخُ لَكَ طَعَامًا كُورِيًّا.

(2) ــــــ وُصُولِكَ إِلَى الْمَطَارِ، سَأَسْتَقْبِلُكَ.

(3) أُرِيدُ أَنْ أَدْعُوكَ لِلْغَدَاءِ فِي مَطْعَمِ عَلِي بَابَا مَسَاءَ الْيَوْمِ ــــــ حَفْلَةِ عِيدِ مِيلَادِي.

(4) ــــــ دَرَسْتَ اللُّغَةَ الْعَرَبِيَّةَ؟

聽力

● 請聽MP3，並回答問題。 076.MP3

(1) 請選出宥真未能與穆罕默德通話的正確理由。

① 不知道穆罕默德的電話。

② 穆罕默德一直在通話中。

③ 打錯了穆罕默德的電話。

④ 穆罕默德的電話沒有在手邊。

(2) 穆罕默德的正確電話號碼為何？

① 202-4390　② 202-4399　③ 202-3390　④ 202-4380

閱讀

● 請詳讀拉妮亞家的相關說明，並找出拉妮亞的家。

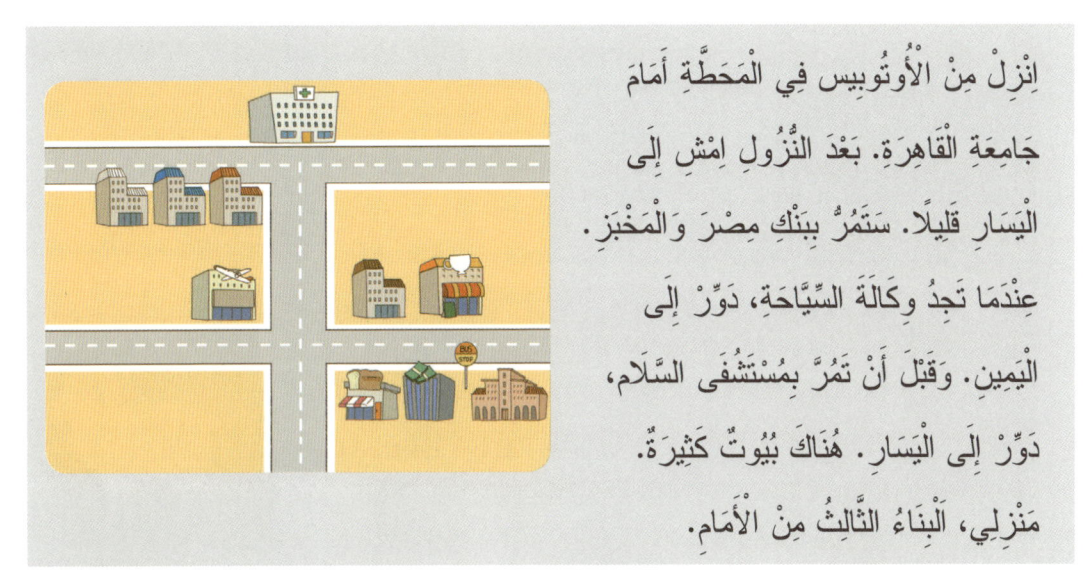

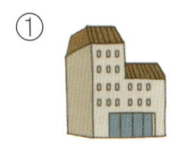

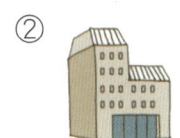

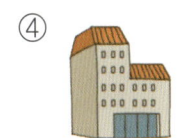

اِنْزِلْ مِنْ الْأُوتُوبِيس فِي الْمَحَطَّةِ أَمَامَ
جَامِعَةِ الْقَاهِرَةِ. بَعْدَ النُّزُولِ اِمْشِ إِلَى
الْيَسَارِ قَلِيلًا. سَتَمُرُّ بِبَنْكِ مِصْرَ وَالْمَخْبَزِ.
عِنْدَمَا تَجِدُ وِكَالَةَ السِّيَّاحَةِ، دَوِّرْ إِلَى
الْيَمِينِ. وَقَبْلَ أَنْ تَمُرَّ بِمُسْتَشْفَى السَّلَامِ،
دَوِّرْ إِلَى الْيَسَارِ. هُنَاكَ بُيُوتٌ كَثِيرَةٌ.
مَنْزِلِي، اَلْبِنَاءُ الثَّالِثُ مِنْ الْأَمَامِ.

①
②
③
④

▶ دَوِّرْ 轉彎、請轉彎（命令式） ｜ مَخْبَزٌ 麵包店 ｜ اِنْزِلْ 下來（命令式）

文化Q&A

Q 阿拉伯人有哪些重要節日呢？

A 阿拉伯有兩個重要節日，一個是伊斯蘭曆9月齋戒月結束後開始的 عيد الفطر 「開齋節」，另一個是伊斯蘭曆12月朝聖結束後的 عيد الأضحى「宰牲節（古爾邦節）」。阿拉伯人將開齋節視為小節，將宰牲節（古爾邦節）視為大節。

開齋節與伊斯蘭五大義務之一－「齋戒」有很深的關係。依伊斯蘭曆在9月齋戒月進行了為期一個月的齋戒後，接下來便要過3～5天的節日，也就是慶祝齋戒結束的開齋節。開齋節的第一天，穆斯林會早起沐浴，穿上最好的外出服，在用餐前先前往鄰近的清真寺進行禮拜。聆聽完教長的佈道與祝福後，一同慶祝齋戒平安完成，過去關係不和睦的人們也會和好並彼此寬恕。此時進行完 عيد مبارك 或 عيد سعيد 之禮後，就可以回家享用準備好的食物了。

這段時間裡，會去拜訪親朋好友，彼此問候並交換禮物。孩子們會拜訪附近的鄰居家，行禮請安，大人們則祝福孩子們，並給他們禮物或零用錢。此外，開齋節時期給予清寒者的捐款也會暴增，這是由於人們透過齋戒，更加理解貧困者的立場，亦燃起了互助之心的緣故。

宰牲節（古爾邦節）與伊斯蘭的支柱－「朝聖」有密切的關係。朝聖是每個經濟能力良好，身體健康的穆斯林不分性別，一生必須實踐一次的義務。宰牲節是仿效亞伯拉罕在朝聖之後，抓羊做為祭品獻給阿拉（真主）的儀式，在伊斯蘭曆12月10日這天，朝聖者在麥加，世界各地的所有穆斯林們則在自己家中，以阿拉（真主）之名貢獻羊或其他動物做為祭品。也因此，古爾邦節又稱為「宰牲節」。宰牲節對穆斯林來說是最大的節日，他們在這段時間裡會感受到手足之情與共同體式的連帶感，並體認到平等的思想。

اَلدَّرْسُ الثَّامِنُ عَشَرَ

18

مَاذَا بِكِ؟

妳怎麼了？

- لَا يَزَالُ 依然~
- يَحْتَاجُ 需要~
- خِلَالَ 在~期間
- عَلَى 必須~

主要句型與文法

الجمل الرئيسية & القواعد

لَا تزَالِين حَبِيبَتِي.
妳依然是我的愛。
أُحِبُّكَ أَيْضًا.
我也愛你。

依然～ لَا يَزَالُ

若要表達「依然～」的話，可在有「消失」、「不見」意義的 يَزَالُ 前方加上否定詞 لَا。後方連接的謂語則變化為受格。

人稱	複數		單數	
	陰性	陽性	陰性	陽性
第三人稱	يَزَالْنَ	يَزَالُونَ	تَزَالُ	يَزَالُ
第二人稱	تَزَالْنَ	تَزَالُونَ	تَزَالِينَ	تَزَالُ
第一人稱	نَزَالُ		أَزَالُ	

A لَا يَزَالُ الْجَوُّ مُمْطِرًا. 還在下雨呢。（後方連接名詞時）

B أَتَمَنَّى أَنْ يَكُونَ الْجَوُّ لَطِيفًا غَدًا. 希望明天天氣好。

لَا يَزَالُ يُحِبُّ الْمُوسِيقَى الْكْلَاسِيكِيَّةَ. 他依然喜歡古典音樂。（後方連接動詞時）

需要～ يَحْتَاجُ

يَحْتَاجُ 是「需要～」的意思，介詞 إِلَى 後方使用受格。

A مَتَى تَحْتَاجُ إِلَى سَيَّارَةٍ؟ 你什麼時候需要車？

B أَحْتَاجُ إِلَيْهَا فِي الْأُسْبُوعِ الْقَادِمِ. 我下星期需要這輛（車）。

> سَيَكُونُ الْجَوُّ مُمْطِرًا.
> 會是下雨天。

> كَيْفَ سَيَكُونُ الْجَوُّ خِلَالَ هَذَا الْأُسْبُوعِ؟
> 這個星期天氣如何呢？

● 在～期間 خِلَالَ

خِلَالَ 是「在～期間」的意思，後方連接指該期間的數字或名詞，而名詞最後一個母音佔所有格。

（數字）一個星期之內我會去摩洛哥旅行。

سَأُسَافِرُ إِلَى الْمَغْرِبِ خِلَالَ أُسْبُوعٍ.

（名詞）你待在杜拜的期間應該要去看看哈里發塔。

خِلَالَ إِقَامَتِكَ فِي دُبَيِّ، عَلَيْكَ زِيَارَةُ بُرْجِ خَلِيفَةٍ.

● 必須～ عَلَى

介詞 عَلَى 後方若連接名詞或人稱代名詞，就會變成「必須～」的意思。動名詞或 أَنْ 動詞兩者皆可做為謂語。

全體學生須立即離校。

عَلَى جَمِيعِ الطُّلَّابِ الْخُرُوجُ مِنَ الْمَدْرَسَةِ فَوْرًا.

全體員工必須穿著白色襯衫。

عَلَى الْمُوَظَّفِينَ أَنْ يَلْبَسُوا الْقَمِيصَ الْأَبْيَضَ.

第18課 **195**

對話 1

الحوار 1

> لَا تَزَالِينَ نَحِيفَةً.
>
> سَأَبْدَأُ الْحِمْيَةَ مِنَ الْيَوْمِ.

拉妮亞　節慶期間我吃了太多美食。所以體重增加了。
珉豪　完全看不出來。
拉妮亞　我今天要開始減肥。
珉豪　不需要。在我眼中妳依然很瘦。

رَانِيَا　أَكَلْتُ أَطْعِمَةً لَذِيذَةً كَثِيرَةً خِلَالَ فَتْرَةِ الْعِيدِ. فَزَادَ وَزْنِي.

مِينْ هُو　لَا تَبْدِينَ كَذَلِكَ إِطْلَاقًا.

رَانِيَا　سَأَبْدَأُ الْحِمْيَةَ مِنَ الْيَوْمِ.

مِينْ هُو　لَا تَحْتَاجِينَ إِلَيْهَا. لَا تَزَالِينَ نَحِيفَةً فِي عَيْنِي.

新單字

أَكَلْتُ	吃（過去式第一人稱單數）
أَطْعِمَةٌ	食物（複）
لَذِيذَةٌ	好吃的（陰）
خِلَالَ	～期間
زَادَ	增加、變多（過去式第三人稱陽性單數）
وَزْنٌ	重量
إِطْلَاقًا	完全
نَحِيفَةٌ	瘦的（陰）
عَيْنٌ	眼睛

新表現

فَتْرَةُ الْعِيدِ	節慶期間
زَادَ وَزْنِي	體重增加了
لَا تَبْدِينَ	妳看不出來～
مِنَ الْيَوْمِ	今天開始
لَا تَحْتَاجِينَ	妳不需要

對話 Tip

- حِمْيَةٌ 這個單字是「減肥」的意思，同義字還有 رِجِيمٌ。
- فَ 意指「所以、因此」或「原因是」，不能單獨使用，須與後方的第一個子音連接使用。

  كُنْتُ جَوْعَانًا، فَذَهَبْتُ إِلَى مَطْعَمِ الْبَتْرَاءِ.
  我因為肚子餓，就去了佩特拉餐廳。

對話 ②

الحوار 2

> كَانَ عِنْدِي أَلَمٌ فِي الْبَطْنِ.
>
> مَاذَا بِكِ يَا يُوجِينْ؟

穆罕默德　發生什麼事了，宥真？
宥真　　　我肚子痛。
穆罕默德　怎麼會這樣，有吃藥嗎？
宥真　　　有，我已經吃了三天了。
穆罕默德　妳有好一點嗎？
宥真　　　沒有。
穆罕默德　妳該去看醫生了。

مُحَمَّدْ   مَاذَا بِكِ يَا يُوجِينْ؟

يُوجِينْ   كَانَ عِنْدِي أَلَمٌ فِي الْبَطْنِ.

مُحَمَّدْ   يَا سَاتِرُ، هَلْ أَخَذْتِ الدَّوَاءَ؟

يُوجِينْ   نَعَمْ، أَخَذْتُهُ خِلَالَ ثَلَاثَةِ أَيَّامٍ.

مُحَمَّدْ   هَلْ تَحَسَّنْتِ؟

يُوجِينْ   لَيْسَ كَثِيرًا.

مُحَمَّدْ   عَلَيْكِ زِيَارَةُ الْمُسْتَشْفَى.

新單字

كَانَ 是～
（過去式第三人稱陽性單數）

أَخَذْتِ 吃（藥）、採用
（過去式第二人稱陰性單數）

دَوَاءٌ 藥

تَحَسَّنْتِ 進步、變好、改善
（過去式第二人稱陰性單數）

新表現

مَاذَا بِكِ؟ 發生什麼事了？
عِنْدِي أَلَمٌ فِي الْبَطْنِ 肚子痛

注意

كَانَ 後方的謂語原本應該是泛指受格，但出現了 عِنْدِي 「我有～」這樣的倒裝句後，謂語就變化為泛指主格了。

對話 Tip

أَخَذَ 動詞與藥一起使用時，就會變成「服藥」的意思。此外，這個字在其他各種的情境中，還會被用來表達「接受、採用」等意思。

A هَلْ أَخَذْتَ النُّقُودَ؟   B نَعَمْ، أَخَذْتُهَا.
你收到錢了嗎？　　　　　　是的，我收到了。

第18課　197

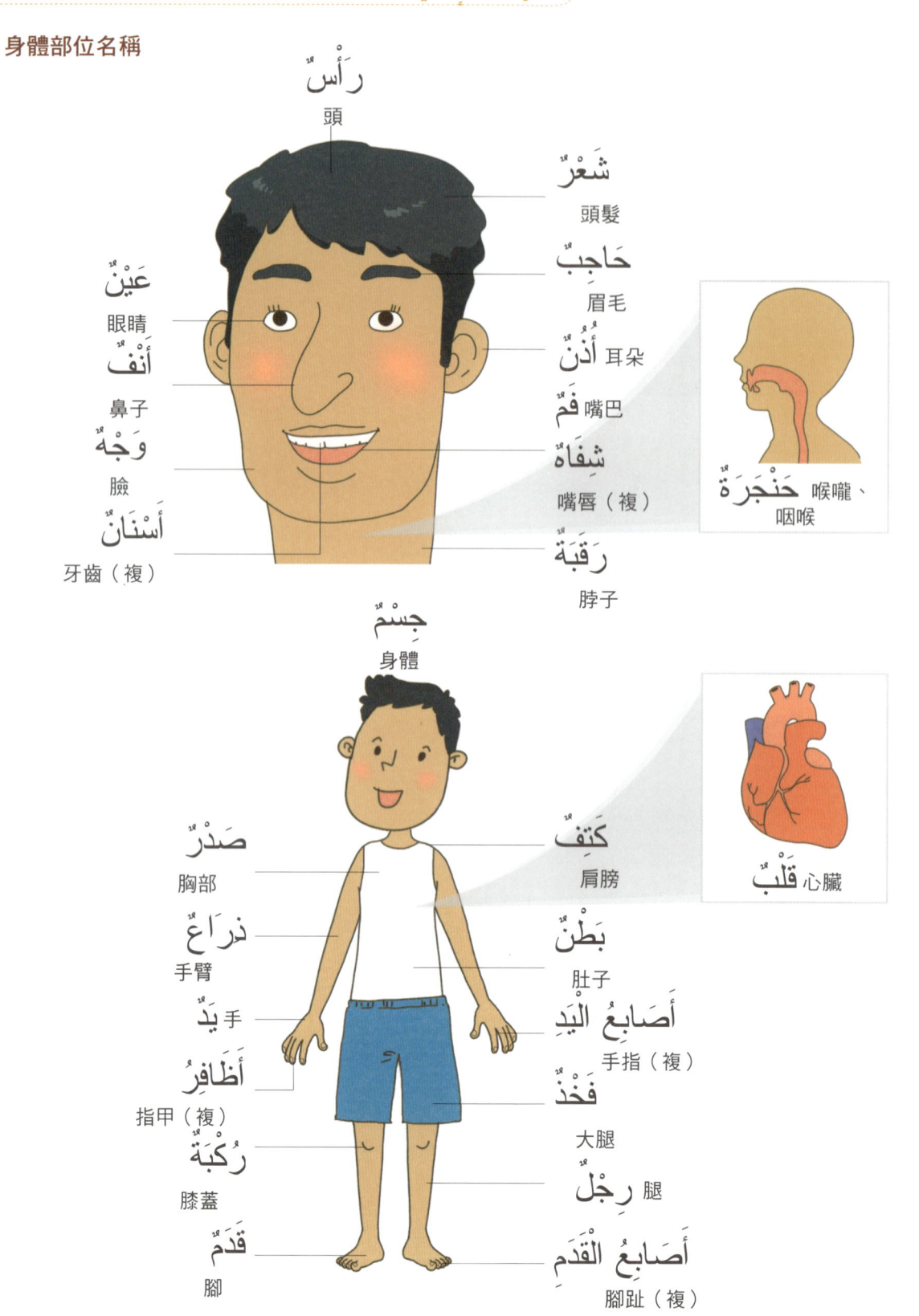

補充單字 المفردات الإضافية

身體部位名稱

رَأْسٌ
頭
شَعْرٌ
頭髮
حَاجِبٌ
眉毛
أُذُنٌ 耳朵
فَمٌ 嘴巴
شِفَاهٌ
嘴唇（複）
رَقَبَةٌ
脖子
عَيْنٌ
眼睛
أَنْفٌ
鼻子
وَجْهٌ
臉
أَسْنَانٌ
牙齒（複）

حَنْجَرَةٌ 喉嚨、咽喉

جِسْمٌ
身體
صَدْرٌ
胸部
ذِرَاعٌ
手臂
يَدٌ 手
أَظَافِرُ
指甲（複）
رُكْبَةٌ
膝蓋
قَدَمٌ
腳
كَتِفٌ
肩膀
بَطْنٌ
肚子
أَصَابِعُ الْيَدِ
手指（複）
فَخْذٌ
大腿
رِجْلٌ 腿
أَصَابِعُ الْقَدَمِ
腳趾（複）

قَلْبٌ 心臟

實用表現

التعبيرات المفيدة

在醫院、藥局

● 在醫院

A 哪裡不舒服呢？
B 我頭痛。

عِنْدِي صُدَاعٌ.
مَاذَا عِنْدَكِ؟

B的其他表現
我感冒了。

عِنْدِي زُكَامٌ. = عِنْدِي بَرْدٌ.

▶ بَرْدٌ 寒冷、感冒 ｜ صُدَاعٌ 頭痛 ｜ أَلَمٌ 疼痛

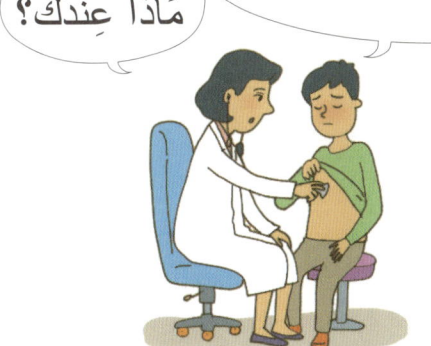

A 哪裡不舒服呢？
B 我肚子非常痛。

عِنْدِي أَلَمٌ شَدِيدٌ فِي الْبَطْنِ.
مَاذَا عِنْدَكَ؟

B的其他表現
我感到疼痛。 عِنْدِي أَلَمٌ.
عِنْدِي أَلَمٌ خَفِيفٌ فِي الْحَنْجَرَةِ.
喉嚨（裡）有輕微的疼痛。

▶ خَفِيفٌ 輕微的 ｜ شَدِيدٌ 嚴重的

● 在藥局

مَرَّتَيْنِ فِي الْيَوْمِ.
كَمْ مَرَّةً آخُذُ هَذَا الدَّوَاءَ؟

A 這個藥要吃幾次？
B 一天吃兩次。

B的其他表現
一天吃三次。 ثَلَاثَ مَرَّاتٍ فِي الْيَوْمِ.

第18課 **199**

補充單字

文法

1 請依人稱改變動詞。

(1) أَلَا (　　　　) إِلَى هَاتِفٍ ذَكِيٍّ جَدِيدٍ يَا رَانِيَا؟ (يَحْتَاجُ، أَنْتِ)

(2) لَا (　　　　) فِي الْمَلْعَبِ. (يَزَالُ، هُمْ)

(3) (　　　　) إِلَى الْمَزِيدِ مِنَ الْأَشْجَارِ فِي بَلَدِنَا. (يَحْتَاجُ، نَحْنُ)

(4) لَا (　　　　) جَمِيلَةً وَنَحِيفَةً. (يَزَالُ، أَنْتِ)

▶ مَلْعَبٌ 運動場 | أَشْجَارٌ 樹（複） | مَزِيدٌ مِنْ 更、更多

2 請選出與身體部位的圖片相應的單字並連接。

(1) رَأْسٌ　　(2) عَيْنٌ　　(3) يَدٌ

①

②

③

3 請從〈範例〉中選出可填入下列所有句子的介詞。

範例　① عَلَى　② خِلَالَ　③ إِلَى　④ بِـ

(1) (　　　　) سَفَرِي إِلَى مِصْرَ، شَاهَدْتُ فِيلْمًا مِصْرِيًا.

(2) (　　　　) تَنَاوُلِ الدَّوَاءِ، اِشْرَبْ الْمَاءَ كَثِيرًا.

(3) سَأَدْرُسُ اللُّغَةَ الْعَرَبِيَّةَ فِي الْأُرْدُنِّ (　　　　) سَنَةٍ وَاحِدَةٍ.

聽力

● 請聽MP3，並回答問題。 080.MP3

(1) 請勾選出患者的症狀。

أَعْرَاض	نَعَم	لَا
صُدَاعٌ		
حَرَارَةٌ		

أَلَم	نَعَم	لَا
حَنْجَرَةٌ		
بَطْنٌ		

(2) 請選出<u>不</u>符合醫生處方的內容。

① 一星期內須每天固定吃三次藥。 ② 要多喝水。

③ 一天吃兩次藥，要吃三天。 ④ 建議減少出門次數。

▶ أَعْرَاضٌ 症狀（複）

閱讀

● 請閱讀下列文章，並回答問題。

بِطَاقَةُ الدَّعْوَةِ

بِمُنَاسَبَةِ عِيدِ مِيلَادِ بِنْتِي "سَارَا"

أَدْعُوكُمْ لِلْعَشَاءِ فِي مَطْعَمِ "عَلِي بَابَا".

تَبْدَأُ الْحَفْلَةُ فِي السَّاعَةِ الثَّامِنَةِ مَسَاءَ يَوْمِ الْخَمِيسِ لِمُدَّةِ سَاعَتَيْنِ.

(1) 本文的性質為何？

① 生日邀請函 ② 喜帖 ③ 畢業典禮 ④ 演出簡介

(2) 活動什麼時候開始？

① فِي السَّاعَةِ التَّاسِعَةِ مَسَاءً ② فِي السَّاعَةِ الْعَاشِرَةِ مَسَاءً

③ فِي السَّاعَةِ الْعَاشِرَةِ صَبَاحًا ④ فِي السَّاعَةِ الثَّامِنَةِ مَسَاءً

文化 Q&A

الثقافة

Q 前往阿拉伯國家旅行時必去的地方是?

A 阿拉伯地區的名勝不少,必去的觀光景點有以下幾個。

(1) **埃及**:這裡是看點最多的阿拉伯國家,要說這裡是伴隨人類進化史的地方也不為過。想要體驗古埃及文明建議去吉薩(人面獅身像、金字塔)、薩卡拉(展現古埃及宗教觀的階梯金字塔)、盧克索(以卡奈克神廟圖坦卡門的詛咒著名的底比斯帝王谷)、阿布辛貝(在沉沒危機中存活下來的世界最大石窟寺院)。到了首都開羅則可以去逛逛埃及第一個清真寺-阿慕爾清真寺、開羅大城堡區、穆罕默德阿里清真寺,以及埃及考古博物館等。另外,埃及傳統帆船Felucca的尼羅河巡航,以及因600年歷史而知名的哈利利市集之旅都是相當好玩的。西奈半島的西奈山與聖凱薩琳修道院(世界最古老的基督教修道院),能讓人感受到基督教的歷史。沙姆沙伊赫、達哈布、胡加達,則能讓人欣賞紅海之美,享受最棒的潛水活動與度假生活。

(2) **約旦**:到了這裡,首先要到能感受到納巴泰氣息的佩特拉看看。這裡是約旦最知名的古代遺跡,因「法櫃奇兵」這部電影而聲名大噪。佩特拉是古納巴泰文明的據點,以岩石雕刻而成的景觀有如神祕的化身,西元1985年,聯合國教科文組織也將這裡指定為世界文化遺產。此外,地球上地勢最低的湖泊-死海,也是非常有名的景點。這裡的鹽度為一般海水的4倍,生物無法在裡頭存活,於是便被冠上了死海(Dead Sea)這個名字。奇岩怪石的岩石沙漠-瓦地倫,以及羅馬帝國的榮耀傑拉什等,也是相當值得推薦的觀光景點。

(3) **黎巴嫩**:黎巴嫩位於地中海東岸,是人口約400萬人的阿拉伯國家,充滿了魅力無窮的好風光。首先,名列世界文化遺產的古代遺跡有-安傑爾與巴勒貝克、朱拜勒、卡迪沙聖谷、泰爾等,位於首都貝魯特北部的捷達溶洞也被選為是世界上最不可思議的自然環境之一。此外,以十字軍遺址聞名的賽達,以及知名作家哈利勒・紀伯倫的故鄉,同時也因黎巴嫩國旗上的雪松樹而聞名的卜舍里等,都是很有名的景點。黎巴嫩與其他阿拉伯國家不太一樣,是個能夠享受滑雪等冬季運動與各種休閒運動的夢幻國度。

(4) **摩洛哥**:位於非洲西北角的摩洛哥有許多令人好奇的古蹟與都市。摩洛哥第一個伊斯蘭王朝的首都-費茲,不僅是個充滿獨特景觀與有趣傳說的地方,也是旅行長達30年的伊斯蘭旅行家伊本・巴圖塔最後停泊之處。如迷宮一般複雜的街道與皮革工廠可以說是這裡最經典的名勝。因電影「北非諜影」而知名的卡薩布蘭加則是摩洛哥最具代表性的觀光都市。其中位於海邊的哈桑二世清真寺是最值得造訪的地方。

(5) **突尼西亞**:雖然現在已然荒廢,但它一度也曾是可與羅馬帝國抗衡的強大勢力。若是能到漢尼拔誕生的迦太基一遊,想必意義非凡。這裡還保留了羅馬時代的古老港口、渡槽、澡堂設施、圓形劇場等,還有汪達爾人統治時的遺跡,以及西元6世紀重建的基督教教會遺跡。此外,突尼西亞還以電影「星際大戰」的取景地而知名。

اَلدَّرْسُ التَّاسِعُ عَشَرَ

19

سَأُقِيمُ حَتَّى الْأُسْبُوعِ الْقَادِمِ

我會待到下星期。

- مِنَ اللَّازِمِ أَنْ 必須~
- يُقِيمُ 的動詞變化
- حَتَّى 直到~
- بِدُونِ 沒有~
- يَعْتَقِدُ 認為

主要句型與文法 الجمل الرئيسية & القواعد

مِنَ اللَّازِمِ أَنْ تَحْمِلَ الْمَلَابِسَ الثَّقِيلَةَ لِلسَّفَرِ إِلَى الْأُرْدُنِّ فِي الشِّتَاءِ.
冬天去約旦旅行的話，必須要帶些厚的衣服。
سَأُجَهِّزُهَا.
我會準備的。

● 必須～ مِنَ اللَّازِمِ أَنْ

مِنَ اللَّازِمِ أَنْ 是「必須～」的意思。لَازِمٌ 意指「義務的」、「必需的」，أَنْ 後方會連接現在式動詞受格。

مِنَ اللَّازِمِ أَنْ أَدْرُسَ اللُّغَةَ الْإِنْجِلِيزِيَّةَ. 我必須讀英文了。

مِنَ اللَّازِمِ أَنْ تَأْكُلَ الْمَزِيدَ. 你要多吃點。

● يُقِيمُ 的動詞變化

يُقِيمُ 為第四式動詞，有「居留」、「停留」，以及「舉辦（祭典、展覽等）」的意思。

人稱	複數		單數	
	陰性	陽性	陰性	陽性
第三人稱	يُقِمْنَ	يُقِيمُونَ	تُقِيمُ	يُقِيمُ
第二人稱	تُقِمْنَ	تُقِيمُونَ	تُقِيمِينَ	تُقِيمُ
第一人稱	نُقِيمُ		أُقِيمُ	

主動名詞		被動名詞		動名詞	
居住的、居民	مُقِيمٌ	被舉行的	مُقَامٌ	居留；舉辦	إِقَامَةٌ

A إِلَى مَتَى تُقِيمُ فِي فُنْدُقِنَا؟ 您會在敝飯店停留到什麼時候呢？

B سَأُقِيمُ حَتَّى الشَّهْرِ الْقَادِمِ. 我會待到下個月。

ذَهَبْتُ إِلَى الْمَحَلِّ بِدُونِ الْمِحْفَظَةِ.

我沒帶錢包去店裡。

لِذَلِكَ رَجَعْتِ بِدُونِ أَيِّ شَيْءٍ.

所以妳才兩手空空地回來啊。

● حَتَّى 直到~

حَتَّى 是「直到~」或「使~可以~」的意思，後方連接的動詞使用受格。修飾時間名詞時，後方連接的名詞佔所有格。

سَأَدْرُسُ اللُّغَةَ الْعَرَبِيَّةَ حَتَّى أَسْتَطِيعَ قِرَاءَةَ الصَّحِيفَةِ الْعَرَبِيَّةِ.

我要學習阿拉伯語，這樣就能夠閱讀阿拉伯報紙。

● بِدُونِ 沒有~

بِدُونِ 為「沒有~」的意思，同義的表現 دُونَ 也很常用。

لَا تَسْتَطِيعُ أَنْ تَدْخُلَ دَوْلَةَ الْكُوَيْتِ بِدُونِ تَأْشِيرَةِ الدُّخُولِ.

你沒有入境簽證是無法入境科威特的。

حَاوَلْتُ دُخُولَ الْمَسْرَحِ دُونَ تَذْكَرَةٍ.

我曾試圖不持票進入電影院。

● يَعْتَقِدُ 認為

يَعْتَقِدُ 為第八式動詞，意指「我認為~」、「我覺得~」，是表達自己意見時相當實用的動詞。

	第一人稱	第二人稱陰性	第二人稱陽性	第三人稱陰性	第三人稱陽性
單數	أَعْتَقِدُ	تَعْتَقِدِينَ	تَعْتَقِدُ	تَعْتَقِدُ	يَعْتَقِدُ
複數	نَعْتَقِدُ	تَعْتَقِدْنَ	تَعْتَقِدُونَ	يَعْتَقِدْنَ	يَعْتَقِدُونَ

أَعْتَقِدُ أَنَّكَ طَالِبٌ مُخْلِصٌ.

我認為你是個忠實的學生。

هَلْ تَعْتَقِدُ أَنَّ كُورِيَا دَوْلَةٌ جَمِيلَةٌ؟

你覺得韓國是個美麗的國家嗎？

對話 1

الحوار1

> مِنْ اللَّازِمِ أَنْ تَزُورَ كُورِيَا.

> لَيْسَ عِنْدِي حَتَّى جَوَازِ سَفَرٍ.

穆罕默德 你要去摩洛哥旅行？
珉豪 是的，在宰牲節期間。
穆罕默德 那是以日落著名的國家之一。
珉豪 韓國也有很多美麗的地方。您一定要去看看。
穆罕默德 我連護照都沒有呢。

مُحَمَّدٌ هَلْ سَتُسَافِرُ إِلَى الْمَغْرِبِ؟

مِينْ هُو نَعَمْ. خِلَالَ فَتْرَةِ عِيدِ الْأَضْحَى.

مُحَمَّدٌ اَلْمَغْرِبُ مِنْ بَيْنِ الْبُلْدَانِ الْمَشْهُورَةِ بِغُرُوبِ الشَّمْسِ.

مِينْ هُو تُوجَدُ أَمَاكِنُ جَمِيلَةٌ وَكَثِيرَةٌ فِي كُورِيَا أَيْضًا. مِنْ اللَّازِمِ أَنْ تَزُورَهَا.

مُحَمَّدٌ لَيْسَ عِنْدِي حَتَّى جَوَازِ سَفَرٍ.

新單字

تُسَافِرُ 旅行（現在式第二人稱陽性單數）
اَلْمَغْرِبُ 摩洛哥
عِيدُ الْأَضْحَى 宰牲節
مَشْهُورَةٌ 有名的（陰）

新表現

مِنْ بَيْنِ الْبُلْدَانِ 國家之一
غُرُوبُ الشَّمْسِ 日落

對話 Tip

لَيْسَ عِنْدِي حَتَّى جَوَازِ سَفَرٍ 中所使用的 حَتَّى 並不是「直到～」，而是「連～都」的意思。所以在這個狀況下，可解釋為「我連護照都沒有。」。

對話 ❷ الحوار2

082.MP3

كَمْ يَوْمًا تُقِيمِينَ فِي الْأُرْدُنِّ؟
سَأُقِيمُ حَتَّى الْأُسْبُوعِ الْقَادِمِ.

宥真　去約旦可以免簽嗎？
拉妮亞　據我所知是如此。去約旦的話，一定要去佩特拉
宥真　我會的。
拉妮亞　妳要在約旦停留幾天？
宥真　到下星期。

يُوجِينْ　هَلْ يُمْكِنُنِي أَنْ أَزُورَ الْأُرْدُنَّ بِدُونِ تَأْشِيرَةِ الدُّخُولِ؟

رَانِيَا　أَعْتَقِدُ أَنَّ ذَلِكَ مُمْكِنٌ. إِذَا زُرْتِ الْأُرْدُنَّ،
فَمِنَ اللَّازِمِ أَنْ تُسَافِرِي إِلَى الْبَتْرَاءِ.

يُوجِينْ　إِنْ شَاءَ اللهُ.

رَانِيَا　كَمْ يَوْمًا سَتُقِيمِينَ فِي الْأُرْدُنِّ؟

يُوجِينْ　سَأُقِيمُ حَتَّى الْأُسْبُوعِ الْقَادِمِ.

新單字

- أَزُورُ 造訪（現在式第一人稱單數）
- بِدُونِ 沒有～
- تَأْشِيرَةُ الدُّخُولِ 入境簽證
- زُرْتِ 造訪了（過去式第二人稱陰性單數）
- الْبَتْرَاءُ 佩特拉
- تُقِيمِينَ 停留（現在式第二人稱陰性單數）

新表現

- هَلْ يُمْكِنُنِي أَنْ؟ 我可以～嗎？
- أَعْتَقِدُ أَنَّ ذَلِكَ مُمْكِنٌ 我覺得是可以的。
- كَمْ يَوْمًا 幾天
- حَتَّى 直到～

對話 Tip

يُمْكِنُنِي أَنْ 可直譯為「那讓我能夠～」，也就是「我可以～」的意思。故主詞出現在後方。

你可以跟我一起去嗎？　هَلْ يُمْكِنُكَ أَنْ تَذْهَبَ مَعِي؟

參考

إِنْ شَاءَ اللهُ 願阿拉（真主）允准（用來表示對未來的肯定）

補充單字 المفردات الإضافية

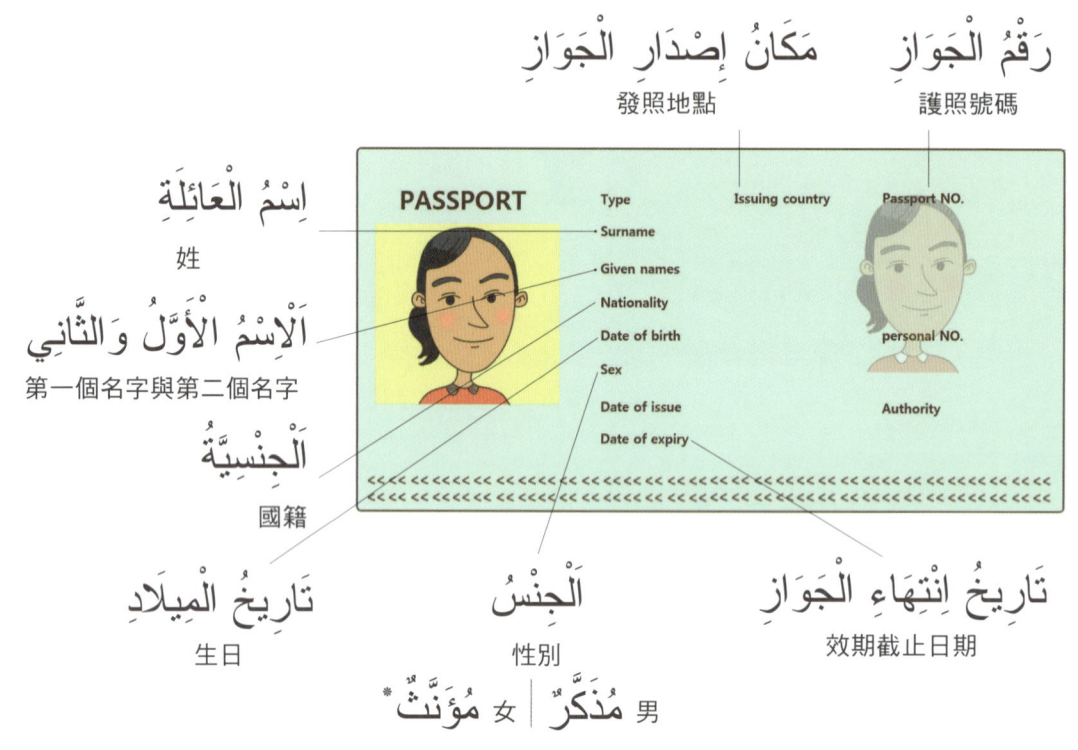

護照

رَقْمُ الْجَوَازِ
護照號碼

مَكَانُ إِصْدَارِ الْجَوَازِ
發照地點

اِسْمُ الْعَائِلَةِ
姓

اَلْاِسْمُ الْأَوَّلُ وَالثَّانِي
第一個名字與第二個名字

اَلْجِنْسِيَّةُ
國籍

تَارِيخُ الْمِيلَادِ
生日

اَلْجِنْسُ
性別

تَارِيخُ انْتِهَاءِ الْجَوَازِ
效期截止日期

男 مُذَكَّرٌ | 女 مُؤَنَّثٌ*

簽證申請書

1	اَلْاِسْمُ الْكَامِلُ	全名
2	مَكَانُ الْوِلَادَةِ	出生地
	تَارِيخُ الْوِلَادَةِ	出生年月日
3	اَلدِّينُ	宗教
4	اَلْمِهْنَةُ	職業
5	اَلْعُنْوَانُ الدَّائِمُ	住址
6	اَلْغَايَةُ مِنَ السَّفَرِ	訪問目的
7	مِينَاءُ الدُّخُولِ	入境地點
8	مُدَّةُ الْإِقَامَةِ	居留期間

實用表現 التعبيرات المفيدة

083.MP3

在機場

مَا غَرَضُ الزِّيَارَةِ؟
اَلسَّفَرُ.

A 妳的訪問目的是什麼？
B 是旅行。

A的其他表現

預計停留幾天？ كَمْ مُدَّةً سَتُقِيمُ؟

B的其他表現

是學業。 اَلدِّرَاسَةُ.

مَاذَا أَحْتَاجُ لِلسَّفَرِ إِلَى
الْوِلَايَاتِ الْمُتَّحِدَةِ الْأَمْرِيكِيَّةِ؟
تَحْتَاجُ إِلَى
تَأْشِيرَةِ دُخُولٍ.

A 我去美國旅行需要什麼？
B 您需要入境簽證。

▸ اَلْوِلَايَاتُ الْمُتَّحِدَةُ الْأَمْرِيكِيَّةُ

美國(United States of America)

أُرِيدُ أَنْ أَحْجُزَ تَذْكِرَةَ طَائِرَةٍ.
مَتَى تُغَادِرُ؟

A 我想預定機票。
B 您什麼時候要出發？

B的其他表現

您什麼時候回來？ مَتَى تَرْجِعُ؟

補充單字 التدريبات

文法

1 請從〈範例〉中選出適合填入空格的字。

範例 ① بِدُونِ ② حَتَّى ③ خِلَالَ

(1) فِي مُجْتَمَعِنَا الْحَالِيِّ، لَا يُوجَدُ أَحَدٌ (　　　　) هَاتِفٍ مَحْمُولٍ أَوْ هَاتِفٍ ذَكِيٍّ.

(2) مِنَ اللَّازِمِ أَنْ أَرْجِعَ إِلَى كُورِيَا (　　　　) شَهْرِ مَارِسٍ.

(3) خَرَجْتُ مِنَ الْمَنْزِلِ (　　　　) مِظَلَّةٍ فِي الْجَوِّ الْمُمْطِرِ.

(4) أَعْطِنِي تَقْرِيرًا نِهَائِيًا (　　　　) مَسَاءَ الْيَوْمِ.

▶ نِهَائِيٌّ 最終的 | تَقْرِيرٌ 報告書

2 請選出可以與劃線部分置換使用的介詞。

مِنَ اللَّازِمِ أَنْ يُغَادِرَ مُحَمَّدٌ الْآنَ لِلْوُصُولِ إِلَى الْمَطَارِ حَتَّى السَّاعَةِ السَّادِسَةِ.

① عَلَى ② عَنْ ③ خِلَالَ ④ فِي

3 請將A部分與B部分正確連結。

A		B
(1) غَرَضُ الزِّيَارَةِ	• •	① فُنْدُقُ رَمْسِيسِ
(2) اَلْجِنْسِيَّةُ	• •	② مُذَكَّرٌ
(3) اَلْجِنْسُ	• •	③ كُورِيٌّ
(4) مَكَانُ الْإِقَامَةِ فِي مِصْرَ	• •	④ اَلسِّيَاحَةُ

聽力

● 請聽MP3，並回答問題。　084.MP3

(1) 請選出與對話內容一致的句子。

① تَسْمَحُ تَأْشِيرَةُ الدُّخُولِ بِالْإِقَامَةِ لِمُدَّةِ ثَلَاثَةِ أَشْهُرٍ.

② سَيُقِيمُ فِي الْقَاهِرَةِ لِمُدَّةِ شَهْرٍ.

③ سَيَزُورُ مِينْ هُو الْقَاهِرَةَ بِدُونِ تَأْشِيرَةِ الدُّخُولِ.

④ غَرَضُ زِيَارَةِ مِينْ هُو، هُوَ دِرَاسَةُ اللُّغَةِ الْعَرَبِيَّةِ.

(2) 請選出珉豪的居留目的與居留時間的正確組合。

① 觀光－一個星期　　　　② 商務－一個星期
③ 語言進修－一個月　　　④ 造訪親友－一個月

閱讀

● 請閱讀宥真與員工的對話，並回答問題。

يُوجِينْ	أُرِيدُ أَنْ أُسَجِّلَ فِي بَرْنَامَجِ تَعَلُّمِ الْخَطِّ الْعَرَبِيِّ فِي الْمَرْكَزِ.
الْمُوَظَّفُ	أَهْلًا وَسَهْلًا.
يُوجِينْ	لِلتَّسْجِيلِ، مَاذَا أَحْتَاجُ؟
الْمُوَظَّفُ	تَحْتَاجِينَ إِلَى جَوَازِ السَّفَرِ.
يُوجِينْ	هَذَا هُوَ.
الْمُوَظَّفُ	هَلْ مَعَكِ تَأْشِيرَةُ الدُّخُولِ أَيْضًا؟
يُوجِينْ	نَعَمْ، تُوجَدُ عَلَى الْجَوَازِ.

(1) 宥真想上的課程是什麼？
　　① 肚皮舞　　② 阿拉伯語會話　　③ 商務會話　　④ 阿拉伯書法

(2) 請選出宥真報名所需的兩樣東西。
　　① 護照　　② 學生證　　③ 簽證　　④ 駕照

▶ خَطٌّ 書法 ｜ اَلْخَطُّ الْعَرَبِيُّ 阿拉伯書法

文化 Q&A

الثقافة

Q 想了解沙漠的最佳運輸工具－駱駝嗎？

A 在火車出現之前，世界上最重要的長距離陸上運輸工具就是駱駝。牠能背著大量行李穿越酷熱的沙漠，讓文明之間得以交流，要是沒有駱駝，人類的歷史也將不會是現在的模樣。阿拉伯世界的長距離中介貿易自古以來就非常興盛。而駱駝與馬車不同，不需要建造道路，是相當實用的一種交通工具。

駱駝在炎熱的阿拉伯豔陽下，為阿拉伯人們帶來了無數恩澤。阿拉伯的貝都因人稱駱駝為「沙漠之船」，牠能夠乘載400公斤以上的行李，即便不吃不喝也能移動400公里之遠，具有令人瞠目結舌的運輸能力。由於駱駝能夠高達兩個星期以上不進食，所以牠對於必須橫越炎熱沙漠的商隊或貝都因人來說，堪稱是天賜的禮物。

此外，駱駝還提供了最棒的食材。一隻駱駝就有超過200公斤的肉，足以供100人以上食用。駱駝烤肉是阿拉伯年節或婚禮的特殊菜色，是用來招待貴客的高級料理。也因為駱駝必須整隻一起烹煮，價錢相當可觀。

此外，駱駝還能提供人類乳汁。貝都因人把駱駝奶當水喝，但一般人要是喝了現擠的駱駝奶，可能會出現腹痛的症狀。最近駱駝奶農場也開始生產像一般牛奶一樣加入巧克力的加工駱駝奶。駱駝奶的優點，在於它的脂肪與膽固醇含量都比一般牛奶來得低，鈣質、鐵質等營養成分卻更豐富。現在在海灣地區的咖啡廳裡，還能買到加駱駝奶的拿鐵和奶昔呢。

الدَّرْسُ الْعِشْرُونَ

20

هَلْ تُوجَدُ شَقَّةٌ لِلْإِيجَارِ؟

有公寓可出租嗎？

- 允許 يَسْمَحُ
- 使用 يَسْتَخْدِمُ
- أَنْ與 أَنَّ的差異
- 不～的 غَيْرُ

主要句型與文法　الجمل الرئيسية & القواعد

إِذَا سَمَحْتَ، فَسَأَسْتَخْدِمُ هَذَا الْأَثَاثَ الْمُسْتَخْدَمَ.
如果您允許的話，我希望使用這二手的家具。

كَمَا تُرِيدُ.
請便。

● 允許 يَسْمَحُ

يَسْمَحُ 是有「允許」意義的動詞，加上 لـِ 與 بـِ 便成為了「允許～做～」的表現。在日常生活中，也可以用做「我可以～嗎？」這種輕鬆的說法。

يَسْمَحُ + لِـ + 人 + بِـ + 事物或動作

هَلْ تَسْمَحُ لِي بِاسْتِخْدَامِ قَلَمِكَ؟
我可以用你的筆嗎？

شُكْرًا عَلَى سَمَاحِكَ لِي بِالْاسْتِمَاعِ إِلَى الْمُحَاضَرَةِ.
感謝您允許我聽課。

● 使用 يَسْتَخْدِمُ

動詞 يَسْتَخْدِمُ 是「使用」的意思，其現在式時態的動詞變化如下。

人稱	複數 陰性	複數 陽性	單數 陰性	單數 陽性
第三人稱	يَسْتَخْدِمْنَ	يَسْتَخْدِمُونَ	تَسْتَخْدِمُ	يَسْتَخْدِمُ
第二人稱	تَسْتَخْدِمْنَ	تَسْتَخْدِمُونَ	تَسْتَخْدِمِينَ	تَسْتَخْدِمُ
第一人稱		أَسْتَخْدِمُ		

主動名詞	被動名詞	動名詞
مُسْتَخْدِمٌ 使用的	مُسْتَخْدَمٌ 被使用的	اسْتِخْدَامٌ 利用

كَانَ الشَّعْبُ الْكُورِيُّ يَسْتَخْدِمُ الْعَصَا مُنْذُ الزَّمَنِ الْقَدِيمِ.
韓國人民從很久以前就開始使用筷子。

سَمِعْتُ أَنَّ الْفَرِيقَ الْأُرْدُنِّيَّ فَازَ عَلَى الْفَرِيقِ الْعِرَاقِيِّ.

聽說約旦隊贏了伊拉克隊。

وَاللهِ؟ هَذَا غَيْرُ مَعْقُولٍ!

真的嗎？這不合理！

● أَنَّ 與 أَنْ 的差異

أَنْ + 現在式動詞	通常置於有欲求、愛、希望、需要、義務等意義的動詞後	
	我今年冬天想去摩洛哥旅行。	أُرِيدُ أَنْ أُسَافِرَ إِلَى الْمَغْرِبِ فِي هَذَا الشِّتَاءِ.
	我喜歡去市場。	أُحِبُّ أَنْ أَذْهَبَ إِلَى السُّوقِ.
أَنَّ + 名詞（人稱代名詞、指示代名詞等）	置於「理解」等動詞與「認為、相信、確信」等動詞後	
	我認為你說的沒錯。	أَعْتَقِدُ أَنَّ كَلَامَكَ صَحِيحٌ.
	妳認為埃及是阿拉伯世界最美的國家嗎？	هَلْ تَعْتَقِدِينَ أَنَّ مِصْرَ أَجْمَلُ بَلَدٍ فِي الْعَالَمِ الْعَرَبِيِّ؟

注意

以上範例並不包含所有狀況，建議在每次遇到新動詞時個別記憶。

● غَيْرُ 不～的

غَيْرُ 是用來否定形容詞、主動名詞、被動名詞的，它是名詞，須與後方形容詞成為偏正組合。後方連接的形容詞在詞性上也會被視為名詞，所以永遠都要使用所有格。

غَيْرُ مَقْبُولٍ 無法接受的　　　غَيْرُ طَوِيلٍ 個子不高的　　　غَيْرُ جَمِيلٍ 不漂亮的

第20課 **215**

對話 ①

الحوار 1

كَمْ سِعْرًا في الإيجَارِ الشَّهْرِيِّ؟

ثَلَاثُمَائَةِ جُنَيْه.

珉豪	有空的公寓可出租嗎？
仲介	有，有適合你的公寓。
珉豪	月租多少呢？
仲介	300鎊。
珉豪	有附家具嗎？
仲介	沒有附家具。
珉豪	現在可以看房子嗎？
仲介	走吧。

مِينْ هُو　هَلْ تُوجَدُ شَقَّةٌ فَارِغَةٌ لِلْإِيجَارِ؟

سِمْسَارٌ　نَعَمْ، تُوجَدُ شَقَّةٌ مُنَاسِبَةٌ لَكَ.

مِينْ هُو　كَمْ سِعْرُ الْإِيجَارِ الشَّهْرِيِّ؟

سِمْسَارٌ　300 جُنَيْهٍ.

مِينْ هُو　هَلْ هِيَ شَقَّةٌ مَفْرُوشَةٌ؟

سِمْسَارٌ　غَيْرُ مَفْرُوشَةٍ.

مِينْ هُو　هَلْ تَسْمَحُ لِي بِمُشَاهَدَتِهَا الْآنَ؟

سِمْسَارٌ　هَيَّا بِنَا.

新單字

سِمْسَارٌ	仲介
شَقَّةٌ	公寓
فَارِغَةٌ	空的（陰）
إِيجَارٌ شَهْرِيٌّ	月租
إِيجَارٌ	租賃
شَقَّةٌ مَفْرُوشَةٌ	附家具的公寓
مَفْرُوشَةٌ	附家具的（陰）

新表現

مُنَاسِبٌ لَكَ	適合你
كَمْ سِعْرًا؟	價格多少？
هَيَّا بِنَا	～吧、走吧

對話Tip　埃及貨幣稱為 جُنَيْةٌ（單數）/ جُنَيْهَاتٌ（複數），但埃及人會簡稱為「Gene」。

對話 2

الحوار2

إِلَى أَيْنَ تَنْتَقِلِينَ؟

إِلَى مِنْطَقَةِ الْمُهَنْدِسِينَ.

瑪哈	妳要搬去哪裡？
宥真	搬去穆罕地辛區。
瑪哈	妳找到房子了嗎？
宥真	我運氣不錯，用合理的價錢找到了的公寓。
瑪哈	不用買家具嗎？
宥真	不用，我會用朋友給的二手家具。

مَهَا　إِلَى أَيْنَ تَنْتَقِلِينَ؟

يُوجِينْ　إِلَى مِنْطَقَةِ الْمُهَنْدِسِينَ.

مَهَا　هَلْ حَصَلْتِ عَلَى شَقَّةٍ؟

يُوجِينْ　لِحُسْنِ الْحَظِّ، حَصَلْتُ عَلَى شَقَّةٍ بِسِعْرٍ مُنَاسِبٍ.

مَهَا　أَلَا يَجِبُ أَنْ تَشْتَرِيَ الْأَثَاثَ؟

يُوجِينْ　لَا، سَأَسْتَخْدِمُ الْأَثَاثَ الْمُسْتَخْدَمَ مِنْ صَدِيقَتِي.

新單字

- تَنْتَقِلِينَ　移動（現在式第二人稱陰性單數）
- مِنْطَقَةٌ　地區
- حَصَلْتُ عَلَى　得到（過去式第一人稱單數）
- اَلْأَثَاثُ الْمُسْتَخْدَمُ　二手家具
- أَثَاثٌ　家具

新表現

- إِلَى أَيْنَ　你去哪裡？
- الْمُهَنْدِسِينَ　穆罕地辛區（地區名）
- بِسِعْرٍ مُنَاسِبٍ　以合理的價錢

Tip
- لِحُسْنِ الْحَظِّ 是「運氣好」的意思，是由介詞與名詞連接而成的。「運氣不好」則是 لِسُوءِ الْحَظِّ。
- أَلَا يَجِبُ ~؟ 是「不需要～嗎？」的意思。
  我們不需要先吃點什麼嗎？ أَلَا يَجِبُ أَنْ نَأْكُلَ شَيْئًا؟

第20課　217

補充單字   المفردات الإضافية

家電產品

阿拉伯語	中文
اَلْمُجَفِّفُ	烘乾機
اَلْمُكَيِّفُ	空調
اَلْغَسَّالَةُ	洗衣機
اَلْمَيْكُرُويفُ	微波爐
اَلتِّلِفِزْيُونُ	電視
اَلثَّلَاجَةُ	冰箱
اَلْكُمْبْيُوتِرُ الْمُتَنَقِّلُ	筆記型電腦
اَلْمِرْوَحَةُ	電扇
اَلْكُمْبْيُوتِرُ	電腦
اَلْهَاتِفُ الْمَحْمُولُ	手機
اَلْهَاتِفُ	電話
اَلْمَكْنَسُ الْكَهْرَبَائِيُّ	吸塵器

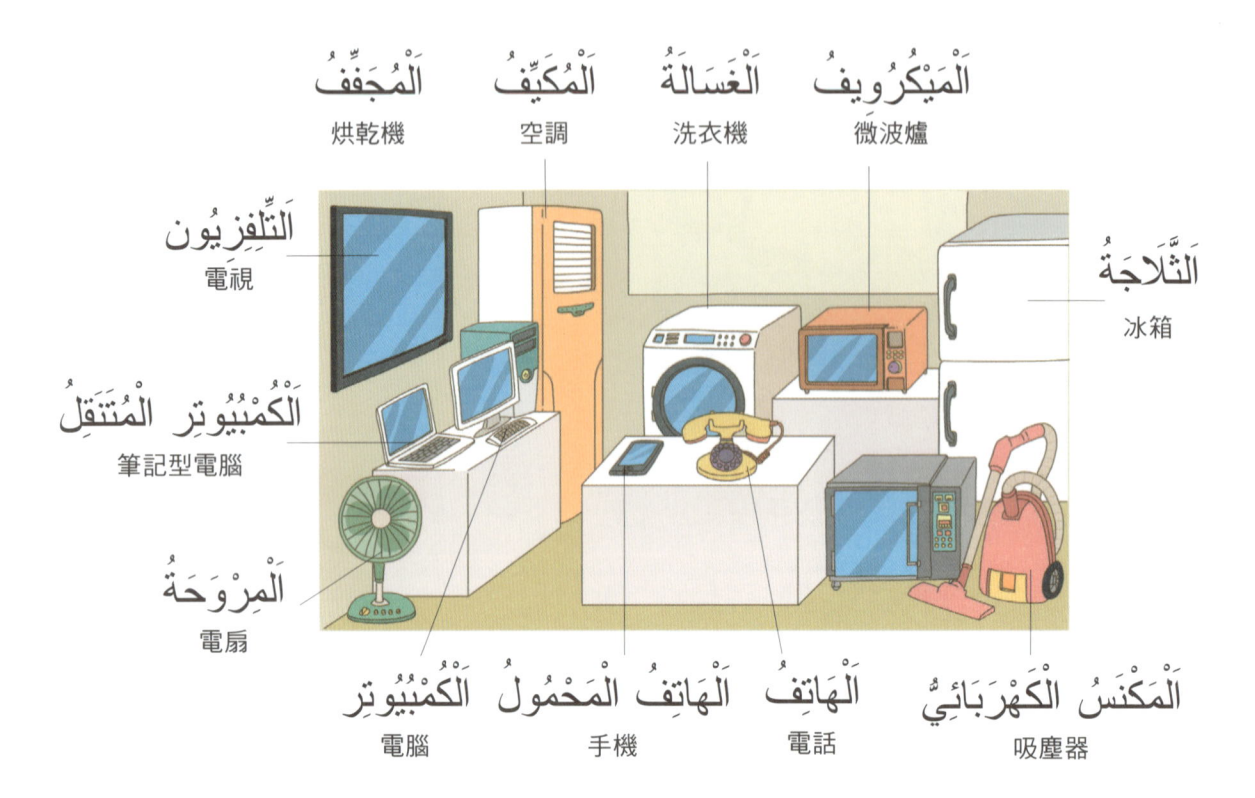

家具

阿拉伯語	中文
غُرْفَةُ نَوْمٍ	臥室
مِصْبَاحٌ	電燈
رَفُّ الْكُتُبِ	書架
دُولَابٌ	衣櫥
بَابٌ	門
نَافِذَةٌ	窗戶
حَمَّامٌ	浴室
أَرِيكَةٌ	沙發
سَرِيرٌ	床
طَاوِلَةٌ	桌子
غُرْفَةُ جُلُوسٍ	客廳
كُرْسِيٌّ	椅子

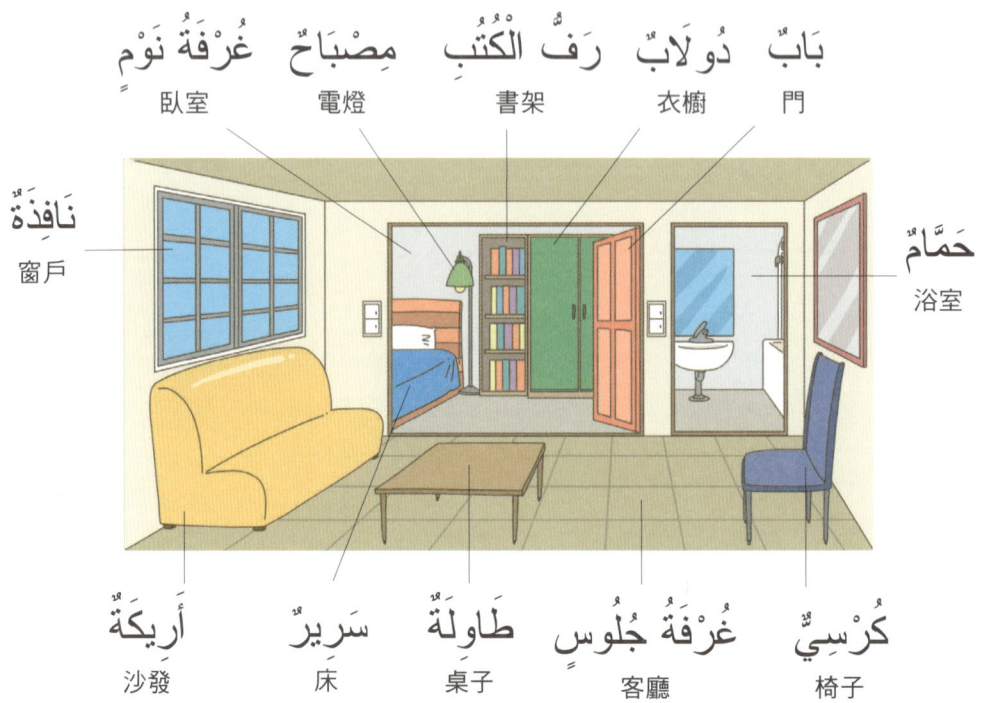

實用表現 — التعبيرات المفيدة

找房子的實用表現

أُرِيدُ شَقَّةً فَارِغَةً مِنْ فَضْلِكَ.

لَدَيْنَا شَقَّةٌ جَمِيلَةٌ.

A 我想找空的公寓。
B 我們有個很漂亮的公寓。

A的其他表現

هَلْ مَعَكَ شَقَّةٌ مَعَ ثَلَاثِ غُرَفٍ وَصَالَةٍ وَحَمَّامٍ؟
有三房一廳一衛的公寓嗎？

أُرِيدُ شَقَّةً مَفْرُوشَةً.
我想要附家具的公寓。

كَمْ غُرْفَةً فِي الشَّقَّةِ؟

فِي الشَّقَّةِ خَمْسُ غُرَفٍ.

A 那個公寓有幾個房間呢？
B 那個公寓有5個房間。

أُرِيدُ مُشَاهَدَةَ الشَّقَّةِ.

تَفَضَّلْ.

A 我想看那個公寓。
B 請過目。

第20課 **219**

補充單字 التدريبات

文法

1 請從〈範例〉中選出適合填入空格的字。

範例 ① مُسْتَخْدَمَةٌ ② مُسْتَخْدِمٌ ③ اِسْتِخْدَامُ ④ يَسْتَخْدِمُ

(1) سَأَشْتَرِي سَيَّارَةً ______ لِأَنَّهَا رَخِيصَةٌ.

(2) ______ الْهَاتِفِ مَمْنُوعٌ دَاخِلَ الْمَدْرَسَةِ.

(3) أَلَا يُوجَدُ مِنْكُمْ ______ هَاتِفٍ ذَكِيٍّ بِأَحْدَثِ مُودِيلٍ؟

(4) ______ الشَّعْبُ الْكُورِيُّ الْمِلْعَقَةَ وَالْعَصَا فِي تَنَاوُلِ الْمَأْكُولَاتِ.

▶ أَحْدَثُ مُودِيل 最新款式 | مِلْعَقَةٌ 湯匙 | مَأْكُولَاتٌ 食物（複）

2 請參考〈補充單字〉，選出種類不同的東西。

① الْمِرْوَحَةُ ② الْمُكَيِّفُ ③ الثَّلَّاجَةُ ④ الْمَطَارُ

聽力

● 請聆聽珉豪的便條，並回答問題。 088.MP3

(1) 珉豪不賣的家具是什麼？

①
②
③
④

(2) 聯絡珉豪的方式是？

① 電子郵件 ② 直接打電話 ③ 訊息 ④ 拜訪

220 我的第一本阿拉伯語課本

閱讀

1 請閱讀文章，並回答問題。

اَلسَّيَّارَاتُ الْمُسْتَعْمَلَةُ

اَلسِّعْرُ	مُدَّةُ الْاِسْتِخْدَامِ	اَلْمُودِيلُ
500 أَلْفُ دِرْهَمٍ	سِتَّةُ أَشْهُرٍ	سِيرَاتُو
مِلْيُون دِرْهَمٍ	ثَلَاثُ سَنَوَاتٍ	تُويُوتَا
مِلْيُون وَالنِّصْفُ دِرْهَمٍ	سَنَةٌ وَالنِّصْفُ	فُورْد
250 أَلْفُ دِرْهَمٍ	خَمْسُ سَنَوَاتٍ	اَلْأَلَنْتْرَا

(1) 這是什麼產品的廣告呢？

① 二手電子產品　② 二手車　③ 二手衣　④ 二手零件

(2) 請選出正確的價格高低順序。

① سِيرَاتُو > الْأَلَنْتْرَا > تُويُوتَا > فُورْد

② تُويُوتَا > الْأَلَنْتْرَا > فُورْد > سِيرَاتُو

③ فُورْد > تُويُوتَا > سِيرَاتُو > الْأَلَنْتْرَا

④ الْأَلَنْتْرَا > فُورْد > سِيرَاتُو > تُويُوتَا

2 請閱讀下方廣告，並選出與廣告內容一致的句子。

إِعْلَانٌ

شَقَّةٌ فَارِغَةٌ فِي شَارِعِ دِمَشْق.

شَقَّةٌ مَفْرُوشَةٌ مَعَ ثَلَاثِ غُرَفِ نَوْمٍ وَمَطْبَخٍ مَعَ فُرْنٍ وَثَلَّاجَةٍ.

يُوجَدُ الْمُكَيِّفُ فِي كُلِّ غُرْفَةٍ.

① 公寓沒有家具。　② 公寓有3個房間。

③ 公寓中現在有人居住。　④ 並非每個房間都有空調。

文化 Q&A

الثقافة

Q 聽說阿拉伯人都用樹枝刷牙？

A 在露天咖啡廳盛行的阿拉伯國家旅行，有個景象總是會映入眼簾。每個露天咖啡廳都有客人三三兩兩地聚在一起喝著咖啡或茶，拿著軟管不停地噴著煙霧。這就是阿拉伯傳統的香菸－水菸。

水菸又有 هوكا、نارجيلة、أرجيلة、شيشة 等名稱，據說是源自於伊朗的塞非王朝，跨越了印度，傳到阿拉伯的。在阿拉伯男性之間，是必備的重要社交活動。抽水菸時，人們一般都會邊喝著阿拉伯咖啡或放滿糖的茶，一邊促膝長談。水菸通常是一人一台，但若是彼此關係親近，大家也會用好幾支水菸管連接一個水菸壺一起吸。雖然偶爾也有些人會共用一個水菸，但顧慮衛生問題，通常會自備個人吸嘴。水菸愛好者主張各種毒素皆會在水中被過濾掉，所以水菸對人體的傷害比一般香菸輕微。但世界衛生組織WHO表示，水菸中的有害成分容易進入肺部深處，吸一小時就等於抽200支一般香菸。如今，水菸也相當受到年輕阿拉伯女性與外國人的喜愛，為了配合他們的口味，最近也推出了加入各種水果或咖啡香氣，讓人感受不到苦澀味的水菸。

此外，造訪阿拉伯時，會看到許多讓人驚奇的東西，其中一個就是 مسواك Miswak。現在雖然有很多阿拉伯人會使用牙刷，但仍有不少阿拉伯人在使用阿拉伯傳統牙刷－Miswak。

Miswak的外型如同樹枝，阿拉伯人會咀嚼它來清潔牙齒。Miswak有「搓揉」與「擦拭」的意思，通常以橄欖或胡桃樹的樹枝製作，阿拉伯人會用這些樹枝來按摩牙齒，或去除齒縫中的食物殘渣。先知穆罕默德的言行錄「聖訓」中也有記載，穆罕默德非常喜歡用Miswak來刷牙。

附錄

- 阿拉伯語圈國家基本資訊
- 動詞變化表
- 補充文法
- 解答
- 聽力劇本・閱讀引文翻譯
- 索引❶ 阿拉伯語＋中文
- 索引❷ 中文＋阿拉伯語
- 字母書寫練習區

阿拉伯語圈國家基本資訊

سلطنة عمان (阿曼)
人口：3,102,229人
首都：馬斯喀特
貨幣：阿曼里亞爾
語言：阿拉伯語
宗教：伊斯蘭教、印度教、基督教

دولة الإمارات العربية المتحدة (阿拉伯聯合大公國)
人口：8,260,000人
首都：阿布達比
貨幣：UAE迪拉姆
語言：阿拉伯語、英語
宗教：伊斯蘭教、基督教

الجمهورية اليمنية (葉門)
人口：25,408,288人
首都：沙那
貨幣：葉門里亞爾
語言：阿拉伯語
宗教：伊斯蘭教、猶太教、基督教

جمهورية العراق (伊拉克)
人口：32,000,000人
首都：巴格達
貨幣：伊拉克第納爾
語言：阿拉伯語、庫德語
宗教：伊斯蘭教、基督教

المملكة العربية السعودية (沙烏地阿拉伯)
人口：26,939,583人
首都：利雅德
貨幣：沙烏地里亞爾
語言：阿拉伯語、英語
宗教：伊斯蘭教

دولة قطر (卡達)
人口：1,690,000人
首都：杜哈
貨幣：卡達里亞爾
語言：阿拉伯語、英語
宗教：伊斯蘭教、基督教

دولة الكويت (科威特)
人口：3,560,000人
首都：科威特城
貨幣：科威特第納爾
語言：阿拉伯語、英語
宗教：伊斯蘭教

المملكة الأردنية الهاشمية (約旦)
人口：6,500,000人
首都：安曼
貨幣：約旦第納爾
語言：阿拉伯語、英語
宗教：伊斯蘭教、基督教

مملكة البحرين (巴林)
人口：700,000人
首都：麥納瑪
貨幣：巴林第納爾
語言：阿拉伯語、英語
宗教：伊斯蘭教

الجمهورية العربية السورية (敘利亞)
人口：22,457,336人
首都：大馬士革
貨幣：敘利亞鎊
語言：阿拉伯語
宗教：伊斯蘭教

الجمهورية اللبنانية (黎巴嫩)

人口：4,140,000人
首都：貝魯特
貨幣：黎巴嫩鎊
語言：阿拉伯語、法語
宗教：伊斯蘭教、基督教

دولة فلسطين (巴勒斯坦)

人口：4,200,000人
首都：耶路撒冷（拉馬拉）
貨幣：謝克爾
語言：阿拉伯語、英語
宗教：伊斯蘭教、基督教

الجمهورية الجزائرية الديمقراطية الشعبية (阿爾及利亞)

人口：38,087,812人
首都：阿爾及爾
貨幣：阿爾及利亞第納爾
語言：阿拉伯語、柏柏語
宗教：伊斯蘭教

جمهورية مصر العربية (埃及)

人口：81,800,000人
首都：開羅
貨幣：埃及鎊
語言：阿拉伯語、英語、法語
宗教：伊斯蘭教、科普特教會

جمهورية السودان (蘇丹)

人口：40,218,450人
首都：喀土穆
貨幣：蘇丹鎊
語言：阿拉伯語、部族語
宗教：伊斯蘭教、原始宗教

جمهورية جيبوتي (吉布地)

人口：774,389人
首都：吉布地市
貨幣：吉布地法郎
語言：法語、阿拉伯語
宗教：伊斯蘭教、基督教

الجمهورية الإسلامية الموريتانية (茅利塔尼亞)

人口：3,365,000人
首都：諾克少
貨幣：烏吉亞
語言：阿拉伯語、法語
宗教：伊斯蘭教、民間信仰

جزر القمر (葛摩群島)

人口：1,690,000人
首都：莫洛尼
貨幣：葛摩法郎
語言：葛摩語、阿拉伯語
宗教：伊斯蘭教、羅馬天主教

المملكة المغربية (摩洛哥)

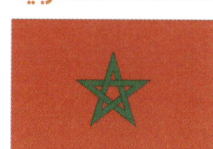

人口：31,280,000人
首都：拉巴特
貨幣：摩洛哥迪拉姆
語言：阿拉伯語、柏柏語
宗教：伊斯蘭教、基督教

جمهورية الصومال الفدرالية (索馬利亞)

人口：9,558,666人
首都：摩加迪休
貨幣：索馬利亞先令
語言：索馬利亞語、阿拉伯語
宗教：伊斯蘭教

دولة ليبيا (利比亞)

人口：6,000,000人
首都：的黎波里
貨幣：利比亞第納爾
語言：阿拉伯語
宗教：伊斯蘭教

الجمهرية التونسية (突尼西亞)

人口：10,732,900人
首都：突尼斯
貨幣：突尼西亞第納爾
語言：阿拉伯語
宗教：伊斯蘭教、基督教

動詞變化表

1 剛性動詞第一式動詞變化表

完全以字根組成，現在式的中間子音之母音為 ＿َ、＿ِ、＿ُ 其中之一。由於每個動詞的變化都不一樣，建議個別熟記。此外，每個第一式動詞的動名詞變化型態也都不一樣。

			主動態					被動態	
			過去式	現在式				過去式	現在式
				主格	受格	祈使格	命令式		主格
第三人稱	陽性單數	هُوَ	فَعَلَ	يَفْعَلُ	يَفْعَلَ	يَفْعَلْ		فُعِلَ	يُفْعَلُ
	陰性單數	هِيَ	فَعَلَتْ	تَفْعَلُ	تَفْعَلَ	تَفْعَلْ		فُعِلَتْ	تُفْعَلُ
	陽性雙數	هُمَا	فَعَلَا	يَفْعَلَانِ	يَفْعَلَا	يَفْعَلَا		فُعِلَا	يُفْعَلَانِ
	陰性雙數	هُمَا	فَعَلَتَا	تَفْعَلَانِ	تَفْعَلَا	تَفْعَلَا		فُعِلَتَا	تُفْعَلَانِ
	陽性複數	هُمْ	فَعَلُوا	يَفْعَلُونَ	يَفْعَلُوا	يَفْعَلُوا		فُعِلُوا	يُفْعَلُونَ
	陰性複數	هُنَّ	فَعَلْنَ	يَفْعَلْنَ	يَفْعَلْنَ	يَفْعَلْنَ		فُعِلْنَ	يُفْعَلْنَ
第二人稱	陽性單數	أَنْتَ	فَعَلْتَ	تَفْعَلُ	تَفْعَلَ	تَفْعَلْ	اِفْعَلْ	فُعِلْتَ	تُفْعَلُ
	陰性單數	أَنْتِ	فَعَلْتِ	تَفْعَلِينَ	تَفْعَلِي	تَفْعَلِي	اِفْعَلِي	فُعِلْتِ	تُفْعَلِينَ
	陰陽雙數	أَنْتُمَا	فَعَلْتُمَا	تَفْعَلَانِ	تَفْعَلَا	تَفْعَلَا	اِفْعَلَا	فُعِلْتُمَا	تُفْعَلَانِ
	陽性複數	أَنْتُمْ	فَعَلْتُمْ	تَفْعَلُونَ	تَفْعَلُوا	تَفْعَلُوا	اِفْعَلُوا	فُعِلْتُمْ	تُفْعَلُونَ
	陰性複數	أَنْتُنَّ	فَعَلْتُنَّ	تَفْعَلْنَ	تَفْعَلْنَ	تَفْعَلْنَ	اِفْعَلْنَ	فُعِلْتُنَّ	تُفْعَلْنَ
第一人稱	陰陽單數	أَنَا	فَعَلْتُ	أَفْعَلُ	أَفْعَلَ	أَفْعَلْ		فُعِلْتُ	أُفْعَلُ
	陰陽雙數、複數	نَحْنُ	فَعَلْنَا	نَفْعَلُ	نَفْعَلَ	نَفْعَلْ		فُعِلْنَا	نُفْعَلُ

主動名詞	被動名詞	動名詞
فَاعِلٌ	مَفْعُولٌ	فِعْلٌ

2 剛性動詞第二式動詞變化表

特徵為三子音中的中間子音上方須加上 ّ 。

			主動態					被動態	
			過去式	現在式				過去式	現在式
				主格	受格	祈使格	命令式		主格
第三人稱	陽性單數	هُوَ	فَعَّلَ	يُفَعِّلُ	يُفَعِّلَ	يُفَعِّلْ		فُعِّلَ	يُفَعَّلُ
	陰性單數	هِيَ	فَعَّلَتْ	تُفَعِّلُ	تُفَعِّلَ	تُفَعِّلْ		فُعِّلَتْ	تُفَعَّلُ
	陽性雙數	هُمَا	فَعَّلَا	يُفَعِّلَانِ	يُفَعِّلَا	يُفَعِّلَا		فُعِّلَا	يُفَعَّلَانِ
	陰性雙數	هُمَا	فَعَّلَتَا	تُفَعِّلَانِ	تُفَعِّلَا	تُفَعِّلَا		فُعِّلَتَا	تُفَعَّلَانِ
	陽性複數	هُمْ	فَعَّلُوا	يُفَعِّلُونَ	يُفَعِّلُوا	يُفَعِّلُوا		فُعِّلُوا	يُفَعَّلُونَ
	陰性複數	هُنَّ	فَعَّلْنَ	يُفَعِّلْنَ	يُفَعِّلْنَ	يُفَعِّلْنَ		فُعِّلْنَ	يُفَعَّلْنَ
第二人稱	陽性單數	أَنْتَ	فَعَّلْتَ	تُفَعِّلُ	تُفَعِّلَ	تُفَعِّلْ	فَعِّلْ	فُعِّلْتَ	تُفَعَّلُ
	陰性單數	أَنْتِ	فَعَّلْتِ	تُفَعِّلِينَ	تُفَعِّلِي	تُفَعِّلِي	فَعِّلِي	فُعِّلْتِ	تُفَعَّلِينَ
	陰陽雙數	أَنْتُمَا	فَعَّلْتُمَا	تُفَعِّلَانِ	تُفَعِّلَا	تُفَعِّلَا	فَعِّلَا	فُعِّلْتُمَا	تُفَعَّلَانِ
	陽性複數	أَنْتُمْ	فَعَّلْتُمْ	تُفَعِّلُونَ	تُفَعِّلُوا	تُفَعِّلُوا	فَعِّلُوا	فُعِّلْتُمْ	تُفَعَّلُونَ
	陰性複數	أَنْتُنَّ	فَعَّلْتُنَّ	تُفَعِّلْنَ	تُفَعِّلْنَ	تُفَعِّلْنَ	فَعِّلْنَ	فُعِّلْتُنَّ	تُفَعَّلْنَ
第一人稱	陰陽單數	أَنَا	فَعَّلْتُ	أُفَعِّلُ	أُفَعِّلَ	أُفَعِّلْ		فُعِّلْتُ	أُفَعَّلُ
	陰陽雙數、複數	نَحْنُ	فَعَّلْنَا	نُفَعِّلُ	نُفَعِّلَ	نُفَعِّلْ		فُعِّلْنَا	نُفَعَّلُ

主動名詞	被動名詞	動名詞
مُفَعِّلٌ	مُفَعَّلٌ	تَفْعِيلٌ

3 剛性動詞第三式動詞變化表

第一個子音後方加上 ا。

			主動態					被動態	
			過去式	現在式				過去式	現在式
				主格	受格	祈使格	命令式		主格
第三人稱	陽性單數	هُوَ	فَاعَلَ	يُفَاعِلُ	يُفَاعِلَ	يُفَاعِلْ		فُوعِلَ	يُفَاعَلُ
	陰性單數	هِيَ	فَاعَلَتْ	تُفَاعِلُ	تُفَاعِلَ	تُفَاعِلْ		فُوعِلَتْ	تُفَاعَلُ
	陽性雙數	هُمَا	فَاعَلَا	يُفَاعِلَانِ	يُفَاعِلَا	يُفَاعِلَا		فُوعِلَا	يُفَاعَلَانِ
	陰性雙數	هُمَا	فَاعَلَتَا	تُفَاعِلَانِ	تُفَاعِلَا	تُفَاعِلَا		فُوعِلَتَا	تُفَاعَلَانِ
	陽性複數	هُمْ	فَاعَلُوا	يُفَاعِلُونَ	يُفَاعِلُوا	يُفَاعِلُوا		فُوعِلُوا	يُفَاعَلُونَ
	陰性複數	هُنَّ	فَاعَلْنَ	يُفَاعِلْنَ	يُفَاعِلْنَ	يُفَاعِلْنَ		فُوعِلْنَ	يُفَاعَلْنَ
第二人稱	陽性單數	أَنْتَ	فَاعَلْتَ	تُفَاعِلُ	تُفَاعِلَ	تُفَاعِلْ	فَاعِلْ	فُوعِلْتَ	تُفَاعَلُ
	陰性單數	أَنْتِ	فَاعَلْتِ	تُفَاعِلِينَ	تُفَاعِلِي	تُفَاعِلِي	فَاعِلِي	فُوعِلْتِ	تُفَاعَلِينَ
	陰陽雙數	أَنْتُمَا	فَاعَلْتُمَا	تُفَاعِلَانِ	تُفَاعِلَا	تُفَاعِلَا	فَاعِلَا	فُوعِلْتُمَا	تُفَاعَلَانِ
	陽性複數	أَنْتُمْ	فَاعَلْتُمْ	تُفَاعِلُونَ	تُفَاعِلُوا	تُفَاعِلُوا	فَاعِلُوا	فُوعِلْتُمْ	تُفَاعَلُونَ
	陰性複數	أَنْتُنَّ	فَاعَلْتُنَّ	تُفَاعِلْنَ	تُفَاعِلْنَ	تُفَاعِلْنَ	فَاعِلْنَ	فُوعِلْتُنَّ	تُفَاعَلْنَ
第一人稱	陰陽單數	أَنَا	فَاعَلْتُ	أُفَاعِلُ	أُفَاعِلَ	أُفَاعِلْ		فُوعِلْتُ	أُفَاعَلُ
	陰陽雙數、複數	نَحْنُ	فَاعَلْنَا	نُفَاعِلُ	نُفَاعِلَ	نُفَاعِلْ		فُوعِلْنَا	نُفَاعَلُ

主動名詞	被動名詞	動名詞
مُفَاعِلٌ	مُفَاعَلٌ	مُفَاعَلَةٌ، فِعَالٌ

4 剛性動詞第四式動詞變化表

第一個子音前方加上 أَ。

			主動態					被動態	
			過去式	現在式				過去式	現在式
				主格	受格	祈使格	命令式		主格
第三人稱	陽性單數	هُوَ	أَفْعَلَ	يُفْعِلُ	يُفْعِلَ	يُفْعِلْ		أُفْعِلَ	يُفْعَلُ
	陰性單數	هِيَ	أَفْعَلَتْ	تُفْعِلُ	تُفْعِلَ	تُفْعِلْ		أُفْعِلَتْ	تُفْعَلُ
	陽性雙數	هُمَا	أَفْعَلَا	يُفْعِلَانِ	يُفْعِلَا	يُفْعِلَا		أُفْعِلَا	يُفْعَلَانِ
	陰性雙數	هُمَا	أَفْعَلَتَا	تُفْعِلَانِ	تُفْعِلَا	تُفْعِلَا		أُفْعِلَتَا	تُفْعَلَانِ
	陽性複數	هُمْ	أَفْعَلُوا	يُفْعِلُونَ	يُفْعِلُوا	يُفْعِلُوا		أُفْعِلُوا	يُفْعَلُونَ
	陰性複數	هُنَّ	أَفْعَلْنَ	يُفْعِلْنَ	يُفْعِلْنَ	يُفْعِلْنَ		أُفْعِلْنَ	يُفْعَلْنَ
第二人稱	陽性單數	أَنْتَ	أَفْعَلْتَ	تُفْعِلُ	تُفْعِلَ	تُفْعِلْ	أَفْعِلْ	أُفْعِلْتَ	تُفْعَلُ
	陰性單數	أَنْتِ	أَفْعَلْتِ	تُفْعِلِينَ	تُفْعِلِي	تُفْعِلِي	أَفْعِلِي	أُفْعِلْتِ	تُفْعَلِينَ
	陰陽雙數	أَنْتُمَا	أَفْعَلْتُمَا	تُفْعِلَانِ	تُفْعِلَا	تُفْعِلَا	أَفْعِلَا	أُفْعِلْتُمَا	تُفْعَلَانِ
	陽性複數	أَنْتُمْ	أَفْعَلْتُمْ	تُفْعِلُونَ	تُفْعِلُوا	تُفْعِلُوا	أَفْعِلُوا	أُفْعِلْتُمْ	تُفْعَلُونَ
	陰性複數	أَنْتُنَّ	أَفْعَلْتُنَّ	تُفْعِلْنَ	تُفْعِلْنَ	تُفْعِلْنَ	أَفْعِلْنَ	أُفْعِلْتُنَّ	تُفْعَلْنَ
第一人稱	陰陽單數	أَنَا	أَفْعَلْتُ	أُفْعِلُ	أُفْعِلَ	أُفْعِلْ		أُفْعِلْتُ	أُفْعَلُ
	陰陽雙數、複數	نَحْنُ	أَفْعَلْنَا	نُفْعِلُ	نُفْعِلَ	نُفْعِلْ		أُفْعِلْنَا	نُفْعَلُ

主動名詞	被動名詞	動名詞
مُفْعِلٌ	مُفْعَلٌ	إِفْعَالٌ

5 剛性動詞第五式動詞變化表

第二式動詞的第一個子音前方加上 تَ 。

<table>
<tr><th colspan="3" rowspan="2"></th><th colspan="5">主動態</th><th colspan="2">被動態</th></tr>
<tr><th rowspan="2">過去式</th><th colspan="4">現在式</th><th rowspan="2">過去式</th><th>現在式</th></tr>
<tr><th></th><th></th><th></th><th>主格</th><th>受格</th><th>祈使格</th><th>命令式</th><th>主格</th></tr>
<tr><td rowspan="6">第三人稱</td><td>陽性單數</td><td>هُوَ</td><td>تَفَعَّلَ</td><td>يَتَفَعَّلُ</td><td>يَتَفَعَّلَ</td><td>يَتَفَعَّلْ</td><td></td><td>تُفُعِّلَ</td><td>يُتَفَعَّلُ</td></tr>
<tr><td>陰性單數</td><td>هِيَ</td><td>تَفَعَّلَتْ</td><td>تَتَفَعَّلُ</td><td>تَتَفَعَّلَ</td><td>تَتَفَعَّلْ</td><td></td><td>تُفُعِّلَتْ</td><td>تُتَفَعَّلُ</td></tr>
<tr><td>陽性雙數</td><td>هُمَا</td><td>تَفَعَّلَا</td><td>يَتَفَعَّلَانِ</td><td>يَتَفَعَّلَا</td><td>يَتَفَعَّلَا</td><td></td><td>تُفُعِّلَا</td><td>يُتَفَعَّلَانِ</td></tr>
<tr><td>陰性雙數</td><td>هُمَا</td><td>تَفَعَّلَتَا</td><td>تَتَفَعَّلَانِ</td><td>تَتَفَعَّلَا</td><td>تَتَفَعَّلَا</td><td></td><td>تُفُعِّلَتَا</td><td>تُتَفَعَّلَانِ</td></tr>
<tr><td>陽性複數</td><td>هُمْ</td><td>تَفَعَّلُوا</td><td>يَتَفَعَّلُونَ</td><td>يَتَفَعَّلُوا</td><td>يَتَفَعَّلُوا</td><td></td><td>تُفُعِّلُوا</td><td>يُتَفَعَّلُونَ</td></tr>
<tr><td>陰性複數</td><td>هُنَّ</td><td>تَفَعَّلْنَ</td><td>يَتَفَعَّلْنَ</td><td>يَتَفَعَّلْنَ</td><td>يَتَفَعَّلْنَ</td><td></td><td>تُفُعِّلْنَ</td><td>يُتَفَعَّلْنَ</td></tr>
<tr><td rowspan="5">第二人稱</td><td>陽性單數</td><td>أَنْتَ</td><td>تَفَعَّلْتَ</td><td>تَتَفَعَّلُ</td><td>تَتَفَعَّلَ</td><td>تَتَفَعَّلْ</td><td>تَفَعَّلْ</td><td>تُفُعِّلْتَ</td><td>تُتَفَعَّلُ</td></tr>
<tr><td>陰性單數</td><td>أَنْتِ</td><td>تَفَعَّلْتِ</td><td>تَتَفَعَّلِينَ</td><td>تَتَفَعَّلِي</td><td>تَتَفَعَّلِي</td><td>تَفَعَّلِي</td><td>تُفُعِّلْتِ</td><td>تُتَفَعَّلِينَ</td></tr>
<tr><td>陰陽雙數</td><td>أَنْتُمَا</td><td>تَفَعَّلْتُمَا</td><td>تَتَفَعَّلَانِ</td><td>تَتَفَعَّلَا</td><td>تَتَفَعَّلَا</td><td>تَفَعَّلَا</td><td>تُفُعِّلْتُمَا</td><td>تُتَفَعَّلَانِ</td></tr>
<tr><td>陽性複數</td><td>أَنْتُمْ</td><td>تَفَعَّلْتُمْ</td><td>تَتَفَعَّلُونَ</td><td>تَتَفَعَّلُوا</td><td>تَتَفَعَّلُوا</td><td>تَفَعَّلُوا</td><td>تُفُعِّلْتُمْ</td><td>تُتَفَعَّلُونَ</td></tr>
<tr><td>陰性複數</td><td>أَنْتُنَّ</td><td>تَفَعَّلْتُنَّ</td><td>تَتَفَعَّلْنَ</td><td>تَتَفَعَّلْنَ</td><td>تَتَفَعَّلْنَ</td><td>تَفَعَّلْنَ</td><td>تُفُعِّلْتُنَّ</td><td>تُتَفَعَّلْنَ</td></tr>
<tr><td rowspan="2">第一人稱</td><td>陰陽單數</td><td>أَنَا</td><td>تَفَعَّلْتُ</td><td>أَتَفَعَّلُ</td><td>أَتَفَعَّلَ</td><td>أَتَفَعَّلْ</td><td></td><td>تُفُعِّلْتُ</td><td>أُتَفَعَّلُ</td></tr>
<tr><td>陰陽雙數、複數</td><td>نَحْنُ</td><td>تَفَعَّلْنَا</td><td>نَتَفَعَّلُ</td><td>نَتَفَعَّلَ</td><td>نَتَفَعَّلْ</td><td></td><td>تُفُعِّلْنَا</td><td>نُتَفَعَّلُ</td></tr>
</table>

主動名詞	被動名詞	動名詞
مُتَفَعِّلٌ	مُتَفَعَّلٌ	تَفَعُّلٌ

6 剛性動詞第六式動詞變化表

第三式動詞的第一個子音後方加上 ا。

			主動態					被動態	
			過去式	現在式				過去式	現在式
				主格	受格	祈使格	命令式		主格
第三人稱	陽性單數	هُوَ	تَفَاعَلَ	يَتَفَاعَلُ	يَتَفَاعَلَ	يَتَفَاعَلْ		تُفُوعِلَ	يُتَفَاعَلُ
	陰性單數	هِيَ	تَفَاعَلَتْ	تَتَفَاعَلُ	تَتَفَاعَلَ	تَتَفَاعَلْ		تُفُوعِلَتْ	تُتَفَاعَلُ
	陽性雙數	هُمَا	تَفَاعَلَا	يَتَفَاعَلَانِ	يَتَفَاعَلَا	يَتَفَاعَلَا		تُفُوعِلَا	يُتَفَاعَلَانِ
	陰性雙數	هُمَا	تَفَاعَلَتَا	تَتَفَاعَلَانِ	تَتَفَاعَلَا	تَتَفَاعَلَا		تُفُوعِلَتَا	تُتَفَاعَلَانِ
	陽性複數	هُمْ	تَفَاعَلُوا	يَتَفَاعَلُونَ	يَتَفَاعَلُوا	يَتَفَاعَلُوا		تُفُوعِلُوا	يُتَفَاعَلُونَ
	陰性複數	هُنَّ	تَفَاعَلْنَ	يَتَفَاعَلْنَ	يَتَفَاعَلْنَ	يَتَفَاعَلْنَ		تُفُوعِلْنَ	يُتَفَاعَلْنَ
第二人稱	陽性單數	أَنْتَ	تَفَاعَلْتَ	تَتَفَاعَلُ	تَتَفَاعَلَ	تَتَفَاعَلْ	تَفَاعَلْ	تُفُوعِلْتَ	تُتَفَاعَلُ
	陰性單數	أَنْتِ	تَفَاعَلْتِ	تَتَفَاعَلِينَ	تَتَفَاعَلِي	تَتَفَاعَلِي	تَفَاعَلِي	تُفُوعِلْتِ	تُتَفَاعَلِينَ
	陰陽雙數	أَنْتُمَا	تَفَاعَلْتُمَا	تَتَفَاعَلَانِ	تَتَفَاعَلَا	تَتَفَاعَلَا	تَفَاعَلَا	تُفُوعِلْتُمَا	تُتَفَاعَلَانِ
	陽性複數	أَنْتُمْ	تَفَاعَلْتُمْ	تَتَفَاعَلُونَ	تَتَفَاعَلُوا	تَتَفَاعَلُوا	تَفَاعَلُوا	تُفُوعِلْتُمْ	تُتَفَاعَلُونَ
	陰性複數	أَنْتُنَّ	تَفَاعَلْتُنَّ	تَتَفَاعَلْنَ	تَتَفَاعَلْنَ	تَتَفَاعَلْنَ	تَفَاعَلْنَ	تُفُوعِلْتُنَّ	تُتَفَاعَلْنَ
第一人稱	陰陽單數	أَنَا	تَفَاعَلْتُ	أَتَفَاعَلُ	أَتَفَاعَلَ	أَتَفَاعَلْ		تُفُوعِلْتُ	أُتَفَاعَلُ
	陰陽雙數、複數	نَحْنُ	تَفَاعَلْنَا	نَتَفَاعَلُ	نَتَفَاعَلَ	نَتَفَاعَلْ		تُفُوعِلْنَا	نُتَفَاعَلُ

主動名詞	被動名詞	動名詞
مُتَفَاعِلٌ	مُتَفَاعَلٌ	تَفَاعُلٌ

7 剛性動詞第七式動詞變化表

第一個子音前方加上 اِنْ 。

			主動態					被動態	
			過去式	現在式				過去式	現在式
				主格	受格	祈使格	命令式		主格
第三人稱	陽性單數	هُوَ	اِنْفَعَلَ	يَنْفَعِلُ	يَنْفَعِلَ	يَنْفَعِلْ			
	陰性單數	هِيَ	اِنْفَعَلَتْ	تَنْفَعِلُ	تَنْفَعِلَ	تَنْفَعِلْ			
	陽性雙數	هُمَا	اِنْفَعَلَا	يَنْفَعِلَانِ	يَنْفَعِلَا	يَنْفَعِلَا			
	陰性雙數	هُمَا	اِنْفَعَلَتَا	تَنْفَعِلَانِ	تَنْفَعِلَا	تَنْفَعِلَا			
	陽性複數	هُمْ	اِنْفَعَلُوا	يَنْفَعِلُونَ	يَنْفَعِلُوا	يَنْفَعِلُوا			
	陰性複數	هُنَّ	اِنْفَعَلْنَ	يَنْفَعِلْنَ	يَنْفَعِلْنَ	يَنْفَعِلْنَ			
第二人稱	陽性單數	نْتَ	اِنْفَعَلْتَ	تَنْفَعِلُ	تَنْفَعِلَ	تَنْفَعِلْ	اِنْفَعِلْ		
	陰性單數	نْتِ	اِنْفَعَلْتِ	تَنْفَعِلِينَ	تَنْفَعِلِي	تَنْفَعِلِي	اِنْفَعِلِي		
	陰陽雙數	نْتُمَا	اِنْفَعَلْتُمَا	تَنْفَعِلَانِ	تَنْفَعِلَا	تَنْفَعِلَا	اِنْفَعِلَا		
	陽性複數	نْتُمْ	اِنْفَعَلْتُمْ	تَنْفَعِلُونَ	تَنْفَعِلُوا	تَنْفَعِلُوا	اِنْفَعِلُوا		
	陰性複數	نْتُنَّ	اِنْفَعَلْتُنَّ	تَنْفَعِلْنَ	تَنْفَعِلْنَ	تَنْفَعِلْنَ	اِنْفَعِلْنَ		
第一人稱	陰陽單數	نَا	اِنْفَعَلْتُ	أَنْفَعِلُ	أَنْفَعِلَ	أَنْفَعِلْ			
	陰陽雙數、複數	نَحْنُ	اِنْفَعَلْنَا	نَنْفَعِلُ	نَنْفَعِلَ	نَنْفَعِلْ			

主動名詞	被動名詞	動名詞
مُنْفَعِلٌ	幾乎不使用。	اِنْفِعَالٌ

8 剛性動詞第八式動詞變化表

第一個子音前方加上 اِ，中間子音後方加上 تَ 。

			主動態					被動態	
			過去式	現在式				過去式	現在式
				主格	受格	祈使格	命令式		主格
第三人稱	陽性單數	هُوَ	اِفْتَعَلَ	يَفْتَعِلُ	يَفْتَعِلَ	يَفْتَعِلْ		اُفْتُعِلَ	يُفْتَعَلُ
	陰性單數	هِيَ	اِفْتَعَلَتْ	تَفْتَعِلُ	تَفْتَعِلَ	تَفْتَعِلْ		اُفْتُعِلَتْ	تُفْتَعَلُ
	陽性雙數	هُمَا	اِفْتَعَلَا	يَفْتَعِلَانِ	يَفْتَعِلَا	يَفْتَعِلَا		اُفْتُعِلَا	يُفْتَعَلَانِ
	陰性雙數	هُمَا	اِفْتَعَلَتَا	تَفْتَعِلَانِ	تَفْتَعِلَا	تَفْتَعِلَا		اُفْتُعِلَتَا	تُفْتَعَلَانِ
	陽性複數	هُمْ	اِفْتَعَلُوا	يَفْتَعِلُونَ	يَفْتَعِلُوا	يَفْتَعِلُوا		اُفْتُعِلُوا	يُفْتَعَلُونَ
	陰性複數	هُنَّ	اِفْتَعَلْنَ	يَفْتَعِلْنَ	يَفْتَعِلْنَ	يَفْتَعِلْنَ		اُفْتُعِلْنَ	يُفْتَعَلْنَ
第二人稱	陽性單數	أَنْتَ	اِفْتَعَلْتَ	تَفْتَعِلُ	تَفْتَعِلَ	تَفْتَعِلْ	اِفْتَعِلْ	اُفْتُعِلْتَ	تُفْتَعَلُ
	陰性單數	أَنْتِ	اِفْتَعَلْتِ	تَفْتَعِلِينَ	تَفْتَعِلِي	تَفْتَعِلِي	اِفْتَعِلِي	اُفْتُعِلْتِ	تُفْتَعَلِينَ
	陰陽雙數	أَنْتُمَا	اِفْتَعَلْتُمَا	تَفْتَعِلَانِ	تَفْتَعِلَا	تَفْتَعِلَا	اِفْتَعِلَا	اُفْتُعِلْتُمَا	تُفْتَعَلَانِ
	陽性複數	أَنْتُمْ	اِفْتَعَلْتُمْ	تَفْتَعِلُونَ	تَفْتَعِلُوا	تَفْتَعِلُوا	اِفْتَعِلُوا	اُفْتُعِلْتُمْ	تُفْتَعَلُونَ
	陰性複數	أَنْتُنَّ	اِفْتَعَلْتُنَّ	تَفْتَعِلْنَ	تَفْتَعِلْنَ	تَفْتَعِلْنَ	اِفْتَعِلْنَ	اُفْتُعِلْتُنَّ	يُفْتَعَلْنَ
第一人稱	陰陽單數	أَنَا	اِفْتَعَلْتُ	أَفْتَعِلُ	أَفْتَعِلَ	أَفْتَعِلْ		اُفْتُعِلْتُ	أُفْتَعَلُ
	陰陽雙數、複數	نَحْنُ	اِفْتَعَلْنَا	نَفْتَعِلُ	نَفْتَعِلَ	نَفْتَعِلْ		اُفْتُعِلْنَا	نُفْتَعَلُ

主動名詞	被動名詞	動名詞
مُفْتَعِلٌ	مُفْتَعَلٌ	اِفْتِعَالٌ

9 剛性動詞第九式動詞變化表

最後一個子音上方加上 ّ 。

			主動態					被動態	
			過去式	現在式				過去式	現在式
				主格	受格	祈使格	命令式		主格
第三人稱	陽性單數	هُوَ	اِفْعَلَّ	يَفْعَلُّ	يَفْعَلَّ	يَفْعَلِلْ			
	陰性單數	هِيَ	اِفْعَلَّتْ	تَفْعَلُّ	تَفْعَلَّ	تَفْعَلِلْ			
	陽性雙數	هُمَا	اِفْعَلَّا	يَفْعَلَّانِ	يَفْعَلَّا	يَفْعَلَّا			
	陰性雙數	هُمَا	اِفْعَلَّتَا	تَفْعَلَّانِ	تَفْعَلَّا	تَفْعَلَّا			
	陽性複數	هُمْ	اِفْعَلُّوا	يَفْعَلُّونَ	يَفْعَلُّوا	يَفْعَلُّوا			
	陰性複數	هُنَّ	اِفْعَلَلْنَ	يَفْعَلِلْنَ	يَفْعَلِلْنَ	يَفْعَلِلْنَ			
第二人稱	陽性單數	أَنْتَ	اِفْعَلَلْتَ	تَفْعَلُّ	تَفْعَلَّ	تَفْعَلِلْ	اِفْعَلَّ		
	陰性單數	أَنْتِ	اِفْعَلَلْتِ	تَفْعَلِّينَ	تَفْعَلِّي	تَفْعَلِّي	اِفْعَلِّي		
	陰陽雙數	أَنْتُمَا	اِفْعَلَلْتُمَا	تَفْعَلَّانِ	تَفْعَلَّا	تَفْعَلَّا	اِفْعَلَّا		
	陽性複數	أَنْتُمْ	اِفْعَلَلْتُمْ	تَفْعَلُّونَ	تَفْعَلُّوا	تَفْعَلُّوا	اِفْعَلُّوا		
	陰性複數	أَنْتُنَّ	اِفْعَلَلْتُنَّ	تَفْعَلِلْنَ	تَفْعَلِلْنَ	تَفْعَلِلْنَ	اِفْعَلِلْنَ		
第一人稱	陰陽單數	أَنَا	اِفْعَلَلْتُ	أَفْعَلُّ	أَفْعَلَّ	أَفْعَلِلْ			
	陰陽雙數、複數	نَحْنُ	اِفْعَلَلْنَا	نَفْعَلُّ	نَفْعَلَّ	نَفْعَلِلْ			

主動名詞	動名詞
مُفْعَلٌّ	اِفْعِلَالٌ

10 剛性動詞第十式動詞變化表

第一個子音前方加上 اِسْتَ 。

			主動態					被動態	
			過去式	現在式				過去式	現在式
				主格	受格	祈使格	命令式		主格
第三人稱	陽性單數	هُوَ	اِسْتَفْعَلَ	يَسْتَفْعِلُ	يَسْتَفْعِلَ	يَسْتَفْعِلْ		اُسْتُفْعِلَ	يُسْتَفْعَلُ
	陰性單數	هِيَ	اِسْتَفْعَلَتْ	تَسْتَفْعِلُ	تَسْتَفْعِلَ	تَسْتَفْعِلْ		اُسْتُفْعِلَتْ	تُسْتَفْعَلُ
	陽性雙數	هُمَا	اِسْتَفْعَلَا	تَسْتَفْعِلَانِ	يَسْتَفْعِلَا	يَسْتَفْعِلَا		اُسْتُفْعِلَا	يُسْتَفْعَلَانِ
	陰性雙數	هُمَا	اِسْتَفْعَلَتَا	تَسْتَفْعِلَانِ	تَسْتَفْعِلَا	تَسْتَفْعِلَا		اُسْتُفْعِلَتَا	تُسْتَفْعَلَانِ
	陽性複數	هُمْ	اِسْتَفْعَلُوا	يَسْتَفْعِلُونَ	يَسْتَفْعِلُوا	يَسْتَفْعِلُوا		اُسْتُفْعِلُوا	يُسْتَفْعَلُونَ
	陰性複數	هُنَّ	اِسْتَفْعَلْنَ	يَسْتَفْعِلْنَ	يَسْتَفْعِلْنَ	يَسْتَفْعِلْنَ		اُسْتُفْعِلْنَ	يُسْتَفْعَلْنَ
第二人稱	陽性單數	أَنْتَ	اِسْتَفْعَلْتَ	تَسْتَفْعِلُ	تَسْتَفْعِلَ	تَسْتَفْعِلْ	اِسْتَفْعِلْ	اُسْتُفْعِلْتَ	تُسْتَفْعَلُ
	陰性單數	أَنْتِ	اِسْتَفْعَلْتِ	تَسْتَفْعِلِينَ	تَسْتَفْعِلِي	تَسْتَفْعِلِي	اِسْتَفْعِلِي	اُسْتُفْعِلْتِ	تُسْتَفْعَلِينَ
	陰陽雙數	أَنْتُمَا	اِسْتَفْعَلْتُمَا	تَسْتَفْعِلَانِ	تَسْتَفْعِلَا	تَسْتَفْعِلَا	اِسْتَفْعِلَا	اُسْتُفْعِلْتُمَا	تُسْتَفْعَلَانِ
	陽性複數	أَنْتُمْ	اِسْتَفْعَلْتُمْ	تَسْتَفْعِلُونَ	تَسْتَفْعِلُوا	تَسْتَفْعِلُوا	اِسْتَفْعِلُوا	اُسْتُفْعِلْتُمْ	يُسْتَفْعَلُونَ
	陰性複數	أَنْتُنَّ	اِسْتَفْعَلْتُنَّ	تَسْتَفْعِلْنَ	تَسْتَفْعِلْنَ	تَسْتَفْعِلْنَ	اِسْتَفْعِلْنَ	اُسْتُفْعِلْتُنَّ	تُسْتَفْعَلْنَ
第一人稱	陰陽單數	أَنَا	اِسْتَفْعَلْتُ	أَسْتَفْعِلُ	أَسْتَفْعِلَ	أَسْتَفْعِلْ		اُسْتُفْعِلْتُ	أُسْتَفْعَلُ
	陰陽雙數、複數	نَحْنُ	اِسْتَفْعَلْنَا	نَسْتَفْعِلُ	نَسْتَفْعِلَ	نَسْتَفْعِلْ		اُسْتُفْعِلْنَا	نُسْتَفْعَلُ

主動名詞	被動名詞	動名詞
مُسْتَفْعِلٌ	مُسْتَفْعَلٌ	اِسْتِفْعَالٌ

11 دَعَا（邀請）動詞變化表

此為半母音出現在字尾的尾柔動詞，欲依人稱進行動詞變化時，最後一個半母音 ا 變化為 و。

			主動態					被動態	
			過去式	現在式				過去式	現在式
				主格	受格	祈使格	命令式		主格
第三人稱	陽性單數	هُوَ	دَعَا	يَدْعُو	يَدْعُوَ	يَدْعُ		دُعِيَ	يُدْعَى
	陰性單數	هِيَ	دَعَتْ	تَدْعُو	تَدْعُوَ	تَدْعُ		دُعِيَتْ	تُدْعَى
	陽性雙數	هُمَا	دَعَوَا	يَدْعُوَانِ	يَدْعُوَا	يَدْعُوَا		دُعِيَا	يُدْعَوَانِ
	陰性雙數	هُمَا	دَعَتَا	تَدْعُوَانِ	تَدْعُوَا	تَدْعُوَا		دُعِيَتَا	تُدْعَوَانِ
	陽性複數	هُمْ	دَعَوْا	يَدْعُونَ	يَدْعُوا	يَدْعُوا		دُعُوا	يُدْعَوْنَ
	陰性複數	هُنَّ	دَعَوْنَ	يَدْعُونَ	يَدْعُونَ	يَدْعُونَ		دُعِينَ	يُدْعَيْنَ
第二人稱	陽性單數	أَنْتَ	دَعَوْتَ	تَدْعُو	تَدْعُوَ	تَدْعُ	اُدْعُ	دُعِيتَ	تُدْعَى
	陰性單數	أَنْتِ	دَعَوْتِ	تَدْعِينَ	تَدْعِي	تَدْعِي	اُدْعِي	دُعِيتِ	تُدْعَيْنَ
	陰陽雙數	أَنْتُمَا	دَعَوْتُمَا	تَدْعُوَانِ	تَدْعُوَا	تَدْعُوَا	اُدْعُوَا	دُعِيتُمَا	تُدْعَوَانِ
	陽性複數	أَنْتُمْ	دَعَوْتُمْ	تَدْعُونَ	تَدْعُوا	تَدْعُوا	اُدْعُوا	دُعِيتُمْ	تُدْعَوْنَ
	陰性複數	أَنْتُنَّ	دَعَوْتُنَّ	تَدْعُونَ	تَدْعُونَ	تَدْعُونَ	اُدْعُونَ	دُعِيتُنَّ	تُدْعَوْنَ
第一人稱	陰陽單數	أَنَا	دَعَوْتُ	أَدْعُو	أَدْعُوَ	أَدْعُ		دُعِيتُ	أُدْعَى
	陰陽雙數、複數	نَحْنُ	دَعَوْنَا	نَدْعُو	نَدْعُوَ	نَدْعُ		دُعِينَا	نُدْعَى

主動名詞	被動名詞	動名詞
دَاعٍ	مَدْعُوٌّ	دُعَاءٌ

12 بَدَأَ（開始）動詞變化表

此為包含hamzah的hamzah動詞，如果hamzah是動詞的最後一個子音，便可以進行各種動詞變化。

			主動態					被動態	
			過去式	現在式				過去式	現在式
				主格	受格	祈使格	命令式		主格
第三人稱	陽性單數	هُوَ	بَدَأَ	يَبْدَأُ	يَبْدَأَ	يَبْدَأْ		بُدِئَ	يُبْدَأُ
	陰性單數	هِيَ	بَدَأَتْ	تَبْدَأُ	تَبْدَأَ	تَبْدَأْ		بُدِئَتْ	تُبْدَأُ
	陽性雙數	هُمَا	بَدَآ	يَبْدَآنِ	يَبْدَآ	يَبْدَآ		بُدِآ	يُبْدَآنِ
	陰性雙數	هُمَا	بَدَأَتَا	تَبْدَآنِ	تَبْدَآ	تَبْدَآ		بُدِئَتَا	تُبْدَآنِ
	陽性複數	هُمْ	بَدَأُوا، بَدَؤُوا، بَدَءُوا	يَبْدَأُونَ، يَبْدَؤُونَ، يَبْدَءُونَ	يَبْدَأُوا، يَبْدَؤُوا، يَبْدَءُوا	يَبْدَأُوا، يَبْدَؤُوا، يَبْدَءُوا			
	陰性複數	هُنَّ	بَدَأْنَ	يَبْدَأْنَ	يَبْدَأْنَ	يَبْدَأْنَ			
第二人稱	陽性單數	أَنْتَ	بَدَأْتَ	تَبْدَأُ	تَبْدَأَ	تَبْدَأْ	اِبْدَأْ		
	陰性單數	أَنْتِ	بَدَأْتِ	تَبْدَئِينَ	تَبْدَئِي	تَبْدَئِي	اِبْدَئِي		
	陰陽雙數	أَنْتُمَا	بَدَأْتُمَا	تَبْدَآنِ	تَبْدَآ	تَبْدَآ	اِبْدَآ		
	陽性複數	أَنْتُمْ	بَدَأْتُمْ	تَبْدَأُونَ، تَبْدَؤُونَ، تَبْدَءُونَ	تَبْدَأُوا، تَبْدَؤُوا، تَبْدَءُوا	تَبْدَأُوا، تَبْدَؤُوا، تَبْدَءُوا	اِبْدَأُوا، اِبْدَؤُوا، اِبْدَءُوا		
	陰性複數	أَنْتُنَّ	بَدَأْتُنَّ	تَبْدَأْنَ	تَبْدَأْنَ	تَبْدَأْنَ	اِبْدَأْنَ		
第一人稱	陰陽單數	أَنَا	بَدَأْتُ	أَبْدَأُ	أَبْدَأَ	أَبْدَأْ			
	陰陽雙數、複數	نَحْنُ	بَدَأْنَا	نَبْدَأُ	نَبْدَأَ	نَبْدَأْ			

主動名詞	被動名詞	動名詞
بَادِئٌ	مَبْدُوءٌ	بِدَايَةٌ، بَدْءٌ

13 أَكَلَ（吃）動詞變化表

此為hamzah動詞，hamzah是動詞的第一個子音。現在式第一人稱單數中第一個子音的hamzah會重合，而命令式中第一個子音的hamzah則要脫落。

			主動態					被動態	
			過去式	現在式				過去式	現在式
				主格	受格	祈使格	命令式		主格
第三人稱	陽性單數	هُوَ	أَكَلَ	يَأْكُلُ	يَأْكُلَ	يَأْكُلْ		أُكِلَ	يُؤْكَلُ
	陰性單數	هِيَ	أَكَلَتْ	تَأْكُلُ	تَأْكُلَ	تَأْكُلْ		أُكِلَتْ	تُؤْكَلُ
	陽性雙數	هُمَا	أَكَلَا	يَأْكُلَانِ	يَأْكُلَا	يَأْكُلَا		أُكِلَا	يُؤْكَلَانِ
	陰性雙數	هُمَا	أَكَلَتَا	تَأْكُلَانِ	تَأْكُلَا	تَأْكُلَا		أُكِلَتَا	تُؤْكَلَانِ
	陽性複數	هُمْ	أَكَلُوا	يَأْكُلُونَ	يَأْكُلُوا	يَأْكُلُوا		أُكِلُوا	يُؤْكَلُونَ
	陰性複數	هُنَّ	أَكَلْنَ	تَأْكُلْنَ	تَأْكُلْنَ	تَأْكُلْنَ		أُكِلْنَ	يُؤْكَلْنَ
第二人稱	陽性單數	أَنْتَ	أَكَلْتَ	تَأْكُلُ	تَأْكُلَ	تَأْكُلْ	كُلْ	أُكِلْتَ	تُؤْكَلُ
	陰性單數	أَنْتِ	أَكَلْتِ	تَأْكُلِينَ	تَأْكُلِي	تَأْكُلِي	كُلِي	أُكِلْتِ	تُؤْكَلِينَ
	陰陽雙數	أَنْتُمَا	أَكَلْتُمَا	تَأْكُلَانِ	تَأْكُلَا	تَأْكُلَا	كُلَا	أُكِلْتُمَا	تُؤْكَلَانِ
	陽性複數	أَنْتُمْ	أَكَلْتُمْ	تَأْكُلُونَ	تَأْكُلُوا	تَأْكُلُوا	كُلُوا	أُكِلْتُمْ	تُؤْكَلُونَ
	陰性複數	أَنْتُنَّ	أَكَلْتُنَّ	تَأْكُلْنَ	تَأْكُلْنَ	تَأْكُلْنَ	كُلْنَ	أُكِلْتُنَّ	تُؤْكَلْنَ
第一人稱	陰陽單數	أَنَا	أَكَلْتُ	آكُلُ	آكُلَ	آكُلْ		أُكِلْتُ	أُوكَلُ
	陰陽雙數、複數	نَحْنُ	أَكَلْنَا	نَأْكُلُ	نَأْكُلَ	نَأْكُلْ		نُكِلْنَا	نُؤْكَلُ

主動名詞	被動名詞	動名詞
آكِلٌ	مَأْكُولٌ	أَكْلٌ

14 أَحَبَّ（喜歡）第四式動詞變化表

此為包含重複子音的添加動詞中的第四式動詞，部分人稱動詞變化會解除重複子音。

			主動態					被動態	
			過去式	現在式				過去式	現在式
				主格	受格	祈使格	命令式		主格
第三人稱	陽性單數	هُوَ	أَحَبَّ	يُحِبُّ	يُحِبَّ	يُحِبَّ، يُحِبِّ		أُحِبَّ	يُحَبُّ
	陰性單數	هِيَ	أَحَبَّتْ	تُحِبُّ	تُحِبَّ	تُحِبَّ، تُحِبِّ		أُحِبَّتْ	تُحَبُّ
	陽性雙數	هُمَا	أَحَبَّا	يُحِبَّانِ	يُحِبَّا	يُحِبَّا		أُحِبَّا	يُحَبَّانِ
	陰性雙數	هُمَا	أَحَبَّتَا	تُحِبَّانِ	تُحِبَّا	تُحِبَّا		أُحِبَّتَا	تُحَبَّانِ
	陽性複數	هُمْ	أَحَبُّوا	يُحِبُّونَ	يُحِبُّوا	يُحِبُّوا		أُحِبُّوا	يُحَبُّونَ
	陰性複數	هُنَّ	أَحْبَبْنَ	يُحْبِبْنَ	يُحْبِبْنَ	يُحْبِبْنَ		أُحْبِبْنَ	يُحْبَبْنَ
第二人稱	陽性單數	أَنْتَ	أَحْبَبْتَ	تُحِبُّ	تُحِبَّ	تُحِبَّ، تُحِبِّ	أَحِبَّ، تُحْبِبْ	أُحْبِبْتَ	تُحَبُّ
	陰性單數	أَنْتِ	أَحْبَبْتِ	تُحِبِّينَ	تُحِبِّي	تُحِبِّي	أَحِبِّي	أُحْبِبْتِ	تُحَبِّينَ
	陰陽雙數	أَنْتُمَا	أَحْبَبْتُمَا	تُحِبَّانِ	تُحِبَّا	تُحِبَّا	أَحِبَا	أُحْبِبْتُمَا	تُحَبَّانِ
	陽性複數	أَنْتُمْ	أَحْبَبْتُمْ	تُحِبُّونَ	تُحِبُّوا	تُحِبُّوا	أَحِبُّوا	أُحْبِبْتُمْ	تُحَبُّونَ
	陰性複數	أَنْتُنَّ	أَحْبَبْتُنَّ	تُحْبِبْنَ	تُحْبِبْنَ	تُحْبِبْنَ	أَحْبِبْنَ	أُحْبِبْتُنَّ	تُحْبَبْنَ
第一人稱	陰陽單數	أَنَا	أَحْبَبْتُ	أُحِبُّ	أُحِبَّ	أُحِبَّ، أُحْبِبْ		أُحْبِبْتُ	أُحَبُّ
	陰陽雙數、複數	نَحْنُ	أَحْبَبْنَا	نُحِبُّ	نُحِبَّ	نُحِبَّ، نُحْبِبْ		أُحْبِبْنَا	نُحَبُّ

主動名詞	被動名詞	動名詞
مُحِبٌّ	مُحَبٌّ	إِحْبَابٌ

補充文法

1 阿拉伯語動詞

阿拉伯語動詞基本上由3個字根構成，但也有由2個或4個字根構成的動詞。

阿拉伯語的句子裡，會將主詞的人稱標示在動詞的字根。現在式動詞標示在第一個子音前，過去式動詞則標示在最後一個子音後。

(1) 過去式動詞

阿拉伯語動詞以過去式為基礎，並衍生出各種型態，第三人稱陽性單數過去式被視為原型動詞。中間子音的母音有 (ـُ、ـَ、ـِ) 三種，由於每個動詞的中間母音都有所不同，不同動詞須個別記憶。過去式動詞根據主詞的人稱、性別、數而有以下的型態變化。

意義		第一人稱	第二人稱（陰）	第二人稱（陽）	第三人稱（陰）	第三人稱（陽）
去了	單數	ذَهَبْتُ	ذَهَبْتِ	ذَهَبْتَ	ذَهَبَتْ	ذَهَبَ
	雙數	ذَهَبْنَا	ذَهَبْتُمَا		ذَهَبَتَا	ذَهَبَا
	複數	ذَهَبْنَا	ذَهَبْتُنَّ	ذَهَبْتُمْ	ذَهَبْنَ	ذَهَبُوا
喝了	單數	شَرِبْتُ	شَرِبْتِ	شَرِبْتَ	شَرِبَتْ	شَرِبَ
	複數	شَرِبْنَا	شَرِبْتُنَّ	شَرِبْتُمْ	شَرِبْنَ	شَرِبُوا

(2) 現在式動詞

現在式動詞表現的是動作的進行或未來時態。現在式動詞的第一個子音前方會放上表主詞人稱的標示。現在式動詞根據主詞的人稱、性別、數而有以下的型態變化。

• 主格：現在式動詞的基本型態

意義		第一人稱	第二人稱（陰）	第二人稱（陽）	第三人稱（陰）	第三人稱（陽）
學習	單數	أَدْرُسُ	تَدْرُسِينَ	تَدْرُسُ	تَدْرُسُ	يَدْرُسُ
	複數	نَدْرُسُ	تَدْرُسْنَ	تَدْرُسُونَ	يَدْرُسْنَ	يَدْرُسُونَ

• 受格：動詞最後一個子音的母音為／a／母音。使用受格的動詞或單字、介詞要連接在 أَنْ、حَتَّى、كَيْ、لَنْ 後。

أُرِيدُ أَنْ أَذْهَبَ إِلَى مِصْرَ.　　我想去埃及。

لَنْ أَرْجِعَ إِلَى بَيْتِي.　　我不會回家。

• 祈使格：動詞最後一個子音的母音為 Sukun ْ，用在命令式或過去式動詞否定句等需要使用祈使格的單字中。

لَمْ أَذْهَبْ إِلَى جَامِعَتِي الْيَوْمَ.　　我今天不去大學。

اِجْلِسْ عَلَى الْكُرْسِيِّ.　　坐在椅子上。

補充文法 **241**

(3) 衍生型動詞

衍生型動詞指的是在原型動詞中加上1～3個子音，使型態產生變化的動詞。由於它們是從原型動詞中衍生出來的，便稱為衍生型動詞，在第二式到第十式中最常使用。

詞式	第三人稱（陽）單數過去式	第三人稱（陽）單數現在式	意思
第二式動詞	دَرَّسَ	يُدَرِّسُ	教
第三式動詞	سَاعَدَ	يُسَاعِدُ	幫助
第四式動詞	أَرْسَلَ	يُرْسِلُ	寄送
第五式動詞	تَعَلَّمَ	يَتَعَلَّمُ	學習
第六式動詞	تَعَاوَنَ	يَتَعَاوَنُ	協助
第七式動詞	اِنْصَرَفَ	يَنْصَرِفُ	離開
第八式動詞	اِجْتَمَعَ	يَجْتَمِعُ	開會
第九式動詞	اِحْمَرَّ	يَحْمَرُّ	變紅
第十式動詞	اِسْتَقْبَلَ	يَسْتَقْبِلُ	迎接

2 名詞的不規則複數

不規則複數指的是名詞從單數變化為複數時，沒有固定規則，而有各種不一樣的形態變化。實用的不規則複數型態如下。

	意義	單數	複數
فُعَلٌ	照片	صُورَةٌ	صُوَرٌ
	房間	غُرْفَةٌ	غُرَفٌ
فُعُلٌ	書	كِتَابٌ	كُتُبٌ
	道路	طَرِيقٌ	طُرُقٌ
فِعَلٌ	職業	مِهْنَةٌ	مِهَنٌ
	一塊（作品）	قِطْعَةٌ	قِطَعٌ

	意義	單數	複數
فِعَالٌ	男人	رَجُلٌ	رِجَالٌ
	國家	بَلَدٌ	بِلَادٌ
فَعَالٍ	土地	أَرْضٌ	أَرَاضٍ
	秒	ثَانِيَةٌ	ثَوَانٍ
فُعُولٌ	房子	بَيْتٌ	بُيُوتٌ
	學習、課程	دَرْسٌ	دُرُوسٌ
فُعَّالٌ	學生	طَالِبٌ	طُلَّابٌ
	作家	كَاتِبٌ	كُتَّابٌ
فَعَلَةٌ	學生	طَالِبٌ	طُلَّابٌ / طَلَبَةٌ
	魔法師	سَاحِرٌ	سَحَرَةٌ
فِعْلَةٌ	兄弟	أَخٌ	إِخْوَةٌ / إِخْوَانٌ
	女人	اِمْرَأَةٌ	نِسَاءٌ
أَفْعُلٌ	月份、月	شَهْرٌ	أَشْهُرٌ / شُهُورٌ
	腿	رِجْلٌ	أَرْجُلٌ
أَفْعَالٌ	男孩	وَلَدٌ	أَوْلَادٌ
	筆	قَلَمٌ	أَقْلَامٌ
	顏色	لَوْنٌ	أَلْوَانٌ
	消息	خَبَرٌ	أَخْبَارٌ
	時間	وَقْتٌ	أَوْقَاتٌ
	事物	شَيْءٌ	أَشْيَاءُ
	兒子	اِبْنٌ	أَبْنَاءٌ
	名字	اِسْمٌ	أَسْمَاءٌ
	天、日子	يَوْمٌ	أَيَّامٌ
	門	بَابٌ	أَبْوَابٌ

	意義	單數	複數
أَفْعِلَةٌ	問題	سُؤَالٌ	أَسْئِلَةٌ
	食物	طَعَامٌ	أَطْعِمَةٌ
فُعْلَانٌ	國家	بَلَدٌ	بِلَادٌ / بُلْدَانٌ
	年輕人	شَابٌّ	شَبَابٌ/ شُبَّانٌ
مَفَاعِلُ	學校	مَدْرَسَةٌ	مَدَارِسُ
	辦公室、書桌	مَكْتَبٌ	مَكَاتِبُ
	餐廳	مَطْعَمٌ	مَطَاعِمُ
	運動場	مَلْعَبٌ	مَلَاعِبُ
فَوَاعِلُ	街道	شَارِعٌ	شَوَارِعُ
فَوَاعِيلُ	日期、歷史	تَارِيخٌ	تَوَارِيخُ
فَعَائِلُ	信	رِسَالَةٌ	رَسَائِلُ
	島	جَزِيرَةٌ	جَزَائِرُ/ جُزُرٌ
فَعَالِيلُ	住址	عُنْوَانٌ	عَنَاوِينُ
	椅子	كُرْسِيٌّ	كَرَاسِيٌّ
أَفْعِلَاءُ	朋友	صَدِيقٌ	أَصْدِقَاءُ
	醫生	طَبِيبٌ	أَطِبَّاءُ
فُعَلَاءُ	窮人、貧窮的	فَقِيرٌ	فُقَرَاءُ
	王子	أَمِيرٌ	أُمَرَاءُ

	意義	單數	複數
其他	兒子	اِبْنٌ	أَبْنَاءٌ
	父親	أَبٌ	آبَاءٌ
	女兒	بِنْتٌ	بَنَاتٌ
	母親	أُمٌّ	أُمَّهَاتٌ
	～先生	سَيِّدٌ	سَادَةٌ
	外國人、外國的	أَجْنَبِيٌّ	أَجَانِبُ
	水	مَاءٌ	مِيَاهٌ

3 雙數

阿拉伯語的數分成單數、雙數、複數等。顧名思義，單數為一個，雙數為兩個，複數則為三個以上。雙數是由單數型態進行規則變化，在最後一個子音後方加上下列後綴詞後，便會變化成雙數。雙數有主格與受格／所有格等兩格，確指名詞與泛指名詞的型態一致。

確指／泛指	主格	受格／所有格
	ـَانِ	ـَيْنِ

出現 ة 時，將其改成 ت 後，在上方加上變位記號即可。

	泛指名詞		確指名詞	
	主格	受格／所有格	主格	受格／所有格
兩本書	كِتَابَانِ	كِتَابَيْنِ	兩本書	اَلْكِتَابَانِ	اَلْكِتَابَيْنِ
兩間學校	مَدْرَسَتَانِ	مَدْرَسَتَيْنِ	兩間學校	اَلْمَدْرَسَتَانِ	اَلْمَدْرَسَتَيْنِ

解答

第1課

文法
1 ①　　　　　　　　2 ③
3 ③　　　　　　　　4 ④

聽力
(1) ③　　　　　　　(2) ④

閱讀
③

第2課

文法
1 ④　　　　　　　　2 ④
3 ④　　　　　　　　4 ②

聽力
②

閱讀
1 ③　　　　　　　　2 ①

第3課

文法
1 ①　　　　　　　　2 ③
3 (1) ③ جَدِيدٌ　(2) ① طَوِيلٌ　(3) ② حَدِيثَةٌ

聽力
①

閱讀
1 ③
2 (1) ① هَلْ　(2) ② مَا

第4課

文法
1 ④　　　　　　　　2 ①
3 ②　　　　　　　　4 ③

聽力
(1) ③　　　　　　　(2) ④

閱讀
④

第5課

文法
1 ③　　　　　　　　2 ②
3 (1) ③ أَصْغَرُ مِنْ　(2) ① أَكْبَرُ مِنْ　(3) ④ أَرْخَصُ مِنْ　(4) ② أَغْلَى مِنْ

聽力
(1) ④　　　　　　　(2) ②

閱讀
②

第6課

文法
1 ②　　　　　　　　2 ③

3 (1) ③ بِ　　(2) ① فِي　(3) ② عَلَى

聽力
(1) ②　　(2) ①

閱讀
④

第7課

文法
1 ②　　2 ④
3 (1) ③ كَثِيرًا　(2) ① أَيْنَ
　(3) ④ قَلِيلًا　(4) ② لَا
4 ① صَبَاحًا → ③ ظُهْرًا → ④ مَسَاءً → ② لَيْلًا

聽力
(1) ②　　(2) ④

閱讀
③

第8課

文法
1 ③　　2 ①
3 (1) ④ الْجُدُدُ　(2) ③ جَمِيلَاتٌ
　(3) ① عِنْدِي　(4) ② أُرِيدُ
4 ② ٥

聽力
(1) ②　　(2) ④

閱讀
②

第9課

文法
1 ④　　2 ①
3 (1) ③ غَائِمٌ　(2) ② مُمْطِرٌ
　(3) ④ مُثْلِجٌ　(4) ① مُشْمِسٌ

聽力
(1) ③　　(2) ④

閱讀
①

第10課

文法
1 ③　　2 ①
3 (1) ④ خَمْسُ دَقَائِقَ　(2) ② الثُّلْثُ
　(3) ① الرُّبْعُ　(4) ③ النِّصْفُ

聽力
(1) ②　　(2) ④

閱讀
(3) → (5) → (4) → (6) → (2) → (1)

第11課

文法
1 ③　　2 ②
3 ① الَّتِي
4 (1) تَتَعَلَّمُ　(2) نَذْهَبُ

聽力
②

閱讀
②

第12課

文法

1 ②

2 (1) لَمْ يُشَاهِدْ هَذَا الْبِنَاءَ فِي يَوْمِ الْجُمْعَةِ.

(2) لَمْ نَأْكُلْ لَحْمَ الدَّجَاجِ.

(3) لَمْ تَذْهَبْ إِلَى السِّينِمَا أَمْسِ.

聽力

(1) ④ (2) ③

閱讀

(1) ① (2) ③

第13課

文法

1 (1) تُفَضِّلِينَ (2) أَشْتَرِي (3) أَعْطِنِي

2 (1) ① حَقِيبَةٌ (2) ③ عِنَبٌ (3) ② زَيْتُونٌ

3 (1) - ① (2) - ③ (3) - ②

聽力

(1) ① (2) ②

閱讀

(1) ② (2) ③

第14課

文法

1 (1) زُرْ (2) كُلْ (3) اِمْشِ

2 (1) ① (2) ②

3 (1) الْأَمَامِ (2) الْيَمِينِ

(3) الْيَسَارِ (4) الْوَرَاءِ

聽力

(1) ① (2) ②

閱讀

(1) ③ (2) ①

第15課

文法

1 (1) ② الَّذِينَ (2) ④ الَّذِي

(3) ③ الَّتِي (4) ① اللَّوَاتِي

2 (1) - ① (2) - ③

(3) - ④ (4) - ②

3 (1) مَمْنُوعٌ (2) مَشْغُولٌ

(3) مَوْجُودٌ (4) مَوْلُودٌ

聽力

(1) ① (2) ②

閱讀

(1) ① 3 ② 1 ③ 2

(2) ①, ③

第16課

文法

1 (1) الْأَطْعِمَةِ (2) الْكُورِيِّينَ

(3) الْأَمَاكِنِ (4) الطُّلَّابِ

2 (1) تَسْتَمِعُ (2) تَسْتَمِعِينَ

(3) يَسْتَمِعْنَ (4) نَسْتَمِعُ

3 ②

聽力

(1) 要多聽多寫。聽半島電視台的新聞，或是看阿拉伯電影。

(2) ①

閱讀

(1) ③

第17課

文法

1 (1) ③ عَنْ (2) ① حَتَّى (3) ② إِلَى

2 ①

3 (1) ② عِنْدَمَا (2) ④ عِنْدَ

(3) ① بِمُنَاسَبَةِ (4) ③ بِأَيَّةِ مُنَاسَبَةٍ

聽力

(1) ③ (2) ②

閱讀

②

第18課

文法

1 (1) تَحْتَاجِينَ (2) يَزَالُونَ

(3) نَحْتَاجُ (4) تَزَالِينَ

2 (1) - ② (2) - ③ (3) - ①

3 ②

聽力

(1)

أَعْرَاضٌ	نَعَمْ	لَا
صُدَاعٌ	✓	
حَرَارَةٌ	✓	

أَلَمٌ	نَعَمْ	لَا
حَنْجَرَةٌ	✓	
بَطْنٌ		✓

(2) ①

閱讀

(1) ① (2) ④

第19課

文法

1 (1) ① بِدُونِ (2) ② حَتَّى

(3) ① بِدُونِ (4) ② حَتَّى

2 ①

3 (1) - ④ (2) - ③

(3) - ② (4) - ①

聽力

(1) ① (2) ②

閱讀

(1) ④ (2) ①, ③

第20課

文法

1 (1) ① مُسْتَخْدَمٌ (2) ③ اِسْتِخْدَامٌ

(3) ② مُسْتَخْدِمٌ (4) ④ يَسْتَخْدِمُ

2 ④

聽力

(1) ② (2) ③

閱讀

1 (1) ② (2) ③

2 ②

聽力劇本・閱讀引文翻譯

第1課

聽力

إِبْرَاهِيم　اَلسَّلَامُ عَلَيْكُمْ.

فَرِيد　وَعَلَيْكُمُ السَّلَامُ.

إِبْرَاهِيم　أَنَا إِبْرَاهِيمُ وَمَنْ أَنْتَ؟

فَرِيد　أَنَا فَرِيدٌ وَأَنَا مُدَرِّسٌ.

إِبْرَاهِيم　أَنَا كَاتِبٌ.

فَرِيد　جَمِيلٌ!

亞伯拉罕　您好。
法立德　您好。
亞伯拉罕　我是亞伯拉罕，請問您是？
法立德　我是法立德，我是老師。
亞伯拉罕　我是作家。
法立德　您真厲害。

閱讀

宥娜　我是宥娜。我是作家。
拉妮亞　我是拉妮亞。我是學生。

第2課

聽力

لَيْلَى　مَرْحَبًا! أَنَا لَيْلَى. أَنَا مِنْ لُبْنَانَ.

يُوجِين　مَرْحَبًا! أَنَا يُوجِين. أَنَا مِنْ كُورِيَا الْجَنُوبِيَّةِ.

سَمِيرَةٌ　أَهْلًا، أَنَا سَمِيرَةٌ. أَنَا مِنَ الْمَغْرِبِ.

حَسَن　أَنَا حَسَنٌ، أَنَا مِنْ سُورِيَا.

萊拉　你們好！我是萊拉。我來自黎巴嫩。
宥真　你們好！我叫宥真。我來自韓國。
薩米拉　你們好。我是薩米拉。我來自摩洛哥。
哈珊　我是哈珊。我來自敘利亞。

閱讀

1

(1) 我也很高興認識你。我來自約旦。
(2) 你叫什麼名字？
(3) 很高興認識你。我來自韓國。你是從哪裡來的呢？
(4) 我的名字叫做法立德。

2

法立德　這個人是誰？
宥真　這個人是我的老師。
法立德　那個人是誰？
宥真　那個人是我同事。

第3課

聽力

هٰذِهِ حَقِيبَتِي. حَقِيبَتِي عَلَى الْمَكْتَبِ.

這是我的包包，我的包包在書桌上。

閱讀

1

這裡是教室。這個是黑板。這個是鉛筆。
這裡有書桌。那裡有包包。

2

是～嗎？／什麼

(1) 你是學生嗎？／不是，我是老師。
(2) 這是什麼？／這是皇宮。

第4課

聽力

A أَيْنَ بَيْتُكَ يَا مُحَمَّدُ؟

B بَيْتِي هُنَاكَ. سَقْفُهُ أَزْرَقُ.

لَيْسَ بَيْتِي بَعِيدًا عَنْ جَامِعَتِي.

أَمَامَ بَيْتِي حَدِيقَةٌ كَبِيرَةٌ وَجَمِيلَةٌ.

A 你家在哪裡呢，穆罕默德？

B 我家在那裡。藍屋頂的。

我家離大學不遠。

我家前面有個又大又漂亮的公園。

閱讀

這個紅色包包和那個新筆記本，還有這輛黑色車子。

第5課

聽力

女 هَذِهِ صُورَةُ أُسْرَتِي. هَذَا أَخِي. هُوَ طَالِبٌ فِي الْجَامِعَةِ التُّونِسِيَّةِ الْآنَ.

男 وَمَنْ هُوَ؟

女 هَذَا أَبِي. كَانَ طَبِيبًا.

男 أَلَيْسَ طَبِيبًا الْآنَ؟

女 هُوَ رَجُلُ أَعْمَالٍ الْآنَ.

女 這是我的家族照片，這位是我哥哥。他目前是突尼西亞大學學生。

男 這位是誰呢？

女 這位是我爸爸。他以前是醫生。

男 現在不是了嗎？

女 他現在是個企業家。

閱讀

這是我的家族照片。

我的爸爸是個企業家。以前是個技術人員。

這位是我媽媽，她是個家庭主婦。

說到我哥哥，他比我年長，目前在韓國讀書。

第6課

聽力

مُوَظَّفُ الْاِسْتِعْلَامَاتِ أَهْلًا وَسَهْلًا.

يُوجِينْ أَهْلًا بِكَ. لَوْ سَمَحْتَ، أَيْنَ الْمَتْحَفُ الْوَطَنِيُّ؟

مُوَظَّفُ الْاِسْتِعْلَامَاتِ ذَلِكَ الْبِنَاءُ الْأَبْيَضُ الْكَبِيرُ.

يُوجِينْ شُكْرًا جَزِيلًا.

مُوَظَّفُ الْاِسْتِعْلَامَاتِ عَفْوًا. أَتَمَنَّى لَكِ وَقْتًا سَعِيدًا.

服務台員工 歡迎光臨。

宥真 您好。不好意思，請問國立博物館在哪裡？

服務台員工 那個大型白色建築物就是了。

宥真 非常感謝。

服務台員工 別客氣。祝您玩得開心。

閱讀

我早上去大學。在大學門口遇到瑪哈。

我和她一起去自助餐廳喝阿拉伯咖啡。

我讀書，瑪哈寫信。之後我前往教室。並學習阿拉伯語。

第7課

聽力

تَذْهَبُ يُوجِينْ مَعَ أُسْرَةِ مَهَا إِلَى حَدِيقَةِ الْحَيَوَانَاتِ.

يُوجِينْ وَالله ، حَدِيقَةُ الْحَيَوَانَاتِ جَمِيلَةٌ جِدًّا.

مَهَا هَلْ تُحِبِّينَ حَدِيقَةُ الْحَيَوَانَاتِ؟

يُوجِينْ لَا، لَا أُحِبُّهَا. أُحِبُّ حَدِيقَةَ الْمَلَاهِيَ.

أَلَا تُحِبُّ أُسْرَتُكِ حَدِيقَةَ الْمَلَاهِيَ؟

مَهَا لَا تُحِبُّ أُسْرَتِي حَدِيقَةَ الْمَلَاهِيَ.

宥真和瑪哈的家人一起去了動物園。

宥真　天哪，動物園好美。

瑪哈　妳喜歡動物園嗎？

宥真　不，我並不喜歡動物園。我喜歡遊樂場。妳的家人們不喜歡遊樂場嗎？

瑪哈　我的家人不喜歡遊樂場。

閱讀

我現在在大學圖書館。
瑪哈和穆罕默德在一起。
我學習阿拉伯語。
瑪哈學習韓語。
瑪莉亞學習數學。

第8課

聽力

A أَهْلًا وَسَهْلًا.

B أَهْلًا بِكَ.

A أَيُّ خِدْمَةٍ؟

B هَلْ عِنْدَكَ كِتَابُ اللُّغَةِ الْعَرَبِيَّةِ؟

A نَعَمْ، هَذَا هُوَ.

B أُرِيدُ ثَلَاثَةَ أَقْلَامٍ سَوْدَاءَ أَيْضًا.

A هَذِهِ هِيَ. هَلْ تُرِيدِينَ شَيْئًا آخَرَ؟

B نَعَمْ، أُرِيدُ دَفْتَرًا وَاحِدًا.

A هَذَا هُوَ.

A　歡迎。

B　您好。

A　需要什麼？

B　有阿拉伯語的書嗎？

A　當然。在這裡。

B　我需要3支黑筆。

A　在這裡，還有什麼需要的東西嗎？

B　有的。筆記本一本。

A　在這裡。

閱讀

宥真在教室。她有學習用書、筆記本、鉛筆。
過了一會有新的男同學來。之後有新的女同學來。然後老師與三位學生過來。過了一會有一位女學生從教室出去。

第9課

聽力

رَانِيَا كَيْفَ كَانَ الْجَوُّ أَمْسِ فِي سِيول؟

يُوجِينْ كَانَ الْجَوُّ مُشْمِسًا أَمْسِ.

رَانِيَا كَيْفَ الْجَوُّ الْيَوْمَ؟

يُوجِينْ اَلْجَوُّ مُمْطِرٌ فِي سِيول الْيَوْمَ.

كَيْفَ الْجَوُّ الْيَوْمَ فِي الْقَاهِرَةِ؟

رَانِيَا اَلْجَوُّ غَائِمٌ الْيَوْمَ.

拉妮亞　昨天首爾天氣如何？

宥真　昨天有出太陽。

拉妮亞 今天天氣怎麼樣？

宥真 今天首爾下雨。開羅今天的天氣怎麼樣呢？

拉妮亞 今天是陰天。

閱讀

昨天下雨了。今天天氣很好。我現在和朋友們（陰）一起在公園裡。太陽出來了，很溫暖。天氣不熱也不冷。

第10課

聽力

مَهَا كَمْ السَّاعَةُ الْآنَ؟

رَانِيَا اَلسَّاعَةُ الْآنَ الْوَاحِدَةُ وَالثُّلْثُ.

مَهَا فِي أَيِّ سَاعَةٍ يَبْدَأُ الْفِيلْمُ؟

رَانِيَا يَبْدَأُ الْفِيلْمُ فِي السَّاعَةِ الرَّابِعَةِ إِلَّا رُبْعًا.

مَهَا هَيَّا نَذْهَبْ إِلَى السِّينِمَا بَعْدَ نِصْفِ سَاعَةٍ.

رَانِيَا طَيِّبٌ.

瑪哈 現在幾點？

拉妮亞 現在是1點20分。

瑪哈 電影幾點開始？

拉妮亞 電影是3點45分（4點的前15分鐘）開始。

瑪哈 我們30分鐘後前往電影院吧。

拉妮亞 好。

閱讀

(1) 我11點睡覺。

(2) 我6點40分回家。

(3) 我早上6點起床。

(4) 我8點去大學。

(5) 我6點30分吃早餐。

(6) 我從早上9點學習到下午5點。

第11課

聽力

مُوَظَّفَةٌ اَلُو، مَرْكَزُ جَامِعَةِ الْقَاهِرَةِ لِتَعْلِيمِ اللُّغَةِ الْعَرَبِيَّةِ.

طَالِبٌ اَلُو، اَلسَّلَامُ عَلَيْكُمْ. أَنَا طَالِبٌ وَأُرِيدُ أَنْ أَدْرُسَ اللُّغَةَ الْعَرَبِيَّةَ فِي مَرْكَزِ جَامِعَةِ الْقَاهِرَةِ.

مُوَظَّفَةٌ أَهْلًا وَسَهْلًا، هَلْ دَرَسْتَ اللُّغَةَ الْعَرَبِيَّةَ مِنْ قَبْلٍ؟

طَالِبٌ نَعَمْ، وَلَكِنْ أُرِيدُ أَنْ أَدْرُسَهَا مِنْ الْبِدَايَةِ.

مُوَظَّفَةٌ حَسَنًا، هَلْ تَعْرِفُ أَيْنَ الْمَرْكَزُ؟

طَالِبٌ نَعَمْ، ذَهَبْتُ إِلَى الْمَرْكَزِ فِي يَوْمِ الثُّلَاثَاءِ الْمَاضِي. وَأُرِيدُ أَنْ أَعْرِفَ مَوْقِعَ الْمَرْكَزِ عَلَى شَبَكَةِ الْإِنْتَرْنِت.

員工 喂，開羅大學阿拉伯語教學中心。

學生 喂，您好。我是個學生，我想在開羅大學的阿語中心學阿拉伯語。

員工 歡迎你。同學之前有學過阿拉伯語嗎？

學生 有，但是我想從頭開始學。

員工 好的，你知道中心在哪裡嗎？

學生 知道，我上星期二去過中心。另外，我想知道中心的網址。

閱讀

昨天天氣非常冷。

所以法立德用電視看足球比賽。

昨天他在家看的足球比賽很精采。

但是他下次想去足球場。

聽力劇本・閱讀引文翻譯 253

第12課

聽力

مَهَا	مَاذَا تَأْكُلِينَ يَا يُوجِينْ؟
يُوجِينْ	آكُلُ لَحْمَ الدَّجَاجِ الْمَشْوِي. هَلْ أَكَلْتِ الْغَدَاءَ؟
مَهَا	لَمْ آكُلْ بَعْدُ.
يُوجِينْ	هَيَّا نَأْكُلْ مَعًا. إِجْلِسِي هُنَا.
مَهَا	شُكْرًا.
يُوجِينْ	مَاذَا تُرِيدِينَ أَنْ تَأْكُلِي يَا مَهَا؟
مَهَا	أُرِيدُ الْفَلَافِل وَالسَّلَطَة وَالْأَرُزْ.

瑪哈	宥真，妳在吃什麼？
宥真	烤雞。妳吃午餐了嗎？
瑪哈	還沒吃。
宥真	一起吃吧。坐這裡。
瑪哈	謝謝。
宥真	妳要吃什麼，瑪哈？
瑪哈	我要吃炸鷹嘴豆餅和沙拉，還有飯。

閱讀

法立德	我現在跟哈珊、珉豪在圖書館。你怎麼還沒到？
穆罕默德	我10分鐘後到。你們吃午餐了嗎？
法立德	我們還沒吃。在學校前面的土耳其餐廳一起吃吧。
穆罕默德	好點子。

第13課

聽力

ذَهَبَتْ يُوجِينْ إِلَى السُّوقِ لِتَشْتَرِيَ بَعْضَ الْفَوَاكِهِ.

أَرَادَتْ يُوجِينْ أَنْ تَشْتَرِيَ التُّفَّاحَ وَالْمَوْزَ وَالْبَطِيخَ.

لَكِنَّهَا لَمْ تَجِدْ الْفَوَاكِهَ الطَّازِجَةَ فِي مَحَلِّ الْفَوَاكِهِ.

خَرَجَتْ يُوجِينْ مِنَ الْمَحَلِّ وَذَهَبَتْ إِلَى مَحَلِّ الْأَحْذِيَةِ.

وَجَدَتْ حِذَاءً أَبْيَضَ وَاشْتَرَتْهُ.

宥真為了買幾樣水果而去了市場。
她想買蘋果與香蕉、西瓜。
但是她沒在水果店裡找到新鮮水果。
宥真離開這家店，去了鞋店。
她發現了一雙白鞋，並買下了它。

閱讀

廣告
降價25%～65%
舊款手機60%
最新款智慧型手機25%
在本店消費即贈送時尚女用手提包。

第14課

聽力

A	هَلْ عِنْدَكَ أَيُّ مَوْعِدٍ غَدًا يَا مِينْ هُو؟
B	غَدًا؟ يَوْمُ الْخَمِيسِ؟
A	لَا، الْيَوْمُ هُوَ يَوْمُ الْخَمِيسِ. غَدًا سَيَكُونُ يَوْمَ الْجُمْعَةِ.
B	لَيْسَ عِنْدِي أَيُّ مَوْعِدٍ، لِمَاذَا؟
A	إِذَنْ، زُرْ بَيْتِي. هَيَّا نُشَاهِدْ مُبَارَاةَ كُرَةِ الْقَدَمِ مَعًا.
B	فِكْرَةٌ جَيِّدَةٌ.

A 珉豪，明天你有約嗎？
B 明天？星期四嗎？

A 不是，今天是星期四。明天是星期五。

B 完全沒事，怎麼了？

A 那來我家吧。一起看足球比賽。

B 好點子。

閱讀

你好，我是宥真。我正在搭巴士。
我們約5點30分對吧？
但是，因為車多，塞住了。
我下去搭電車。
5點45分應該會到。

第15課

聽力

A إِلَى أَيْنَ أَنْتَ ذَاهِبٌ يَا مُحَمَّدُ؟

B إِلَى مَحَلٍّ لِلْهَوَاتِفِ الْمَحْمُولَةِ، لِأَنَّ الْمُنْتَجَاتِ الْحَدِيثَةِ وَصَلَتْ.

A هَلْ تَنْوِي شِرَاءَ هَاتِفٍ مَحْمُولٍ جَدِيدًا؟

B كُنْتُ أَبْحَثُ عَنْ أَحْدَثِ هَاتِفٍ ذَكِيٍّ مَصْنُوعٍ مِنْ شَرِكَةٍ كُورِيَّةٍ. إِذَا وَجَدْتُهُ، فَسَوْفَ أَشْتَرِيهِ فَوْرًا .

A 穆罕默德，你要去哪裡？

B 我要去手機賣場，新貨到了呢。

A 你要買新手機嗎？

B 我在找韓國公司製的最新智慧型手機。
一找到我馬上買。

閱讀

抵達首爾後，拉妮亞造訪了幾個市內的王宮。
之後還去了電視劇中出現過的場所。
後來，拉妮亞晚上與在埃及認識的韓國女同學見面。

第16課

聽力

مِينْ هُو كَيْفَ أَسْتَطِيعُ أَنْ أُحَسِّنَ قُدْرَتِي عَلَى اللُّغَةِ الْعَرَبِيَّةِ؟

سَمِير اِقْرَأْ كَثِيرًا وَاكْتُبْ كَثِيرًا. وَأَنْصَحُكَ بِالْاِسْتِمَاعِ إِلَى الْأَخْبَارِ مِنْ قَنَاةِ الْجَزِيرَةِ. وَلِلْمُحَادَثَةِ، شَاهِدْ كَثِيرًا مِنَ الْأَفْلَامِ الْعَرَبِيَّةِ.

مِينْ هُو أَيْنَ أَسْتَطِيعُ مُشَاهَدَةَ الْأَفْلَامِ الْعَرَبِيَّةِ؟

سَمِير إِذَا زُرْتَ مَهْرَجَانَ الْقَاهِرَةِ السِّينِمَائِي، فَتَسْتَطِيعُ أَنْ تَجِدَ كَثِيرًا مِنَ الْأَفْلَامِ الْعَرَبِيَّةِ الْمُمْتَازَةِ.

珉豪 怎樣才能增強我阿語的能力呢？

薩米勒 要多讀多寫。我建議聽聽看半島電視台的新聞。
要加強會話，就多去看阿拉伯電影。

珉豪 哪裡可以看到阿拉伯電影呢？

薩米勒 參與開羅電影節就可以看到許多優質的阿拉伯電影。

閱讀

拉妮亞希望可以增進韓語實力。
她透過網路聽 K-POP。
還觀賞韓劇。
拉妮亞會和韓國友人通電子郵件。
還會在報紙上看每日新聞。

第17課

聽力

A هَلْ تَعْرِفِينَ رَقْمَ هَاتِفِ مُحَمَّدٍ يَا رَانِيَا؟

B نَعَمْ، أَعْرِفُهُ. أَلَا تَعْرِفِينَهُ يَا يُوجِينْ؟

A اِتَّصَلْتُ بِهِ عِدَّةَ مَرَّاتٍ، لَكِنَّ الْخَطَّ مَشْغُولٌ مُنْذُ عَشَرِ دَقَائِقَ.

B هَلْ الرَّقْمُ صَحِيحٌ؟

A اَلرَّقْمُ هُوَ 202-4390.

B اَلرَّقْمُ غَيْرُ صَحِيحٍ. اَلرَّقْمُ الصَّحِيحُ هُوَ 202-4399.

A شُكْرًا جَزِيلًا.

B عَفْوًا.

A 拉妮亞，妳知道穆罕默德的電話號碼嗎？

B 嗯，我知道。妳不知道嗎，宥真？

A 我打了好幾次，但他從10分鐘前就在通話中。

B 號碼對嗎？

A 號碼不是202-4390嗎？

B 號碼錯了。正確號碼是202-4399。

A 真感謝妳。

B 別客氣。

閱讀

在開羅大學前的巴士站下車。
下車後往左邊走一點。
會經過埃及銀行、麵包店。
看到旅行社之後右轉。
然後在Alsalam醫院前左轉。
會看到很多房子。
我家是從前面數來第三棟。

第18課

聽力

طَبِيبَةٌ مَاذَا عِنْدَكَ؟

مَرِيضٌ عِنْدِي صُدَاعٌ وَحَرَارَةٌ أَيْضًا.

طَبِيبَةٌ مُنْذُ مَتَى؟

مَرِيضٌ مُنْذُ أُسْبُوعٍ.

طَبِيبَةٌ أَلَيْسَ عِنْدَكَ أَلَمٌ؟

مَرِيضٌ عِنْدِي أَلَمٌ خَفِيفٌ فِي الْحَنْجَرَةِ.

طَبِيبَةٌ خُذْ الدَّوَاءَ خِلَالَ ثَلَاثَةِ أَيَّامٍ.

مَرِيضٌ كَمْ مَرَّةً آخُذُهُ فِي الْيَوْمِ؟

طَبِيبَةٌ مَرَّتَيْنِ فِي الْيَوْمِ. وَاشْرَبْ كَثِيرًا مِنَ الْمَاءِ. وَمِنَ الْأَفْضَلِ أَلَّا تَخْرُجَ مِنَ الْمَنْزِلِ.

醫生 哪裡不舒服呢？

患者 我頭痛，還發燒。

醫生 什麼時候開始有這種症狀的？

患者 一星期前開始。

醫生 有哪裡痛嗎？

患者 喉嚨有輕微疼痛。

醫生 請吃3天藥。

患者 一天吃幾次呢？

醫生 一天吃兩次。另外要多喝水。盡量少出門。

閱讀

邀請函
為了迎接我女兒「莎拉」的生日，邀請各位至「阿里巴巴」餐廳享用晚餐。
派對於星期四晚間8點開始，進行2個小時。

第19課

聽力

اَلْمُوَظَّفُ مَا غَرَضُ الزِّيَارَةِ؟

مِينْ هُو لِلْعَمَلِ.

اَلْمُوَظَّفُ كَمْ يَوْمًا سَتُقِيمُ فِي الْقَاهِرَةِ؟

مِينْ هُو لِمُدَّةِ أُسَبُوعٍ.

اَلْمُوَظَّفُ أَيْنَ تُقِيمُ؟

مِينْ هُو أُقِيمُ فِي فُنْدُقِ شِيرَاتُون.

اَلْمُوَظَّفُ سَأُعْطِيكَ تَأْشِيرَةَ الدُّخُولِ. تَسْمَحُ هَذِهِ التَّأْشِيرَةُ لَكَ بِالْإِقَامَةِ خِلَالَ تِسْعِينَ يَوْمًا.

مِينْ هُو طَيِّبٌ، شُكْرًا.

員工　你的訪問目的是什麼呢？

珉豪　商務。

員工　預計在開羅停留幾天？

珉豪　一個星期。

員工　您要待在哪裡呢？

珉豪　喜來登飯店。

員工　這是您的入境簽證。這個簽證可供居留90天。

珉豪　好的，謝謝您。

閱讀

宥真　我想在本中心報名阿拉伯語書法課程。

員工　歡迎妳。

宥真　報名需要準備什麼呢？

員工　需要護照。

宥真　在這裡。

員工　有入境簽證嗎？

宥真　有，在護照裡。

第20課

聽力

أَيُّهَا الْأَصْدِقَاءُ الْأَعْزَاءِ

سَأُغَادِرُ مِصْرَ فِي الْأُسْبُوعِ الْقَادِمِ.

عِنْدِي بَعْضُ الْأَثَاثِ الْمُسْتَخْدَمِ، مِثْلَ الثَّلَاجَةِ وَالْمَرْوَحَةِ وَالطَّاوِلَةِ.

سَأَبِيعُ هَذَا الْآثَاث بِأَسْعَارِ مُنْخَفِضَةِ.

اِذَا أَرَدْتَ شِرَاءَ، أَرْسِلْ لِي رِسَالَةً عَلَى هَاتِفِي الْمَحْمُولِ عَلَى الرَّقْمِ 202-65783.

親愛的朋友們。

我下星期要離開埃及了。

我有冰箱、洗衣機、電風扇、桌子等二手家具。

我打算將這些家具便宜賣出。

想買的話傳訊到我的手機202-65783。

閱讀

1

二手車

款式	使用時間	價格
Cerato	6個月	50萬迪拉姆
豐田	3年	100萬迪拉姆
福特	1年6個月	150萬迪拉姆
Elantra	5年	25萬迪拉姆

2

廣告

此為大馬士革街道上的空公寓。

有3個房間與寢室、含冰箱與烤箱的廚房，是附家具的公寓。

所有房間皆有空調。

索引

أ

أَ	疑問詞（與否定動詞一起使用）——106
أَبٌ	爸爸 ——67
أَتَذَوَّقُ	嚐（第五式現在式第一人稱單數）——136
أَتَسَوَّقُ	購物（現在式第一人稱單數）——167
اِتَّصَلْتُ	撥打、聯絡（過去式第一人稱單數）——186
اِتَّصِلِي	撥打看看（命令式第二人稱陰性單數）——186
أَتَعَلَّمُ	學習（現在式第一人稱單數）——76
أَتَمَنَّى	希望（現在式第一人稱單數）——76
أَتَنَاوَلُ	吃、拿取（現在式第一人稱單數）——119
أَثَاثٌ	家具 ——217
اِجْتِهَادٌ	勤勉、認真 ——77
أَجْمَلُ	更美的 ——66
أَحْدَثُ مُودِيل	最新款式 ——220
أَحْذِيَةٌ	鞋子（複）——150
أَحْضُرُ	來、參加（現在式第一人稱單數）——119
أَخٌ	兄弟 ——69
أَخْبَارٌ	報導、消息（複）——176
أَخْبَارٌ يَوْمِيَّةٌ	每日新聞 ——181
اِخْتَرْتِ	選擇（過去式第二人稱陰性單數）——166
أَخَذْتِ	吃、採用（過去式第二人稱陰性單數）——197
آخَرُ	其他、再 ——97, 126, 169
أُخْرَى	其他、再（陰）——126
أَدْرُسُ	學習、讀書（現在式第一人稱單數）——121
أَدْعُو	邀請（現在式第一人稱單數）——187
إِذَنْ	那麼 ——47, 96
أَرْسَلْتُ	寄送（過去式第一人稱單數）——187
أَرِنِي	請給我看看（命令式第二人稱陽性單數）——169
أُرِيدُ	想要（現在式第一人稱單數）——89, 97
أَزُورُ	造訪（現在式第一人稱單數）——127, 207
أُسْبُوعٌ	星期、一週 ——156
أَسْتَعِيرُ	租借（現在式第一人稱單數）——159
أَسْتَمِعُ	聆聽（現在式第一人稱單數）——177
أَسْتَيْقِظُ مِنْ	起床、從～醒來（現在式第一人稱單數）——119
أُسَجِّلُ	報名（現在式第一人稱單數）——89
أُسْرَةٌ	家族 ——67
أُسْرَتِي	我的家人 ——66

اِسْمٌ	名字	36		أَقُومُ	起來（現在式第一人稱單數）	121
اِسْمُكَ	你的名字	37		أَكَلْتُ	吃（過去式第一人稱單數）	196
اِسْمُكِ	妳的名字	37		اَلْأَثَاثُ الْمُسْتَخْدَمُ	二手家具	217
اِسْمِي	我的名字	36		اَلْأُرْدُنُّ	約旦	36
أَسْوَاقٌ	市場（複）	167		اَلْأَرْقَامُ	號碼（複）	96
أَسْوَدُ	黑色的、黑色	166		اَلْآنَ	現在	71, 146
أَشْتَرِي	買（現在式第一人稱單數）	147		اَلْإِنْتَرْنِت	網路	126
أَشْجَارٌ	樹（複）	200		اَلْأَهْرَامُ	金字塔（複）	127
أَصْحَبُ	同行（現在式第一人稱單數）	147		اَلْبَتْرَاءُ	佩特拉	207
أَضَعْتُ	丟失、遺失（過去式第一人稱單數）	186		اَلتَّارِيخُ الْعَرَبِيُّ	阿拉伯歷史	77
أَطْبَاقٌ	盤子、料理（複）	137		اَلتَّارِيخُ الْكُورِيُّ	韓國史	91
أَطْعِمَةٌ	食物（複）	196		اَلتُّرْكِيُّ	土耳其式的	141
إِطْلَاقًا	完全	196		اَلثُّلَاثَاءُ	星期二	156
أَعْرَاضٌ	症狀（複）	201		اَلْخَطُّ الْعَرَبِيُّ	阿拉伯書法	211
أُعَلِّمُ	教導（現在式第一人稱單數）	86		اَلرِّسَالَةُ	信	187
أَغَانِي	歌曲（複）	177		اَلرَّقْصُ الشَّرْقِيُّ	肚皮舞	86
أُغَنِّي	唱歌（現在式第一人稱單數）	177		اَلرِّيَاضِيَاتُ	數學	91
أَغَانٍ	歌曲	177		اَلْعَرَبِيَّةُ	阿拉伯的、阿拉伯語的	57
أَفْضَلُ	最優秀的	76		اَلْعَشَاءُ	晚餐	137
أُقَابِلُ	見面（現在式第一人稱單數）	81		اَلْغَدَاءُ	午餐	136
أَقْلَامٌ	筆（複）	97		اَلْقَاهِرَةُ	開羅	47
				اَلْقَهْوَةُ الْعَرَبِيَّةُ	阿拉伯咖啡	81

索引 | **259**

اَللُّغَة	語言	57
اَللُّغَة الْعَرَبِيَّة	阿拉伯語	91
أَلَم	疼痛	199
اَلْمُحَاضَرَة	課程	96
اَلْمَغْرِب	摩洛哥	206
اَلْمُقْبِل	下個	187
اَلْوِلَايَاتُ الْمُتَّحِدَةُ الْأَمْرِيكِيَّة	美國 (United States of America)	209
اَلْيَوْم	今天	111
أَمَّا ... فَ ...	說到～就是～	71
أَنَا	我是	27
أَنْتِ	妳	27
أَنْتَظِرُ	等待（現在式第一人稱單數）	117
اِنْزِلْ	下來（命令式第二人稱陽性單數）	191
أَنِيق	時尚的、優雅的	166
أَنِيقَة	時尚的、優雅的（陰）	56
إِيجَار	租賃	216
إِيجَار شَهْرِيّ	月租	216
أَيْضًا	也	97
أَيْنَ	哪裡、在哪裡	36, 66

ب

بَاب	門	156
بِاجْتِهَاد	勤勉地、認真地	77, 180
بَارِد	寒冷的	106
بَارَكَ	祝福（過去式第三人稱陽性單數）	189
بِدُون	沒有～	207
بَرْد	寒冷、感冒	199
بَرْنَامَج	課程	89
بَصَل	洋蔥	146
بَطَاطَا	馬鈴薯	70, 146
بِطَاقَةُ الطَّالِب	學生證	159
بَعْدَ قَلِيل	過了一會	101
بَعِيدَة عَنْ	離～很遠的	47
بِنَاء	建築物	46
بَنَات	少女（複）	151
بِنْت	少女	151
بَنْك	銀行	67
بَيْنَ	之間	107

ت

تَارِيخ	歷史	77
تَأْشِيرَةُ الدُّخُول	入境簽證	207

تَبْدُو 看起來似乎～
（現在式第三人稱陰性單數）47

تَبْقَى 剩下
（現在式第三人稱陰性單數）146

تَتَبَادَلُ 交換、交流
（現在式第三人稱陰性單數）181

تَتَذَكَّرِينَ 記得
（現在式第二人稱陰性單數）166

تَتَعَلَّقُ بِ 與～相關的
（現在式第三人稱陰性單數）129

تَتَقَابَلْنَ 見面
（現在式第二人稱陰性複數）116

تُحِبُّ 喜歡
（現在式第二人稱陽性單數）77

تَحَسَّنْتِ 進步、變好、改善
（過去式第二人稱陰性單數）197

تَحْضُرُ 來
（現在式第三人稱陰性單數）101

تَخْرُجُ 出去
（現在式第三人稱陰性單數）101

تَخْفِيضٌ 折價 149

تَدْرُسِينَ 學習
（現在式第二人稱陰性單數）76

تَذْهَبِينَ 去（現在式第二人稱陰性單數）87

تَرُدِّي 接聽電話、回應
（現在式第二人稱陰性單數祈使格）186

تَرْكَبُ 搭乘
（現在式第二人稱陽性單數）156

تَرَكْتِ 丟下、離開
（過去式第二人稱陰性單數）186

تُرِيدِينَ 想要
（現在式第二人稱陰性單數）86

تُسَافِرُ 旅行
（現在式第二人稱陽性單數）206

تَسْتَطِيعِينَ 可以
（現在式第二人稱陰性單數）167

تَسْجِيلٌ 報名 89

تَطْبُخُ 烹飪、做菜
（現在式第三人稱陰性單數）136

تَعَرَّفْتُ 得知（過去式第一人稱單數）177

تُفَّاحٌ 蘋果 70

تَقْرَأُ 閱讀（現在式第二人稱陽性單數）77

تَقْرِيرٌ 報告書 210

تُقِيمِينَ 停留、居留
（現在式第二人稱陰性單數）207

تَنْتَقِلِينَ 移動
（現在式第二人稱陰性單數）217

تَنْزِيلاتٌ 打折 151

تَنْقُلُ 傳達、移動
（現在式第三人稱陰性單數）176

تَوْفِيقٌ 順利、成功 76

ث

ثَلْجٌ 雪 106

ثُمَّ 然後～ 81, 160

ج

جَامِعَةٌ	大學	47
جَاهِزٌ	準備好的	137
جَائِعُونَ	肚子餓的（複）	136
جِدًّا	非常、真的	46, 67
جَرَّبْتِ	嘗試、體驗（過去式第二人稱陰性單數）	166
جَمَلٌ	駱駝	70
جَمِيلٌ	美麗的	46
جَمِيلَةٌ	美麗的（陰）	56
جُنَيْهَاتٌ	埃及鎊（複）	97
جَوٌّ	天氣	106

ح

حَارٌّ	熱的	107
حَالٌ	狀態、情況	27
حَالُكِ	妳的狀態	27
حَدِيثٌ	現代的、新的	46, 151
حَدِيقَةٌ	公園	87
حَدِيقَةُ الْحَيَوَانَاتِ	動物園	87
حِذَاءٌ	鞋子	150
حَصَلْتُ عَلَى	得到（過去式第一人稱單數）	217
حَفْلَةٌ	派對、慶典	99
حَيَوَانٌ	動物	87
حَيَوَانَاتٌ	動物（複）	87

خ

خُضَرٌ	蔬菜（複）	147
خَطٌّ	書法	211
خَفِيفٌ	輕微的	199
خِلَالَ	～期間	196
خَيْرٌ	善良、福氣	26

د

دَارُ السِّينِمَا	電影院、劇場	157
دِرَاسَةٌ	學習	89
دَرْسٌ خَاصٌّ	補習、特殊課程	117
دَفَاتِرُ	筆記簿（複）	97
دَوَاءٌ	藥	197
دَوِّرْ	轉彎、請轉彎（命令式）	191

ر

رَسَائِلُ	信件（複）	181
رَطِبٌ	潮溼的	107
رَقْصٌ	舞蹈	86
رَقْمٌ	號碼	96
رَئِيسُ طُلَّابٍ	學生會長	180

ز

زَادَ	增加、變多（過去式第三人稱陽性單數）	196
زِحَامٌ	交通堵塞	157
زُرْتِ	造訪（過去式第二人稱陰性單數）	207
زَمِيلَةٌ	同事（陰）	37

س

سَتَجِدِينَ	發現（未來第二人稱陰性單數）	157
سِعْرٌ	價錢	149
سَقْفٌ	屋頂	61
سَمَاءٌ	天空（陰）	106
سِمْسَارٌ	仲介	216
سَهْلٌ	簡單的	86
سَهْلَةٌ	簡單的（陰）	96
سَوْدَاءُ	黑的（陰）	97
سُوقٌ	市場（陰）	147
سِينِمَا	電影院	117
سِيُولُ	首爾	106

ش

شَاطِئُ الْبَحْرِ	海邊	111
شَاهَدْتُهَا	我看了那個（陰）（過去式第一人稱單數）	127
شَبَكَةٌ	網	126
شَدِيدٌ	嚴重的	199
شَرْقِيٌّ	東方的	86
شِفَاءٌ	治療、恢復	189
شَقَّةٌ	公寓	217
شَقَّةٌ مَفْرُوشَةٌ	附家具的公寓	216
شَمْسِيَّةٌ	陽傘	109
شَهْرٌ	月份、月	107
شَيْءٌ	東西、事物	97

ص

صَبَاحٌ	早上	26
صِحَّةٌ	健康	160
صَحِيحٌ	正確的	47
صُدَاعٌ	頭痛	199
صَدِيقَةٌ	朋友（陰）	56
صَعْبٌ	困難的	86
صَعْبَةٌ	困難的（陰）	57
صُورَةٌ	照片	67

ط

طَازِجٌ	新鮮的	146

索引 **263**

طَالِبَةٌ	女學生	26
طَرِيقٌ	道路	161
طَمَاطِمُ	番茄	146

ع

عَادَةً	通常	180
عَامٌ	年	167
عَامِلٌ	勞工、店員	97
عَرَبِيٌّ	阿拉伯的、阿拉伯人的	77
عَشَاءٌ	晚餐	119, 187
عَصِيرٌ	果汁	139
عَطْشَانُ	口渴的	137
عَظِيمٌ	偉大的、了不起的、壯觀的	127
عَمَلٌ	工作、勞動	119
عَنْ	從～、有關～	47, 77
عِيدُ الْأَضْحَى	宰牲節	206
عَيْنٌ	眼睛	196

غ

غَالٍ	昂貴的	149
غَائِمَةٌ	陰沈的	106
غَيْرُ مُمْكِنٍ	不可以的	149

ف

فَازَ	獲勝（過去式第三人稱陽性單數）	126
فَارِغَةٌ	空的（陰）	216
فَتَاةٌ	少女、女性	56
فَرَاغٌ	空白、空閒	129
فَرَنْسَا	法國	66
فَرِيقٌ	隊伍	126
فَصْلٌ	教室	81
فُطُورٌ	早餐	119
فِعْلًا	確實、真實地	46
فِكْرَةٌ	想法	77
فَوَاكِهُ	水果（複）	147
فَوْرًا	立刻	86, 136
فِي	在～	47
فِي التِّلْفِزيُونِ	在電視上	131
فِي الْمَاضِي	以前	67, 71
فِي الْمَرَّةِ الْقَادِمَةِ	下次	131

ق

قُدْرَةٌ عَلَى	～的能力	181
قَدِيمٌ	古老的、舊的	46, 151
قَرَأْتَ	讀、唸（過去式第二人稱陽性單數）	187

قَرِيبًا	馬上、立刻	136
قَصْرٌ	宮殿	46
قُصُورٌ مَلَكِيَّةٌ	王宮（複）	171

ك

كَاتِبَةٌ	作家（陰）	31
كَانَ	是~（過去式第三人稱陽性單數）	197
كَتَبْتِ	書寫（過去式第二人稱陰性單數）	187
كَثِيرًا	大量地	109
كُرَةُ الْقَدَمِ	足球	126
كَرِيمٌ	高貴的、慷慨的	179
كَفِتِيرِيَا	自助餐廳	81
كُلٌّ	全部	76
كُلٌّ	各自、全部	97
كُلَاسِيكِيَّةٌ	古典的	180
كَلْبٌ	狗	70
كَمْ	多少	107
كُنْتِ	是~（過去式第二人稱陰性單數）	66
كُورِيَا	韓國	36
كَيْفَ	如何、怎麼	27, 86

ل

لَا	不是	46
لَاعِبُونَ	選手（複）	126
لُبْنَانِيَّةٌ	黎巴嫩的、黎巴嫩人（陰）	56
لِذَلِكَ	因此	177
لَذِيذٌ	好吃的	137
لَذِيذَةٌ	好吃的（陰）	196
لَكَ	對你（陽）	76
لَكِنْ	但是、不過	86
لَكِنَّهُ	但是他~	131
لِلدِّرَاسَةِ	學習用的	101
لِلْغَايَةِ	非常地、十分地	126
لَوْنٌ	顏色	166

م

مَادَّةٌ	科目	89
مَأْكُولَاتٌ	料理、食物（複）	136, 220
مَائِدَةٌ	餐桌	137
مُبَارَاةٌ	比賽	126
مُبَارَكٌ	被祝福的	179
مَتَى	什麼時候	89, 117
مَحَلٌّ	店舖	151
مَحْمُولٌ	拿（在手上）的	96

索引 **265**

مَخْبَزٌ 麵包店 …… 191

مَرَّةٌ 次數 …… 126

مُزْدَحِمٌ 擁擠的、堵塞的 …… 161

مَزِيدٌ مِنْ 更多的 …… 200

مُشْمِسٌ 晴朗的、豔陽高照的 …… 107

مَشْهُورَةٌ 有名的（陰） …… 206

مِصْرُ 埃及 …… 37

مِصْرِيَّةٌ 埃及的、埃及女性 …… 37

مَصْنُوعَةٌ 製作的、生產品（陰） …… 167

مِظَلَّةٌ 雨傘 …… 109

مَعَ 與～一起 …… 66, 87

مُعَدَّلٌ 平均 …… 107

مُعَلِّمٌ 老師 …… 76

مَعْهَدٌ 補習班、機構 …… 89

مَفْرُوشَةٌ 附家具的（陰） …… 216

مُقَابِلَ 代價、對～的 …… 126

مَقَاسٌ 尺寸 …… 169

مَقَرٌّ 駐地、所在地 …… 176

مَكْتَبَةٌ 圖書館 …… 57

مَكْتَبَةُ الْجَامِعَةِ 大學圖書館 …… 91

مَلَابِسُ 衣服（複） …… 167

مَلْعَبٌ 運動場 …… 200

مَلْعَبُ كُرَةِ الْقَدَمِ 足球場 …… 131

مِلْعَقَةٌ 湯匙 …… 220

مُمْتِعٌ 有趣的、精采的 …… 126

مُمْتِعَةٌ 有趣的、精采的（陰） …… 57, 96

مَنْ 誰 …… 26

مِنْ 從～ …… 36

مُنَاسِبٌ 適當的、切合的 …… 76

مُنْتَجٌ 商品、產品 …… 169

مُنْتَجَاتٌ 產品、商品（複） …… 169

مِنْطَقَةٌ 地區 …… 217

مُنَوَّعَةٌ 各種 …… 160

مَوْجُودٌ 在場的 …… 137

مُوسِيقَى 音樂 …… 180

مُوَظَّفٌ 員工 …… 67

مَوْعِدٌ 約定 …… 116, 161

مَوْقِعٌ 位置、網址 …… 180

ن

نَتَقَابَلُ 見面（現在式第一人稱複數） …… 116

نَجَاحٌ 成功 …… 76, 177

نَحِيفَةٌ 瘦的（陰） …… 196

نُزُولٌ 下降 …… 157

نِصْفٌ 1/2、一半 …… 116

نَعَمْ 是 …… 47

نَقْرَأُ 閱讀（現在式第一人稱複數）77
نَقْلٌ 傳達、移動 176
نَلْتَقِي 見面（現在式第一人稱複數）117
نِهَائِيٌّ 最終的 210
نُورٌ 光 26
نَوْمٌ 睡眠 119

ه

هَاتِفٌ 電話 96
هَاتِفٌ مَحْمُولٌ 手機 187
هَدَفٌ 目標、目的 126
هُنَا 這裡、在這裡 106
هَنَاءٌ 舒適、快樂 189

و

وَ 那麼、然後 27
وَجَبَاتٌ 餐食（複）180
وَحْشِيٌّ 兇猛的、禽獸般的 87
وَزْنٌ 重量 196
وَقْتُ الْفَرَاغِ 餘暇時間 129

ي

يَا （稱呼）呀、～小姐、～先生 27
يَأْتِي 前來（現在式第三人稱陽性單數）99
يَحْضُرُ 出席（現在式第三人稱陽性單數）101
يَدْرُسُ 讀書、學習（現在式第三人稱陽性單數）71
يُعْطِي 給（現在式第三人稱陽性單數）150
يَفْتَحُ 開（現在式第三人稱陽性單數）156
يَقَعُ 位於～（現在式第三人稱陽性單數）89
يُنَاسِبُ 適合（現在式第三人稱陽性單數）169
يُنَاسِبُنِي 那個很適合我 169
يَنْزِلُ 降下（現在式第三人稱陽性單數）106, 109
يَنْوِي 打算、試圖（現在式第三人稱陽性單數）171
يُوجَدُ 有～、存在（現在式第三人稱陽性單數）99
يَوْمُ الْأَحَدِ 星期日 117

索引 267

索引 2

ㄅ

不可以的 غَيْرُ مُمْكِنٍ 149

撥打看看（命令式第二人稱陰性單數） اِتَّصِلِي 186

撥打、聯絡（過去式第一人稱單數） اِتَّصَلْتُ 186

比賽 مُبَارَاةٌ 126

補習 دَرْسٌ خَاصٌّ 117

不過 لَكِنْ 86

報導（複） أَخْبَارٌ 176

筆記簿（複） دَفَاتِرُ 97

變多、增加（過去式第三人稱陽性單數） زَادَ 196

報名 تَسْجِيلٌ 89

報名（現在式第一人稱單數） أُسَجِّلُ 89

報告書 تَقْرِيرٌ 210

本部、駐地 مَقَرٌّ 176

比賽 مُبَارَاةٌ 126

不是 لَا 46

爸爸 أَبٌ 67

變好（過去式第二人稱陰性單數） تَحَسَّنْتِ 197

被祝福的 مُبَارَكٌ 179

筆（複） أَقْلَامٌ 97

補習班 مَعْهَدٌ 89

ㄆ

蘋果 تُفَّاحٌ 70

烹飪、做菜（現在式第三人稱陰性單數） تَطْبُخُ 136

盤子（複） أَطْبَاقٌ 137

朋友（陰） صَدِيقَةٌ 56

派對、慶典 حَفْلَةٌ 99

佩特拉 اَلْبَتْرَاءُ 207

平均 مُعَدَّلٌ 107

ㄇ

馬鈴薯 بَطَاطَا 70, 146

馬上 قَرِيبًا 136

摩洛哥 اَلْمَغْرِبُ 206

目標、目的 هَدَفٌ 126

門 بَابٌ 156

美國 اَلْوِلَايَاتُ الْمُتَّحِدَةُ الْأَمْرِيكِيَّةُ 209

麵包店 مَخْبَزٌ 191

買（現在式第一人稱單數） أَشْتَرِي 147

美麗的 جَمِيلٌ 46

美麗的（陰） جَمِيلَةٌ 56

沒有～ بِدُونِ 207

名字 اِسْمٌ 36

每日新聞 أَخْبَارٌ يَوْمِيَّةٌ 181

ㄈ

附家具的（陰） مَفْرُوشَةٌ 216

附家具的公寓 شَقَّةٌ مَفْرُوشَةٌ 216

非常 جِدًّا 46, 67

非常地、十分地 لِلْغَايَةِ 46, 126

福氣、善良 خَيْرٌ 26

番茄 طَمَاطِمُ 146

法國 فَرَنْسَا 66

ㄉ

店舖 مَحَلٌّ 151

東西、事物 شَيْءٌ 97

讀書、學習（現在式第三人稱陽性單數） يَدْرُسُ 71

電影院 سِينِمَا 117

電影院、劇場 دَارُ السِّينِمَا 157

等待（現在式第一人稱單數） أَنْتَظِرُ 117

對你 لَكَ 76

代價 مُقَابِلَ 126

大學 جَامِعَةٌ 47

大學圖書館 مَكْتَبَةُ الْجَامِعَةِ 91

動物 حَيَوَانٌ 87

動物（複） حَيَوَانَاتٌ 87

動物園 حَدِيقَةُ الْحَيَوَانَاتِ 87

東方的 شَرْقِيٌّ 86

大量地 كَثِيرًا 109

肚子餓的（複） جَائِعُونَ 136

肚皮舞 اَلرَّقْصُ الشَّرْقِيُّ 86

打折 تَنْزِيلَاتٌ 151

得知（過去式第一人稱單數） تَعَرَّفْتُ 177

得到（過去式第一人稱單數） حَصَلْتُ عَلَى 217

多少 كَمْ 107

～的能力 قُدْرَةٌ عَلَى 181

電影院 دَارُ السِّينِمَا 157

讀、念（過去式第二人稱陽性單數） قَرَأْتَ 187

丟失、遺失（過去式第一人稱單數） أَضَعْتُ 186

丟下、離開（過去式第二人稱陰性單數） تَرَكْتِ 186

打算（現在式第三人稱陽性單數） يَنْوِي 171

電話 هَاتِفٌ 96

店員 عَامِلٌ 97

地區 مِنْطَقَةٌ 217

搭乘（現在式第二人稱陽性單數） تَرْكَبُ 156

索引 269

中文	阿拉伯文	頁碼
隊伍	فَرِيقٌ	126
但是	لَكِنْ	86
但是他~	لَكِنَّهُ	131
道路	طَرِيقٌ	161

ㄊ

中文	阿拉伯文	頁碼
天氣	جَوٌّ	106
圖書館	مَكْتَبَةٌ	57
同事（陰）	زَمِيلَةٌ	37
同行（現在式第一人稱單數）	أَصْحَبُ	147
頭痛	صُدَاعٌ	199
聽（現在式第一人稱單數）	أَسْتَمِعُ	177
停留、居留（現在式第二人稱陰性單數）	تُقِيمِينَ	207
湯匙	مِلْعَقَةٌ	220
通常	عَادَةٌ	180
堵塞的	مُزْدَحِمٌ	161
體驗（過去式第二人稱陰性單數）	جَرَّبْتِ	166
土耳其式的	التُّرْكِيُّ	141
疼痛	أَلَمٌ	199
特殊課程	دَرْسٌ خَاصٌّ	117
天空（陰）	سَمَاءٌ	106

ㄋ

中文	阿拉伯文	頁碼
那個很適合我	يُنَاسِبُنِي	169
那麼	إِذَنْ	47, 96
那麼、然後	وَ	27
妳	أَنْتِ	27
年	عَامٌ	167
妳的狀態	حَالُكِ	27
你的名字	اِسْمُكَ	37
妳的名字	اِسْمُكِ	37
拿（在手上）的	مَحْمُولٌ	96
（在）哪裡	أَيْنَ	36, 66
女性	فَتَاةٌ	56
女學生	طَالِبَةٌ	26
年	عَامٌ	167

ㄌ

中文	阿拉伯文	頁碼
駱駝	جَمَلٌ	70
勞工	عَامِلٌ	97
立刻	فَوْرًا	86, 136
了不起的	عَظِيمٌ	127
離開、丟下（過去式第二人稱陰性單數）	تَرَكْتِ	186

中文	阿拉伯文	頁碼		中文	阿拉伯文	頁碼
黎巴嫩人（陰）	لُبْنَانِيَّةٌ	56		宮殿	قَصْرٌ	46
黎巴嫩的（陰）	لُبْنَانِيَّةٌ	56		歌曲	أُغْنِيَةٌ	177
老師	مُعَلِّمٌ	76		歌曲（複）	أَغَانٍ	177
離～很遠的	بَعِيدَةٌ عَنْ	47		各種	مُنَوَّعَةٌ	160
旅行（現在式第二人稱陽性單數）	تُسَافِرُ	206		更多	مَزِيدٌ مِنْ	200
歷史	تَارِيخٌ	77		更美的	أَجْمَلُ	66
聯絡、撥打（過去式第一人稱單數）	اِتَّصَلْتُ	186		更	مَزِيدٌ مِنْ	200
來、參加（現在式第一人稱單數）	أَحْضُرُ	119		光	نُورٌ	26
來（現在式第三人稱陽性單數）	يَأْتِي	99		購物（現在式第一人稱單數）	أَتَسَوَّقُ	167
來、參加（現在式第三人稱陽性單數）	يَحْضُرُ	101		公寓	شَقَّةٌ	217
來、參加（現在式第三人稱陰性單數）	تَحْضُرُ	101		古老的、舊的	قَدِيمٌ	46, 151
料理、食物（複）	مَأْكُولَاتٌ	136, 220		工作、勞動	عَمَلٌ	119
料理、盤子（複）	أَطْبَاقٌ	137		過了一會	بَعْدَ قَلِيلٍ	101
立刻	فَوْرًا	86, 126		給（現在式第三人稱陽性單數）	يُعْطِي	150
				果汁	عَصِيرٌ	139
				古典的	كُلَاسِيكِيَّةٌ	180

ㄍ

各自	كُلٌّ	97
感冒	بَرْدٌ	199
狗	كَلْبٌ	70
改善（過去式第二人稱陰性單數）	تَحَسَّنْتِ	197
高貴的、慷慨的	كَرِيمٌ	179
公園	حَدِيقَةٌ	87

ㄎ

課程	اَلْمُحَاضَرَةُ	96
科目	مَادَّةٌ	89
口渴的	عَطْشَانٌ	137
空的（陰）	فَارِغَةٌ	216

困難的 صَعْبٌ 86
困難的（陰） صَعْبَةٌ 57
開（現在式第三人稱陽性單數） يَفْتَحُ 156
空白、空閒 فَرَاغٌ 129
開羅 اَلْقَاهِرَةُ 47
看起來似乎～（第三人稱陰性單數） تَبْدُو 47
課程 بَرْنَامَجٌ 89
可以、能夠（現在式第二人稱陰性單數） تَسْتَطِيعِينَ 167

ㄏ

黑色的 أَسْوَدُ 166
黑的（陰） سَوْدَاءُ 97
好吃的 لَذِيذٌ 137
好吃的（陰） لَذِيذَةٌ 196
會發現（未來第二人稱陰性單數） سَتَجِدِينَ 157
號碼 رَقْمٌ 96
號碼（複） اَلْأَرْقَامُ 96
寒冷的 بَارِدٌ 106
寒冷 بَرْدٌ 199
韓國 كُورِيَا 36
韓國史 اَلتَّارِيخُ الْكُورِيُّ 91
海邊 شَاطِئُ الْبَحْرِ 111
貨幣單位（埃及鎊複數） جُنَيْهَاتٌ 97
恢復 شِفَاءٌ 189
獲勝（過去式第三人稱陽性單數） فَازَ 126

ㄐ

價錢 سِعْرٌ 149
家具 أَثَاثٌ 217
教導（現在式第一人稱單數） أُعَلِّمُ 86
家族 أُسْرَةٌ 67
健康 صِحَّةٌ 160
建築物 بِنَاءٌ 46
教室 فَصْلٌ 81
交通堵塞 زِحَامٌ 157
交流（現在式第三人稱陰性單數） تَتَبَادَلُ 181
記得（現在式第二人稱陰性單數） تَتَذَكَّرِينَ 166
降下（現在式第三人稱陽性單數） يَنْزِلُ 106, 109
見面（現在式第一人稱單數） أُقَابِلُ 81
見面（現在式第一人稱複數） نَتَقَابَلُ 116
見面（現在式第一人稱複數） نَلْتَقِي 117
見面（現在式第二人稱陰性複數） تَتَقَابَلْنَ 116
接（現在式第二人稱陰性單數） تَرُدِّي 186
寄送（過去式第一人稱單數） أَرْسَلْتُ 187

簡單的 سَهْلٌ …… 86
簡單的（陰） سَهْلَةٌ …… 96
今天 اَلْيَوْمَ …… 111
金字塔（複） اَلْأَهْرَامُ …… 127

ㄑ

去（現在式第二人稱陰性單數） تَذْهَبِينَ …… 87
輕微的 خَفِيفٌ …… 199
勤勉 اِجْتِهَادٌ …… 77
請給我看看（命令式第二人稱陽性單數） أَرِنِي …… 169
請轉彎（命令式） دَوِّرْ …… 191
～期間 خِلَالَ …… 196
勤勉地 بِاجْتِهَادٍ …… 77, 180
情況 حَالٌ …… 27
確實 فِعْلًا …… 46
起來（現在式第一人稱單數） أَقُومُ …… 121
起床（現在式第一人稱單數） أَسْتَيْقِظُ مِنْ …… 119
晴朗的 مُشْمِسٌ …… 107

ㄒ

選擇（過去式第二人稱陰性單數） اِخْتَرْتِ …… 166
學習 دِرَاسَةٌ …… 89
學習用的 لِلدِّرَاسَةِ …… 101
學習（現在式第一人稱單數） أَدْرُسُ …… 121
學習（現在式第二人稱陰性單數） تَدْرُسِينَ …… 76
兄弟 أَخٌ …… 69
下來（命令式第二人稱陽性單數） اِنْزِلْ …… 191
下降 نُزُولٌ …… 157
雪 ثَلْجٌ …… 106
～小姐、～先生 يَا …… 27
下個 اَلْمُقْبِلُ …… 187
下次 فِي الْمَرَّةِ الْقَادِمَةِ …… 131
希望（現在式第一人稱單數） أَتَمَنَّى …… 76
學習（現在式第一人稱單數） أَتَعَلَّمُ …… 76
兇猛的 وَحْشِيٌّ …… 87
新的 حَدِيثٌ …… 46, 151
想法 فِكْرَةٌ …… 77
選手（複） لَاعِبُونَ …… 126
消息（複） أَخْبَارٌ …… 176
鞋子 حِذَاءٌ …… 150
鞋子（複） أَحْذِيَةٌ …… 150
新鮮的 طَازَجٌ …… 146
寫（過去式第二人稱陰性單數） كَتَبْتِ …… 187
想要（現在式第一人稱單數） أُرِيدُ …… 89, 97

想要（現在式第二人稱陰性單數） تُرِيدِينَ 86
星期日 يَوْمُ الْأَحَدِ 117
喜歡（現在式第二人稱陽性單數） تُحِبُّ 77
星期 أُسْبُوعٌ 156
現在 اَلْآنَ 71, 146
像禽獸一般的 وَحْشِيٌّ 87
信 اَلرِّسَالَةُ 187
信件（複） رَسَائِلُ 181
學生會長 رَئِيسُ طُلَّابٍ 180
學生證 بِطَاقَةُ الطَّالِبِ 159
現代的 حَدِيثٌ 46, 151
星期二 اَلثُّلَاثَاءُ 156
希望（現在式第一人稱單數） أَتَمَنَّى 76

ㄓ

之間 بَيْنَ 107
轉彎（命令式） دَوِّرْ 191
製作的、生產品（陰） مَصْنُوعَةٌ 167
重量 وَزْنٌ 196
照片 صُورَةٌ 67
狀態 حَالٌ 27
這裡 هُنَا 106
壯觀的、偉大的 عَظِيمٌ 127
真的 جِدًّا 46, 67
真實地 فِعْلًا 46
正確的 صَحِيحٌ 47
準備好的 جَاهِزٌ 137
仲介 سِمْسَارٌ 216
症狀（複） أَعْرَاضٌ 201
祝福（過去式第三人稱陽性單數） بَارَكَ 189
治療 شِفَاءٌ 189
自助餐廳 كَفِتِيرِيَا 81
折價 تَخْفِيضٌ 149
駐地、所在地 مَقَرٌّ 176

ㄔ

出去（現在式第三人稱陰性單數） تَخْرُجُ 101
唱歌（現在式第一人稱單數） أُغَنِّي 177
嚐（現在式第一人稱單數） أَتَذَوَّقُ 136
吃、拿取（現在式第一人稱單數） أَتَنَاوَلُ 119
吃、採用（過去式第二人稱陰性單數） أَخَذْتِ 197
吃（過去式第一人稱單數） أَكَلْتُ 196
全部 كُلٌّ 76, 97
租借（現在式第一人稱單數） أَسْتَعِيرُ 159

尺寸 مَقَاسٌ 169

成功 نَجَاحٌ 76, 177

潮溼的 رَطِبٌ 107

嘗試（過去式第二人稱陰性單數） جَرَّبْتِ 166

餐點 وَجَبَاتٌ 180

餐桌 مَائِدَةٌ 137

租賃 إِيجَارٌ 216

切合的 مُنَاسِبٌ 76

傳達、移動 نَقْلٌ 176

傳達、移動（現在式第三人稱陰性單數） تَنْقُلُ 176

產品 مُنْتِجٌ 169

產品（複） مُنْتَجَاتٌ 169

參加、來（現在式第一人稱單數） أَحْضُرُ 119

ㄕ

水果（複） فَوَاكِهُ 147

樹（複） أَشْجَارٌ 200

瘦的（陰） نَحِيفَةٌ 196

剩下（現在式第三人稱陰性單數） تَبْقَى 146

是 نَعَمْ 47

誰 مَنْ 26

說到～就是～ ... أَمَّا ... فَـ 71

商品 مُنتَجٌ 169

商品（複） مُنْتَجَاتٌ 169

生產品（陰） مَصْنُوعَةٌ 167

首爾 سِيُول 106

書法 خَطٌّ 211

善良、福氣 خَيْرٌ 26

時尚的 أَنِيقٌ 166

時尚的（陰） أَنِيقَةٌ 56

少女 بِنْتٌ 151

少女 فَتَاةٌ 56

少女（複） بَنَاتٌ 151

數學 اَلرِّيَاضِيَاتُ 91

市場（陰） سُوقٌ 147

市場（複） أَسْوَاقٌ 167

蔬菜（複） خُضَرٌ 147

什麼時候 مَتَى 89, 117

食物（複） مَأْكُولَاتٌ 136, 220

食物（複） أَطْعِمَةٌ 196

試圖（現在式第三人稱陽性單數） يَنْوِي 171

是～（過去式第三人稱陽性單數） كَانَ 197

睡眠 نَوْمٌ 119

適當的 مُنَاسِبٌ 76

索引 275

適合（現在式第三人稱陽性單數） يُنَاسِبُ 169
手機 هَاتِفٌ مَحْمُولٌ 187
順利、成功 تَوْفِيقٌ 76
舒適、快樂 هَنَاءٌ 189

ㄖ

熱的 حَارٌّ 107
如何、怎麼 كَيْفَ 27, 86
認真 اِجْتِهَادٌ 77
認真地 بِاجْتِهَادٍ 77, 180
入境簽證 تَأْشِيرَةُ الدُّخُولِ 207
然後～ ثُمَّ 81, 160

ㄗ

在場的 مَوْجُودٌ 137
最優秀的 أَفْضَلُ 76
造訪（現在式第一人稱單數） أَزُورُ 127, 207
造訪（過去式第二人稱陰性單數） زُرْتِ 207
早上 صَبَاحٌ 26
早餐 فُطُورٌ 119
在～ فِي 47
在這裡 هُنَا 106
在～（過去式第二人稱陰性單數） كُنْتِ 66
作家（陰） كَاتِبَةٌ 31
增加（過去式第三人稱陽性單數） زَادَ 196
最新款式 أَحْدَثُ مُودِيل 220
最終的 نِهَائِيٌّ 210
足球 كُرَةُ الْقَدَمِ 126
足球場 مَلْعَبُ كُرَةِ الْقَدَمِ 131
在電視上 فِي التِّلْفِزْيُونِ 131
宰牲節 عِيدُ الْأَضْحَى 206

ㄘ

從～ مِنْ 36
從～ فِي 47
從～醒來（現在式第一人稱單數） أَسْتَيْقِظُ مِنْ 119
從～有關 عَنْ 47, 77
從～ مِنْ 36
採用了（過去式第二人稱陰性單數） أَخَذْتِ 197
次數 مَرَّةٌ 126

ㄚ

阿拉伯書法 اَلْخَطُّ الْعَرَبِيُّ 211
阿拉伯歷史 اَلتَّارِيخُ الْعَرَبِيُّ 77

阿拉伯咖啡	اَلْقَهْوَةُ الْعَرَبِيَّةُ	81
阿拉伯語	اَللُّغَةُ الْعَرَبِيَّةُ	91
阿拉伯語的／阿拉伯的	اَلْعَرَبِيَّةُ	57
阿拉伯的／阿拉伯人	عَرَبِيٌّ	77

ㄞ

| 埃及 | مِصْرُ | 37 |
| 埃及的／埃及女性 | مِصْرِيَّةٌ | 37 |

ㄤ

| 昂貴的 | غَالٍ | 149 |

ㄦ

| 二手家具 | اَلْأَثَاثُ الْمُسْتَخْدَمُ | 217 |
| 1/2 | نِصْفٌ | 116 |

一

因此	لِذَلِكَ	177
餐點（複）	وَجَبَاتٌ	180
眼睛	عَيْنٌ	196
遺失（過去式第一人稱單數）	أَضَعْتُ	186
顏色	لَوْنٌ	166

嚴重的	شَدِيدٌ	199
（稱呼）呀	يَا	27
藥	دَوَاءٌ	197
陽傘	شَمْسِيَّةٌ	109
洋蔥	بَصَلٌ	146
也	أَيْضًا	97
以前	فِي الْمَاضِي	67, 71
衣服（複）	مَلَابِسُ	167
優雅的	أَنِيقٌ	166
優雅的（陰）	أَنِيقَةٌ	56
有名的（陰）	مَشْهُورَةٌ	206
銀行	بَنْكٌ	67
音樂	مُوسِيقَى	180
疑問詞（與否定動詞一起使用）	أَ	106
有～、存在（現在式第三人稱陽性單數）	يُوجَدُ	99
移動（現在式第二人稱陰性單數）	تَنْتَقِلِينَ	217
有趣的	مُمْتِعٌ	126
有趣的（陰）	مُمْتِعَةٌ	57, 96
邀請（現在式第一人稱單數）	أَدْعُو	187
豔陽高照的	مُشْمِسٌ	107
陰沈的	غَائِمَةٌ	106
一週	أُسْبُوعٌ	156

索引 **277**

ㄨ

我是 أَنَا 27

我看了那個（陰）（過去式第一人稱單數） شَاهَدْتُهَا 127

我的家人 أُسْرَتِي 66

我的名字 اِسْمِي 36

網 شَبَكَةٌ 126

網址 مَوْقِعٌ 180

王宮（複） قُصُورٌ مَلَكِيَّةٌ 171

偉大的 عَظِيمٌ 127

位置 مَوْقِعٌ 180

位於～（現在式第三人稱陽性單數） يَقَعُ 89

網路 اَلْإِنْتَرْنِت 126

完全 إِطْلَاقًا 196

晚餐 عَشَاءٌ 119, 187

晚餐 اَلْعَشَاءُ 137

午餐 اَلْغَدَاءُ 136

屋頂 سَقْفٌ 61

舞蹈 رَقْصٌ 86

ㄩ

語言 اَللُّغَةُ 57

月份 شَهْرٌ 107

擁擠的 مُزْدَحِمٌ 161

約定 مَوْعِدٌ 116, 161

與～有關 عَنْ 47, 77

餘暇時間 وَقْتُ الْفَرَاغِ 129

與～相關的（現在式第三人稱陰性單數） تَتَعَلَّقُ بِ 129

與～一起 مَعَ 66, 87

約旦 اَلْأُرْدُنُّ 36

雨傘 مِظَلَّةٌ 109

運動場 مَلْعَبٌ 200

月租 إِيجَارٌ شَهْرِيٌّ 216

閱讀（現在式第一人稱複數） نَقْرَأُ 77

愉快的、開心的（陰） مُمْتِعَةٌ 57, 96

員工 مُوَظَّفٌ 67

閱讀（現在式第二人稱陽性單數） تَقْرَأُ 77

字母書寫練習區

阿拉伯語子音

名稱	獨立體	詞首體	詞中體	詞尾體	發音記號
'alif-hamzah	أ	أ	ـأ	ـأ	'
baa'	ب	بـ	ـبـ	ـب	b
taa'	ت	تـ	ـتـ	ـت	t
thaa'	ث	ثـ	ـثـ	ـث	th
jiim	ج	جـ	ـجـ	ـج	j
ħaa'	ح	حـ	ـحـ	ـح	ħ
khaa'	خ	خـ	ـخـ	ـخ	kh
daal	د	د	ـد	ـد	d
dhaal	ذ	ذ	ـذ	ـذ	dh
raa'	ر	ر	ـر	ـر	r
zaay	ز	ز	ـز	ـز	z
siin	س	سـ	ـسـ	ـس	s
shiin	ش	شـ	ـشـ	ـش	sh
Saad	ص	صـ	ـصـ	ـص	S

名稱	獨立體	詞首體	詞中體	詞尾體	發音記號
Daad	ض	ضـ	ـضـ	ـض	D
Taa'	ط	طـ	ـطـ	ـط	T
Zaa'	ظ	ظـ	ـظـ	ـظ	Z
'ayn	ع	عـ	ـعـ	ـع	'
ghayn	غ	غـ	ـغـ	ـغ	gh
faa'	ف	فـ	ـفـ	ـف	f
qaaf	ق	قـ	ـقـ	ـق	q
kaaf	ك	كـ	ـكـ	ـك	k
laam	ل	لـ	ـلـ	ـل	l
miim	م	مـ	ـمـ	ـم	m
nuun	ن	نـ	ـنـ	ـن	n
haa'	ه	هـ	ـهـ	ـه	h
waaw	و	و	ـو	ـو	w
yaa'	ي	يـ	ـيـ	ـي	y

子音寫法與發音

'alif-hamzah：不發音，通常與 hamzah 一起使用，發音標記為 ā。

أَرْنَبٌ 兔子　　أُسْرَةٌ 家人

baa'：發音同英文的 b。

بِنْتٌ 少女　　بَيْتٌ 房子

taa'：發音同英文的 t。

تُفَّاحٌ 蘋果　　تَاجٌ 王冠

thaa'：發音同英文單字「think」中的 th，發音標記則為 t。

ثَلْجٌ 雪　　ثَلَّاجَةٌ 冰箱

jiim：發音同英文的 j。

جَامِعَةٌ 大學　　جَوٌّ 天氣

ħaa'：此為清軟顎擦音，須從喉嚨深處發出「ha」的聲音。發音標記為 ħ。

حَدِيقَةٌ 庭院　　حَقِيبَةٌ 包包

khaa'：實際發音介於「ka」與「ha」之間，為清軟顎擦音，發音標記 為k。

خُبْزٌ 麵包　　خُوخٌ 水蜜桃

daal：發音同英文的 d。

دَفْتَرٌ 筆記本　　دَرَّاجَةٌ 自行車

dhaal：實際發音介於「dal」跟「thal」之間。

ذِرَاعٌ 手臂　　ذَهَبٌ 金

raa'：發音同英文的 r，須彈舌。

رَجُلٌ 男性　　رِيحٌ 風

zaay：發音同英文的 z。

زَهْرَةٌ 花　　زُكَامٌ 感冒

siin：發音同英文的 s。

سَاعَةٌ 時鐘　　سَمَاءٌ 天空

字母書寫練習區

shiin：發英同英文單字「she」的ʃ，發音標記為 š。

شَمْسٌ 太陽　　　　شَقَّةٌ 公寓

saad：發音類似模擬水聲的「嘘－」，發音標記為 s。

صُورَةٌ 照片　　　　صَدِيقٌ 朋友

daad：發音比 d 更低沈，與英文單字「dawn」中的 d 類似。

ضَبَابٌ 霧　　　　بَيْضٌ 雞蛋

taa'：發音比t更低沈，與英文單字「button」中的 tt 類似，發音標記為 t。

طِفْلٌ 小孩、兒童　　　　طَائِرَةٌ 飛機

zaa'：發音時嘴唇要比 z 更往前噘，發音標記為 zaa'。

ظُهْرٌ 正午　　　　ظَرْفٌ 信封

'ayn：發音時嘴張開，舌頭往聲帶方向後縮，發音標記為 'ayn。

عَشَاءٌ 晚餐　　　　عَيْنٌ 眼睛

子音寫法與發音

ghayn：此為濁軟顎擦音，發音類似刷牙時發出的「額…」，發音標記為 gh (ayn)。

غَدَاءٌ 午餐　　غَيْمٌ 雲

faa'：發音同英文的 f。

فِكْرَةٌ 想法　　فِنْجَانٌ 茶杯

gaaf：發音近似於 g，但必須從咽喉深處發音。發音標記為 q。

قَمَرٌ 月亮　　قَهْوَةٌ 咖啡

kaaf：發音同英文的 k。

كِتَابٌ 書　　كَتِفٌ 肩膀

laam：發音同英文的 l。

لَحْمٌ 肉　　لَبَنٌ 優格

miim：發音同英文的 m。

مِفْتَاحٌ 鑰匙　　مَلْعَبٌ 運動場

字母書寫練習區　285

muun：發音同英文的 n。

نِسَاءٌ 女性　　　　　نُورٌ 光

haa'：發音同英文的 h。

هِوَايَةٌ 興趣　　　　　وَجْهٌ 臉

waaw：發雙唇音，響音，發音標記為 w。

وَرْدَةٌ 玫瑰　　　　　وَلَدٌ 少年

yaa'：發音為硬顎音、響音，發音標記為 y。

يَدٌ 手　　　　　يَوْمٌ 一天

子音連寫體書寫

獨立體	詞首體	詞中體	詞尾體	連寫體
أ	أ	ـأ	ـأ	أأأ(ـأ)
أ	أ	ـأ	ـأ	أأأ(ـأ)
ب	بـ	ـبـ	ـب	ببب
ب	بـ	ـبـ	ـب	ببب
ت	تـ	ـتـ	ـت	تتت
ت	تـ	ـتـ	ـت	تتت

獨立體	詞首體	詞中體	詞尾體	連寫體
ث	ثـ	ـثـ	ـث	ثثث
ث	ثـ	ـثـ	ـث	ثثث
ج	جـ	ـجـ	ـج	ججج
ج	جـ	ـجـ	ـج	ججج
ح	حـ	ـحـ	ـح	ححح
ح	حـ	ـحـ	ـح	ححح

子音連寫體書寫

獨立體	詞首體	詞中體	詞尾體	連寫體
خ	خـ	ـخـ	ـخ	خخخ
خ	خـ	ـخـ	ـخ	خخخ
د	د	ـد	ـد	د د د (ـد)
د	د	ـد	ـد	د د د (ـد)
ذ	ذ	ـذ	ـذ	ذ ذ ذ (ـذ)
ذ	ذ	ـذ	ـذ	ذ ذ ذ (ـذ)

字母書寫練習區

獨立體	詞首體	詞中體	詞尾體	連寫體
ر	ر	ـر	ـر	ر ر ر (ـر)
ر	ر	ـر	ـر	ر ر ر (ـر)
ز	ز	ـز	ـز	ز ز ز (ـز)
ز	ز	ـز	ـز	ز ز ز (ـز)
س	سـ	ـسـ	ـس	سسس
س	سـ	ـسـ	ـس	سسس

子音連寫體書寫

獨立體	詞首體	詞中體	詞尾體	連寫體
ش	شـ	ـشـ	ـش	ششش
ش	شـ	ـشـ	ـش	ششش
ص	صـ	ـصـ	ـص	صصص
ص	صـ	ـصـ	ـص	صصص
ض	ضـ	ـضـ	ـض	ضضض
ض	ضـ	ـضـ	ـض	ضضض

獨立體	詞首體	詞中體	詞尾體	連寫體
ط	ط	ط	ط	ططط
ط	ط	ط	ط	ططط
ظ	ظ	ظ	ظ	ظظظ
ظ	ظ	ظ	ظ	ظظظ
ع	ع	ع	ع	ععع
ع	ع	ع	ع	ععع

子音連寫體書寫

獨立體	詞首體	詞中體	詞尾體	連寫體
غ	غـ	ـغـ	ـغ	غغغ
غ	غـ	ـغـ	ـغ	غغغ
ف	فـ	ـفـ	ـف	ففف
ف	فـ	ـفـ	ـف	ففف
ق	قـ	ـقـ	ـق	ققق
ق	قـ	ـقـ	ـق	ققق

字母書寫練習區

獨立體	詞首體	詞中體	詞尾體	連寫體
ك	ك	ك	ك	ككك
ك	ك	ك	ك	ككك
ل	ل	ل	ل	للل
ل	ل	ل	ل	للل
م	م	م	م	ممم
م	م	م	م	ممم

獨立體	詞首體	詞中體	詞尾體	連寫體
ن	نـ	ـنـ	ـن	ننن
ن	نـ	ـنـ	ـن	ننن
ه	هـ	ـهـ	ـه	ههه
ه	هـ	ـهـ	ـه	ههه
و	و	ـو	ـو	و و و (ـو)
و	و	ـو	ـو	و و و (ـو)

獨立體	詞首體	詞中體	詞尾體	連寫體
ي	يـ	ـيـ	ـي	ييي
ي	يـ	ـيـ	ـي	ييي

單字書寫練習

أَرْنَبٌ 兔子	أَرْنَبٌ		
(獨立體) أَ+رْ+نَ+بٌ			
(連寫體) أ+ر+نـ+ـب			
(結合體) أَرْنَبٌ			
أُسْرَةٌ 家人	أُسْرَةٌ		
(獨立體) أُ+سْ+رَ+ةٌ			
(連寫體) أ+سـ+ـر+ة			
(結合體) أُسْرَةٌ			

بِنْتٌ 少女	بِنْتٌ		
(獨立體) بِ+نْ+تٌ			
(連寫體) بـ+ـنـ+ـت			
(結合體) بِنْتٌ			
بَيْتٌ 房子	بَيْتٌ		
(獨立體) بَ+يْ+تٌ			
(連寫體) بـ+ـيـ+ـت			
(結合體) بَيْتٌ			

تُفَّاحٌ 蘋果	تُفَّاحٌ		
(獨立體) تُ+فْ+فَ+ا+حٌ			
(連寫體) تـ+ـفـ+ـفـ+ـا+ح			
(結合體) تُفَّاحٌ			
تَاجٌ 王冠	تَاجٌ		
(獨立體) تَ+ا+جٌ			
(連寫體) تـ+ـا+ج			
(結合體) تَاجٌ			

ثَلْجٌ 雪	ثَلْجٌ		
(獨立體) ثَ+لْ+جٌ			
(連寫體) ثـ+ـلـ+ـج			
(結合體) ثَلْجٌ			
ثَلَاجَةٌ 冰箱	ثَلَاجَةٌ		
(獨立體) ثَ+لَ+ا+جَ+ةٌ			
(連寫體) ثـ+ـلـ+ـا+جـ+ـة			
(結合體) ثَلَاجَةٌ			

單字書寫練習

جَامِعَةٌ 大學	جَامِعَةٌ		
جَ+ا+مِ+عَ+ةٌ (獨立體)			
جـ+ـا+ـمـ+ـعـ+ـة (連寫體)			
جَامِعَةٌ (結合體)			
جَوٌّ 天氣	جَوٌّ		
جَ+وْ+وٌّ (獨立體)			
جـ+ـو+ـو (連寫體)			
جَوٌّ (結合體)			

حَدِيقَةٌ 庭院	حَدِيقَةٌ		
حَ+دِ+ي+قَ+ةٌ (獨立體)			
حـ+ـدِ+ـيـ+ـقـ+ـة (連寫體)			
حَدِيقَةٌ (結合體)			
حَقِيبَةٌ 包包	حَقِيبَةٌ		
حَ+قِ+ي+بَ+ةٌ (獨立體)			
حـ+ـقـ+ـيـ+ـبـ+ـة (連寫體)			
حَقِيبَةٌ (結合體)			

字母書寫練習區 **299**

خُبْزٌ 麵包	خُبْزٌ		
(獨立體) خُ+بْ+زٌ			
(連寫體) خـ+ـبـ+ـز			
(結合體) خُبْزٌ			
خُوخٌ 水蜜桃	خُوخٌ		
(獨立體) خُ+و+خٌ			
(連寫體) خـ+ـو+خ			
(結合體) خُوخٌ			

دَفْتَرٌ 筆記本	دَفْتَرٌ		
(獨立體) دَ+فْ+تَ+رٌ			
(連寫體) د+فـ+ـتـ+ـر			
(結合體) دَفْتَرٌ			
دَرَّاجَةٌ 自行車	دَرَّاجَةٌ		
(獨立體) دَ+رْ+رَ+ا+جَ+ةٌ			
(連寫體) د+ر+ر+ا+جـ+ـة			
(結合體) دَرَّاجَةٌ			

ذِرَاعٌ 手臂	ذِرَاعٌ		
(獨立體) ذِ+رَ+ا+عٌ			
(連寫體) ذ+ر+ا+ع			
(結合體) ذِرَاعٌ			
ذَهَبٌ 金	ذَهَبٌ		
(獨立體) ذَ+هَ+بٌ			
(連寫體) ذ+هـ+ـب			
(結合體) ذَهَبٌ			

رَجُلٌ 男性	رَجُلٌ		
(獨立體) رَ+جُ+لٌ			
(連寫體) ر+جـ+ـل			
(結合體) رَجُلٌ			
رِيحٌ 風	رِيحٌ		
(獨立體) رِ+ي+حٌ			
(連寫體) ر+يـ+ـح			
(結合體) رِيحٌ			

زَهْرَةٌ 花	زَهْرَةٌ		
(獨立體) زَ+هْ+رَ+ةٌ			
(連寫體) ز+هـ+ـر+ة			
(結合體) زَهْرَةٌ			
زُكَامٌ 感冒	زُكَامٌ		
(獨立體) زُ+كَ+ا+مٌ			
(連寫體) ز+كـ+ـا+م			
(結合體) زُكَامٌ			

سَاعَةٌ 時鐘	سَاعَةٌ		
(獨立體) سَ+ا+عَ+ةٌ			
(連寫體) سـ+ـا+عـ+ـة			
(結合體) سَاعَةٌ			
سَمَاءٌ 天空	سَمَاءٌ		
(獨立體) سَ+مَ+ا+ءٌ			
(連寫體) سـ+ـمـ+ـا+ء			
(結合體) سَمَاءٌ			

شَمْسٌ 太陽	شَمْسٌ
(獨立體) شَ+مْ+سٌ	
(連寫體) شـ+ـمـ+ـس	
(結合體) شَمْسٌ	
شَقَّةٌ 公寓	شَقَّةٌ
(獨立體) شَ+قْ+قَ+ةٌ	
(連寫體) شـ+ـقـ+ـقـ+ـة	
(結合體) شَقَّةٌ	

صُورَةٌ 照片	صُورَةٌ
(獨立體) صُ+و+رَ+ةٌ	
(連寫體) صـ+ـو+ر+ة	
(結合體) صُورَةٌ	
صَدِيقٌ 朋友	صَدِيقٌ
(獨立體) صَ+دِ+ي+قٌ	
(連寫體) صـ+ـد+يـ+ـق	
(結合體) صَدِيقٌ	

ضَبَابٌ 霧	ضَبَابٌ		
(獨立體) ضَ+بَ+ا+بٌ			
(連寫體) ضــ+ـبـ+ـا+ب			
(結合體) ضَبَابٌ			
بَيْضٌ 雞蛋	بَيْضٌ		
(獨立體) بَ+يْ+ضٌ			
(連寫體) بــ+ـيـ+ـض			
(結合體) بَيْضٌ			

طِفْلٌ 小孩、兒童	طِفْلٌ		
(獨立體) طِ+فْ+لٌ			
(連寫體) طــ+ـفـ+ـل			
(結合體) طِفْلٌ			
طَائِرَةٌ 飛機	طَائِرَةٌ		
(獨立體) طَ+ا+ئِ+رَ+ةٌ			
(連寫體) طــ+ـا+ـئـ+ـر+ة			
(結合體) طَائِرَةٌ			

ظُهْرٌ 正午	ظُهْرٌ		
(獨立體) ظُ+هْ+رٌ			
(連寫體) ظـ+ـهـ+ـر			
(結合體) ظُهْرٌ			
ظَرْفٌ 信封	ظَرْفٌ		
(獨立體) ظَ+رْ+فٌ			
(連寫體) ظـ+ـر+ف			
(結合體) ظَرْفٌ			

عَشَاءٌ 晚餐	عَشَاءٌ		
(獨立體) عَ+شَ+ا+ءٌ			
(連寫體) عـ+ـشـ+ـا+ء			
(結合體) عَشَاءٌ			
عَيْنٌ 眼睛	عَيْنٌ		
(獨立體) عَ+يْ+نٌ			
(連寫體) عـ+ـيـ+ـن			
(結合體) عَيْنٌ			

غَدَاءٌ 午餐	غَدَاءٌ		
غَ+دَ+ا+ءٌ (獨立體)			
غــ+ـدـ+ا+ء (連寫體)			
غَدَاءٌ (結合體)			
غَيْمٌ 雲	غَيْمٌ		
غَ+يْ+مٌ (獨立體)			
غــ+ـيـ+ـم (連寫體)			
غَيْمٌ (結合體)			

فِكْرَةٌ 想法	فِكْرَةٌ		
فِ+كْ+رَ+ةٌ (獨立體)			
فــ+ـكـ+ـرـ+ة (連寫體)			
فِكْرَةٌ (結合體)			
فِنْجَانٌ 茶杯	فِنْجَانٌ		
فِ+نْ+جَ+ا+نٌ (獨立體)			
فــ+ـنـ+ـجـ+ـا+ن (連寫體)			
فِنْجَانٌ (結合體)			

單字書寫練習

قَمَرٌ 月亮	قَمَرٌ
(獨立體) قَ+مَ+رٌ	
(連寫體) قـ+ـمـ+ـر	
(結合體) قَمَرٌ	
قَهْوَةٌ 咖啡	قَهْوَةٌ
(獨立體) قَ+هْ+وَ+ةٌ	
(連寫體) قـ+ـهـ+ـو+ة	
(結合體) قَهْوَةٌ	

كِتَابٌ 書	كِتَابٌ
(獨立體) كِ+تَ+ا+بٌ	
(連寫體) كـ+ـتـ+ـا+ب	
(結合體) كِتَابٌ	
كَتِفٌ 肩膀	كَتِفٌ
(獨立體) كَ+تِ+فٌ	
(連寫體) كـ+ـتـ+ـف	
(結合體) كَتِفٌ	

لَحْمٌ 肉	لَحْمٌ		
(獨立體) لَ+حْ+مٌ			
(連寫體) لـ+ـحـ+ـم			
(結合體) لَحْمٌ			
لَبَنٌ 優格	لَبَنٌ		
(獨立體) لَ+بَ+نٌ			
(連寫體) لـ+ـبـ+ـن			
(結合體) لَبَنٌ			

مِفْتَاحٌ 鑰匙	مِفْتَاحٌ		
(獨立體) مِ+فْ+تَ+ا+حٌ			
(連寫體) مـ+ـفـ+ـتـ+ـا+ح			
(結合體) مِفْتَاحٌ			
مَلْعَبٌ 運動場	مَلْعَبٌ		
(獨立體) مَ+لْ+عَ+بٌ			
(連寫體) مـ+ـلـ+ـعـ+ـب			
(結合體) مَلْعَبٌ			

單字書寫練習

نِسَاءٌ 女性	نِسَاءٌ		
ن+سَ+ا+ءٌ (獨立體)			
نـ+ـسـ+ـا+ء (連寫體)			
نِسَاءٌ (結合體)			
نُورٌ 光	نُورٌ		
نُ+و+رٌ (獨立體)			
نـ+ـو+ر (連寫體)			
نُورٌ (結合體)			

هِوَايَةٌ 興趣	هِوَايَةٌ		
هِ+وَ+ا+يَ+ةٌ (獨立體)			
هـ+ـو+ا+يـ+ـة (連寫體)			
هِوَايَةٌ (結合體)			
وَجْهٌ 臉	وَجْهٌ		
وَ+جْ+ةٌ (獨立體)			
و+جـ+ـه (連寫體)			
وَجْهٌ (結合體)			

وَرْدَةٌ 玫瑰	وَرْدَةٌ		
(獨立體) وَ+رْ+دَ+ةٌ			
(連寫體) و+ر+د+ة			
(結合體) وَرْدَةٌ			
وَلَدٌ 少年	وَلَدٌ		
(獨立體) وَ+لَ+دٌ			
(連寫體) و+لـ+ـد			
(結合體) وَلَدٌ			

يَدٌ 手	يَدٌ		
(獨立體) يَ+دٌ			
(連寫體) يـ+ـد			
(結合體) يَدٌ			
يَوْمٌ 天	يَوْمٌ		
(獨立體) يَ+وْ+مٌ			
(連寫體) يـ+ـو+م			
(結合體) يَوْمٌ			

MEMO

台灣廣廈 國際出版集團
Taiwan Mansion International Group

國家圖書館出版品預行編目（CIP）資料

我的第一本阿拉伯語課本【QR碼行動學習版】/金材姬著. -- 修訂一版.
-- 新北市：國際學村出版社, 2025.07
　　面；　公分
ISBN 978-986-454-432-5(平裝)

1.CST: 阿拉伯語 2.CST: 讀本

807.88　　　　　　　　　　　　　　　　　　　　114006891

國際學村

我的第一本阿拉伯語課本【QR碼行動學習版】

作　　　者／金材姬	編輯中心編輯長／伍峻宏・編輯／王文強
譯　　　者／李禎妮	封面設計／陳沛涓・內頁排版／菩薩蠻數位文化有限公司
審　　　定／傅怡萱	製版・印刷・裝訂／東豪・弼聖・秉成

行企研發中心總監／陳冠蒨　　　線上學習中心總監／陳冠蒨
媒體公關組／陳柔彣　　　　　　企製開發組／張哲剛
綜合業務組／何欣穎

發　行　人／江媛珍
法　律　顧　問／第一國際法律事務所 余淑杏律師・北辰著作權事務所 蕭雄淋律師
出　　　版／國際學村
發　　　行／台灣廣廈有聲圖書有限公司
　　　　　　地址：新北市235中和區中山路二段359巷7號2樓
　　　　　　電話：（886）2-2225-5777・傳真：（886）2-2225-8052
讀者服務信箱／cs@booknews.com.tw

代理印務・全球總經銷／知遠文化事業有限公司
　　　　　　地址：新北市222深坑區北深路三段155巷25號5樓
　　　　　　電話：（886）2-2664-8800・傳真：（886）2-2664-8801
郵　政　劃　撥／劃撥帳號：18836722
　　　　　　劃撥戶名：知遠文化事業有限公司（※單次購書金額未達1000元，請另付70元郵資。）

■出版日期：2025年07月　　　ISBN：978-986-454-432-5
　　　　　　　　　　　　　　版權所有，未經同意不得重製、轉載、翻印。

내게는 특별한 아랍어를 부탁해 (Help Me with My Special Arabic) by Darakwon, Inc.
Copyright ⓒ 2015, 金材姬 (Kim Jaehee) All rights reserved.
Traditional Chinese Language Print and distribution right ⓒ 2025, Taiwan Mansion Publishing Co., Ltd.
This traditional Chinese language published by arrangement with Darakwon, Inc.
through MJ Agency